Christian Humberg
Mord macht keinen Weihnachtsurlaub

Weitere Titel des Autors:
Mord kennt keine Feiertage

Clara-Clüver-Reihe
Mörderische Brise
Trügerische Ufer

CHRISTIAN HUMBERG

Mord
macht keinen Weihnachtsurlaub

EIN WEIHNACHTSKRIMI

Lübbe

 Die Bastei Lübbe AG verfolgt eine nachhaltige Buchproduktion. Wir verwenden Papiere aus nachhaltiger Forstwirtschaft und verzichten darauf, Bücher einzeln in Folie zu verpacken. Wir stellen unsere Bücher in Deutschland und Europa (EU) her und arbeiten mit den Druckereien kontinuierlich an einer positiven Ökobilanz.

Originalausgabe

Dieses Werk wurde vermittelt durch die
Literarische Agentur Thomas Schlück GmbH, 30161 Hannover.

Copyright © 2024 by
Bastei Lübbe AG, Schanzenstraße 6–20, 51063 Köln

Vervielfältigungen dieses Werkes für das Text-
und Data-Mining bleiben vorbehalten.
Textredaktion: Dorothee Cabras, Grevenbroich
Umschlaggestaltung: Christin Wilhelm, www.grafic4u.de
Einband-/Umschlagmotiv: © shutterstock: Rustic | kamomeen | topvector
Satz: GGP Media GmbH, Pößneck
Gesetzt aus der Minion
Druck und Verarbeitung: GGP Media GmbH, Pößneck

Printed in Germany
ISBN 978-3-7577-0072-0

2 4 5 3 1

Sie finden uns im Internet unter luebbe.de
Bitte beachten Sie auch: lesejury.de

Der Winter ist die Zeit fürs Angenehme, für gutes Essen und Wärme, für die Berührung einer freundlichen Hand und das Gespräch am Kamin. Es ist die Zeit fürs Zuhause.
       Stella Gibbons, Autorin

Mord macht keinen Urlaub, Mr Chandler. Auch nicht an Weihnachten.
       Timothy Smart, Chief Inspector

PROLOG

Die Suite lag im Obergeschoss des Hotels, keine fünf Schritte vom Durchgang zur Dachterrasse entfernt. Das Licht des großen Weihnachtsbaumes, der auf der Terrasse errichtet worden war, erhellte den Hausflur. Ein eisig-scharfer Wind ließ den Baum leicht schwanken und pfiff durch gefühlt sämtliche Mauerritzen des Gebäudes. Es klang unheimlich.

Timothy Smart schenkte den Geräuschen kaum Beachtung. Fragend sah er zu dem Mann, der ihn zu nachtschlafender Zeit herbestellt hatte. »Mr Middleditch, was ist los? Wie kann ich helfen?«

Simon Middleditch – faltig, groß und noch schlechter gelaunt als sonst – streckte die Hand nach der Tür der Suite aus und stieß sanft dagegen. Sie glitt sofort auf.

»Hierbei, Chief Inspector Smart«, sagte er grimmig. »Das ist doch Ihr Metier, oder etwa nicht?«

Im ersten Moment sah Smart nicht, was der Hotelbesitzer meinte. Erst als er die Lider enger zusammenkniff, erkannte er die Umrisse im Dunkel jenseits der Türschwelle. Umrisse eines reglosen – und aller Wahrscheinlichkeit nach *leb*losen – Menschen.

»Ist das …?« Smart keuchte. »Mr Wellington-Smythe?«

»Wir haben nur eine Suite, Inspector«, antwortete Middleditch. Es klang beinahe tadelnd. »Wem sonst sollten wir sie gegeben haben?«

Smart trat in die Suite. Seit Jahrzehnten stand er nun schon im Dienste von Scotland Yard und hatte mehr als genug Tatorte gesehen. Deshalb wusste er auch sehr genau, welch ganz besondere, entsetzliche Atmosphäre ihnen anhaftete. Es mochte Einbildung sein, aber seiner Erfahrung nach fühlten sich Orte, an denen Menschen ermordet wurden, anders an als alle anderen. Man merkte es sofort, wenn man dort ankam. Eine Art Decke schien über solchen Orten zu liegen, die jedes Licht, jede Freude und jeden Ton verschluckte.

Die Hotelsuite von Michael Wellington-Smythe stellte da keine Ausnahme dar.

Durch einen ebenso kleinen wie offenen Vorraum, in dem sich die Garderobe und ein Einbauschrank befanden, erreichte man das Hauptzimmer. Es bestand aus einer großen Sitzecke mit Polstermöbeln, Couchtisch und Flachbildschirm, einem kleinen Sekretär nebst Stuhl und dem durch zwei nach oben führenden Stufen erreichbaren Bett. Wellington-Smythe lag in Letzterem.

Der Autor hatte die Augen weit geöffnet, und sein Blick ging ins Leere. Blankes Erstaunen stand auf seinen leichenblassen Zügen. Sein dünner Bart war ungestutzt und sein spärliches graues Haar vom Kopfkissen zerzaust. Der schlanke Leib steckte in einem dunkelblauen Pyjama, dessen Oberteil auf Brusthöhe von einem äußerst unschönen Fleck verunziert wurde – Blut, ganz ohne Zweifel. Weiteres Blut hatte sich auf der Matratze gesammelt, wo es einen rechten See um den Toten bildete.

»Ich habe ihn so gefunden, Inspector«, sagte Middleditch. »Vor vielleicht fünfzehn Minuten. Ich sollte ihm einen Nachttrunk bringen, so hatte er es bei seiner Ankunft bestellt. Jede Nacht einen kleinen Nachttrunk. Und als ich geklopft, aufgeschlossen und die Suite betreten habe ... Nun, da lag er.

Ich habe selbstverständlich nichts angefasst, falls das wichtig ist.«

Smart hörte nur mit halbem Ohr hin, konnte den Blick kaum von dem Toten nehmen. Vor Kurzem erst hatten er und Wellington-Smythe zusammengesessen und geredet, unten an der Hotelbar. Und jetzt?

»Hören Sie mir zu?«, fragte Middleditch lauter. Er stand noch immer im offenen Türrahmen, so als wagte er nicht, das Zimmer ein zweites Mal zu betreten. »Ich habe nichts angefasst. Das soll man doch nicht, oder? Um keine Spuren zu verwischen, falls es ein Mord war?«

Oh, dachte der Chief Inspector. Sein Blick haftete an dem Fleck auf Wellington-Smythes Pyjama. *Das ist es. Und ob es das ist.*

Sofort kamen ihm Namen in den Sinn, Gesichter. Er konnte sie gar nicht aufhalten. Als geschulter Ermittler achtete er auf alle Details und suchte automatisch nach versteckten Verbindungen, nach Hinweisen und Antworten. Irgendjemand hatte Michael Wellington-Smythe auf dem Gewissen. Irgendjemand war hier oben in der Suite gewesen, vor noch gar nicht langer Zeit, und hatte gewaltsam ein Leben beendet – ausgerechnet an Weihnachten.

Dafür musste es einen triftigen Grund geben. Wenn er es schaffte, diesen Grund herauszufinden, dann konnte er vielleicht auch den Täter identifizieren. Wie üblich.

Und die Zahl der möglichen Kandidaten ist nicht gerade klein, seufzte er innerlich.

Dann riss er sich zusammen und drehte sich um. »Sie haben völlig richtig gehandelt, Mr Middleditch. Hier liegt höchstwahrscheinlich ein Verbrechen vor, und das muss aufgeklärt werden.«

Middleditchs grimmige Miene verfinsterte sich noch

mehr.« »Verbrechen, eh? Dachte ich es mir doch. Ausgerechnet bei uns im Haus ... Sind Sie sich wirklich sicher, dass es kein Unfall war? Oder, Sie wissen schon ...«

Der Chief Inspector ging ächzend in die Hocke, was bei seiner Statur mit nicht unerheblichem Aufwand verbunden war, und spähte unter das Bett des Verstorbenen. »Wären Sie so gut, das Deckenlicht einzuschalten, Mr Middleditch? Ich glaube, der Schalter befindet sich direkt neben Ihnen.«

Einen halben Herzschlag später wurde es hell in der Suite, und Smart konnte noch deutlicher erkennen, was sich unter und auch neben dem Bett befand: nichts. Nur die Hausschuhe des Toten.

Ächzend stand er wieder auf. »Wie ich es mir dachte. Wäre das hier ein Unfall oder ein Suizid, müssten wir den Verursacher dieser Wunde in der Nähe des Verstorbenen finden. Irgendeinen Gegenstand, der Wellington-Smythe diese grässliche Verletzung zugefügt haben könnte. Doch alles, was ich in der Nähe des Bettes sehe, sind seine Filzpantoffeln, die auf dem Nachttisch abgelegte Lesebrille und der unangetastete *Hot Toddy*, den zweifellos Sie ihm gebracht haben. All das können wir als Todesursache wohl ausschließen.«

Der Hotelbesitzer schwieg bestätigend und strich sich mit zwei Fingern über den buschigen Schnauzbart. Es wirkte frustriert.

»Es bleibt also nur eine Schlussfolgerung übrig«, fuhr Smart fort. Trotz des Mitleids, das er für den Toten empfand, blieb er sachlich und logisch. Anders kam man in derartigen Situationen nicht weiter. »Mr Wellington-Smythe wurde von oder mit einem Gegenstand getötet, der sich nicht länger im Umfeld des Bettes befindet. Und von allein wird sich dieses Objekt sehr wahrscheinlich nicht entfernt haben. Jemand hat es mitgenommen – nach vollbrachter Tat, wie ich vermuten möchte. Womit wir tatsächlich bei Mord wären, Sir. Dieser Mann wurde ermordet.«

»Mhm«, brummte der Hotelier. Dabei sah er zu Boden, als suchte er Staubflusen auf dem Teppich.

»Sie haben richtig gehandelt, als Sie mich riefen«, sagte Smart erneut. »Und es war gut, dass Sie den Toten nicht berührt haben. Jede Information, die die Behörden hier im Raum finden können, mag sich später als relevant erweisen. Und es wäre äußerst bedauerlich, wenn Sie die Fuß- oder anderen Spuren des Täters mit Ihren eigenen ›überschrieben‹ hätten.«

»Ja, ja«, murmelte Middleditch. »Weiß ich doch. Aus dem Fernsehen.«

Smart nickte. Kriminalfilme hatten auch ihr Gutes, das wusste er. Zumindest zeigten sie der Öffentlichkeit, was man *nicht* tun sollte.

Er griff in die Tasche seines Morgenmantels und entnahm ihr zwei Plastikhandschuhe. Man hatte ihn aus süßen Träumen gerissen und dabei so dringend geklungen, dass Smart sich erst gar nicht mit Ankleiden aufgehalten hatte. Doch ein erfahrener Ermittler hatte stets Handschuhe griffbereit, auch mitten in der Nacht.

»Wir tun jetzt Folgendes«, sagte er, während er sich die Handschuhe überzog. »Ich sehe mir den Leichnam genauer an und auch das Zimmer als solches. Sie gehen bitte runter zur Rezeption und alarmieren die örtliche Polizeiwache. Ich meine mich zu erinnern, bei unserer Ankunft eine Dienststelle unten im Dorf gesehen zu haben.«

»Shepard«, sagte Middleditch nickend. »Barton Shepard. Das ist der Constable bei uns. Um die Zeit ist der aber sicher nicht im Büro, sondern zu Hause.«

Smart blieb unbeirrt. »Sie werden ihn schon ausfindig machen, mein Lieber. Und wenn Sie ihn erreichen, lassen Sie ihn bitte wissen, was vorgefallen ist. Sagen Sie ihm, er müsse schnellstmöglich kommen. Und sagen Sie ihm auch, dass ich bereits vor Ort bin und ihm zuarbeite, so gut ich nur kann. Einverstanden?«

Middleditch nickte nur und verschwand in Richtung Treppenhaus, aus dem Smart eben erst gekommen war. Der Chief Inspector sah ihm nach, dann widmete er sich wieder dem Toten.

Die ersten Momente in einer Mordermittlung konnten die wichtigsten sein, das war ihm klar. Es gab keine zweite Chance für einen ersten Eindruck, und ein geschulter Detektiv nahm oft Details wahr, die anderen Menschen entgehen mochten. Details, die nicht länger deutlich erkennbar sein konnten, wenn erst unzählige Polizeibeamte, Sanitäter, Angehörige und andere Personen an einem Leichnam vorbeispaziert waren. Die ersten Augenblicke entschieden mitunter über Erfolg und Misserfolg der gesamten Ermittlung.

Also konzentrierte er sich. »Was ist hier passiert?«, murmelte er und näherte sich abermals dem Bett. »Was können Sie mir sagen?«

Wellington-Smythe tat ihm leid. Er hatte den Mann kaum gekannt, das schon. Aber er war ihm irgendwie sympathisch gewesen. Er hatte Besseres verdient, als allein in einem Hotelzimmer zu sterben, noch dazu gewaltsam.

»Sie haben gar nicht hier sein wollen, oder?«, murmelte Smart weiter, als könnte der Tote es hören. »Das alles war nicht Ihr Fall. Und doch …«

Das Leben konnte entsetzlich unfair sein. Auch das wusste kaum jemand besser als ein Chief Inspector von Scotland Yard. Gerechtigkeit gab es vielleicht vor den Gerichten, aber sie war ganz sicher nicht draußen in freier Wildbahn garantiert. Da blieb alles möglich, ob man es nun wahrhaben wollte oder nicht.

Einmal mehr kamen ihm die vielen Namen und Gesichter in den Sinn. Sein Unterbewusstsein schien sofort loslegen und ermitteln zu wollen, es war der reinste Reflex. Smart sah Menschen aus dem Hotel – Menschen, die er am Frühstücksbüffet oder auf den Hausfluren bemerkt und automatisch abgespeichert hatte – und fragte sich, ob sie als Verdächtige infrage kamen oder nicht. Bei erschreckend vielen von ihnen war ihm, als täten sie es. Zumindest auf den ersten Blick.

So darf ich nicht denken, tadelte er sich. *Ich muss konzentriert bleiben. Die Fakten sichten und von dort aus logisch weiterdenken, nicht wild ins Blaue hinein.*

Also, her mit den Fakten. Schweigend beugte Smart sich zu dem Toten herunter. Tatsächlich: Wellington-Smythe sah absolut überrascht aus. Was immer ihm widerfahren sein mochte, hatte ihn kalt erwischt. Er hatte nicht damit gerechnet.

Vorsichtig führte Smart die behandschuhten Finger zum Arm des Toten, betastete das Handgelenk, dann die Schläfe. Kein Puls, natürlich nicht. Aber kalt war die Leiche ebenfalls noch nicht. Der letzte Atemzug des Mannes lag noch nicht lange zurück.

Sofort ging Smarts Blick zum Wecker auf dem Nachttisch. Das Ziffernblatt verriet ihm die Zeit: gleich halb zwei. Arg spät für einen Umtrunk, oder? Wie dem auch sei: Der oder die Täter waren erst vor Kurzem hier gewesen, um ihr Werk zu vollbringen. Ob sie sich noch im Haus befanden? Davon blieb Smart überzeugt, auch wenn es nicht garantiert war. Ob sie noch weitere Taten planten?

Nein, auch so durfte er nicht denken.

Konzentriere dich auf das, was vor deiner Nase ist, ermahnte er sich. *Auf nichts anderes. Fakten zählen, keine Vielleichts. Lass dich nicht von Vielleichts ablenken.*

Das stimmte natürlich. Dennoch konnte er nicht anders. Während er die Leiche weiter untersuchte – ganz vorsichtig und gekonnt –, wanderten seine Gedanken immer wieder zum Rest des Hotels weiter.

Wie viele Menschen hier wohl gerade untergebracht waren? Smart vermochte es nicht zu sagen. In der kurzen Spanne seiner Anwesenheit hatte er bereits einige von ihnen gesehen, doch eine Zahl konnte er weder nennen noch schätzen. Hundert? Zweihundert? Auch das Personal durfte er nicht vergessen, immerhin lag neben dem Hauptgebäude des *Ravenhurst Resorts* ein eigener kleiner Wohntrakt für die Angestellten.

»Und dann ist da noch das Dorf mit dem Bahnhof, der schmucken Kirche und Constable Shepards Polizeiwache«, murmelte er. »Little Puddington, nur einen Katzensprung weit entfernt.«

Wie viele Menschen mochten in dem Ort leben? Bestimmt mehr als im Hotel. Und jeder von ihnen war ebenfalls eine Möglichkeit. Grundgütiger, wo sollte man da anfangen?

Du lässt dich schon wieder ablenken, tadelte er sich. *Bleib bei der Sache. Lies den Raum. Finde die richtigen Spuren, und du brauchst nie wieder über Leute nachzudenken, die es nicht getan haben. Weil dann auf der Hand liegen wird, wer es stattdessen war.*

Zu Hause beim Yard sagte man ihm ein nicht unerhebliches Talent nach. Es gab sogar Kollegen, die ihn – nicht nur hinter vorgehaltener Hand, sondern ganz offen und direkt – als »besten Mann der Behörde« bezeichneten. Und tatsächlich war seine lange Karriere stets von Erfolgen geprägt gewesen. Selbst Fälle, an denen sich gewiefte Experten die Zähne ausbissen, hatte Timothy Smart aufklären können – gerade *weil* er hoch konzentriert arbeitete und Dinge sah, die andere Menschen übersahen. Und doch … Jeder neue Fall war eine neue Chance zu scheitern. Erst recht an einem Wochenende wie diesem, wo er eigentlich im Urlaub war – noch dazu im *Weihnachts*urlaub.

Was Mildred wohl gerade machte? Seine geliebte Gattin schlief sicher noch, wenige Etagen tiefer. Sie hatte ihn in den Ausflug in das Wellnesshotel im Lake District hineingeredet. Und jetzt? Jetzt dankte er es ihr, indem er Hals über Kopf in den nächsten Fall hineinpurzelte. Das hatte die Ärmste nicht verdient. Aber auch Michael Wellington-Smythe verdiente es nicht, im eigenen Zimmer erstochen zu werden. Falls das da in seiner Brust denn eine Stichwunde war, wovon Smart ausging.

Es dauerte keine zwanzig Minuten, da hörte der Inspector Schritte draußen im Hausflur. Smart hatte seine erste, grobe Sichtung des Zimmers gerade abgeschlossen und wollte zu einer zweiten und gründlicheren ansetzen, als Simon Middleditch erneut im Türrahmen erschien. Begleitet wurde der Hotelbesitzer von einem jüngeren Mann von vielleicht fünfzig Jahren, der dunkle Locken hatte und einen dichten Vollbart. Beides setzte merklich Grau an. Außerdem trug er Uniform.

»Da wären wir, Barton«, sagte Middleditch grimmig. »Das ist die Suite ... und das ist einer unserer Hausgäste. Der Mann aus London, von dem ich dir erzählt habe.«

»Chief Inspector Timothy Smart«, stellte Smart sich vor. Dabei zog er sich einen Handschuh aus und kam dem Uniformierten mit ausgestreckter Rechten entgegen. »Scotland Yard. Ich war zufällig im Gebäude, und Mr Middleditch rief mich kurzerhand hinzu. Wenn Sie mich fragen, suchen wir einen einzelnen Täter. Er dürfte etwa ...«

Der Lockenkopf – wie hatte Middleditch ihn vorhin genannt? Shepard? – lachte nur und winkte ab. »*Wir* suchen überhaupt niemanden, Mr Smart. Wenn überhaupt, dann täte *ich* das. Und ich kann Ihnen versichern: Dazu besteht keinerlei Notwendigkeit. Ich habe den Schuldigen nämlich soeben persönlich festgenommen – quasi postwendend. Der Fall ist gelöst.«

Smart runzelte perplex die Stirn. »Äh ...«

»Doch, doch«, sagte sein Gegenüber gelassen. »Sie können getrost wieder ins Bett gehen, Sir. Der Mord an Michael Wilmington-Smythe ist nichts, was meiner Wache Rätsel aufgeben würde.«

»Wellington.«

Shepard blinzelte. »Wie bitte?«

»Wellington-Smythe. Nicht Wilmington.«

»Ah, ja. Genau.« Shepards Zögern verschwand so schnell, wie es gekommen war. Zurück blieb grenzenlos anmutendes Selbstbewusstsein. »Das Rätsel ist kein Rätsel mehr und war es vermutlich auch nie. So gesehen danke ich Ihnen für Ihren Einsatzwillen, Chief Inspector, aber wie Sie sehen: Er war voll und ganz unnötig. Schlafen Sie gut, und genießen Sie Ihren Aufenthalt.«

»Das ... das werde ich. Danke.« Perplex zog Smart auch den anderen Handschuh aus. Mit einem derart abrupten Ausgang hatte er nicht gerechnet. Natürlich oblag es der örtlichen Polizei, den Mord aufzuklären, nicht ihm. Und ebenso natürlich mochte das, was Shepard da sagte, vollkommen zutreffen. Es gab keinerlei Grund, an den Worten des Beamten zu zweifeln. Mehr noch: Es stand Smart gar nicht zu.

Dennoch blieb er stehen, kaum dass er die Suite des toten Autors verlassen hatte, und sah ein letztes Mal zurück zu Barton Shepard und Simon Middleditch. Und zu dem Toten auf dem Bett.

»Verzeihen Sie, meine Herren«, sagte er dann. »Aber die Neugierde ist leider ein Teil meines Berufs, die kann ich schlicht nicht abstellen. Wen genau haben Sie denn verhaftet? Jemanden hier aus dem Hotel?«

Shepard, der gerade zu Wellington-Smythe hatte gehen wollen, hielt inne und nickte. »Exakt, Smart. Einen Mann aus dem ersten Stock, Weihnachtsurlauber wie Sie. Der Name tut nichts zur Sache, der dürfte Ihnen so wenig sagen wie mir: Robin Chandler.«

Smart ließ vor lauter Verblüffung die Plastikhandschuhe fallen. Dann erst merkte er, dass sein Mund weit offen stand.

KAPITEL 1

Drei Tage zuvor

Gefahren gehörten zum beruflichen Alltag eines Ermittlers, so einfach war das. Wer Verbrecher jagte, der riskierte seine Gesundheit, mitunter sogar sein Leben – insbesondere, wenn es sich bei diesen Verbrechern um skrupellose Mörder handelte. Jeder bei Scotland Yard wusste das.

Dennoch kam sich Timothy Smart vor wie im falschen Film, als der unerbittliche Fahrtwind an ihm zerrte. *Wollte der ihn etwa in die Tiefe reißen?*

Bloß nicht nach unten schauen, sagte sich der Chief Inspector wieder und wieder, gedankliches Mantra und Rettungsseil. *Auf gar keinen Fall. Andernfalls ... nun ja, andernfalls fällst du!*

Es war der letzte Tag vor den Weihnachtsferien. Smart hatte die Woche damit verbracht, einen Mord in der Nähe von Birmingham zu untersuchen. Tagelang hatte er Nachbarn und Angehörige befragt, Spuren im Haus des Opfers gesichtet und Theorien über den Tathergang aufgestellt, die er allesamt wieder hatte verwerfen müssen, als neue Fakten ans Tageslicht getreten waren.

Erst in der vorherigen Nacht, während er schlaflos im Hotelbett gelegen und Löcher an die Decke gestarrt hatte, war ihm der entscheidende Einfall gekommen. Seitdem sah er den

Mord und all seine Rätsel so klar vor sich, als schwömmen sie in einer Schüssel Festtagssuppe. Seitdem wusste er, was passiert war.

Genau deswegen hing er nun außen an einem fahrenden Zug ...

Wobei: »Hing« traf es nicht ganz. Noch stand er, wenn auch nur auf einem Trittbrett, das schmaler war als seine rechte Schuhsohle. Und er klammerte sich – mit aller Kraft, die noch in seinen zitternden Fingern steckte – an das Einzige weit und breit, was ihm einen Hauch von Halt versprach: die Türklinke.

Die dazugehörige Tür befand sich am hinteren Ende des Midland-Express. Der Schnellzug hatte den Bahnhof von Birmingham vor einer Weile in nördliche Richtung verlassen, Sheffield war sein finales Ziel. Das Trittbrett lag außen vor besagter Tür, und diese war von innen verschlossen worden. Smart konnte sie nicht öffnen. Er saß fest, allein mit dem eisigen Wind, den ratternden Rädern und der Angst vor dem Absturz.

Wie schnell der Midland-Express wohl fuhr? Der Chief Inspector vermochte es nicht zu sagen. Ein Blick zur Seite, zu den in rasendem Tempo vorbeizischenden Häusern, Weiden und Wiesen hätte ihm vielleicht bei einer Einschätzung geholfen, aber Smart wagte es nicht, den Kopf zu drehen. Bloß keine unnötigen Bewegungen riskieren. Jede falsche konnte ja schließlich seine letzte werden.

Vielleicht hundert Stundenkilometer? Nein, das mussten mehr sein. Ganz bestimmt. Ein Gefährt mit dem Wort »Express« im Namen ließ sich in Sachen Tempo gewiss nicht lumpen. Vor allem nicht da.

Also hundertfünfzig, seufzte Smart innerlich. *Mindestens. Erst recht in den Kurven.*

Die waren das Schlimmste. Wann immer die Schienentrasse eine Biegung machte, war es Smart, als mutierte der gen Norden bretternde Zug zu einem ungezähmten Wildpferd, das versuchte, ihn abzuwerfen. Und je länger er hier stand und fror, desto kräftiger schien der elende Gaul zu werden. Seit mehreren Minuten – die sich allesamt wie Ewigkeiten anfühlten – hielt Smart nun schon auf seiner bedauernswerten Position aus, klammerte sich an der eiskalten Türklinke fest und hoffte auf ein Wunder, und bei jeder neuen Kurve sank die Hoffnung erschreckend schnell.

Der Chief Inspector war nicht feige, war es nie gewesen. Ihm war klar, dass sein Beruf gewisse Risiken barg, die man nicht unterschätzen durfte. Doch in all den Jahrzehnten, die er nun schon im Dienste des Yard stand, hatte er sich als Mann des Geistes er- und vor allem *be*wiesen. Als jemand, der Fälle mit Grips, Beobachtungsgabe und Menschenkenntnis löste – nicht mit waghalsigen Stunts und Todesverachtung. Was in aller Welt machte ausgerechnet er an der Außenseite des Midland-Express? Bei hundertfünfzig Sachen?

Der Fahrtwind kannte kein Erbarmen. Immer fester schien er an Smarts Mantel zu ziehen, immer lauter dröhnte er in seinen Ohren. Konnte Wind die Geduld verlieren? Er klang zumindest ganz schön ungeduldig. Fast so, als bestünde er auf einem Opfer. Darauf, dass Smarts Finger endlich aufgaben. Dass Smarts Schuhsohlen endlich vom eisigen Trittbrett rutschten. Dass es endete.

Und das wird es, dachte Smart und biss die klappernden Zähne zusammen. *Früher oder später.*

Das britische Inland erlebte in diesem Jahr einen absolut mustergültigen Winter mit Bergen an Neuschnee, klirrendem Frost und eisig-klarer Luft. Wo man auch hinschaute – von den Küsten über das flache Land bis hinein in die menschenvollen Innenstädte der Metropolregionen –, begegnete einem dieses pittoreske Bilderbuchwetter voller Eisblumen, Schneemänner und qualmender Kaminschächte.

Doch Smart war ein Mann der eher gemütlichen Sorte und hätte es viel lieber aus dem Inneren eines beheizten Gebäudes genossen, durch die Scheibe eines gut isolierten Fensters, und nicht in freier Wildbahn. Ein kalter Winter war toll, solange man ihn aus sicherer Distanz erlebte – mit wärmendem Tee, einer weichen Decke auf den Knien und einem Berg an Plätzchen in Griffreichweite. All das schien ihm in diesem Augenblick so fern zu sein wie die Rückseite des Mondes.

Ich darf nicht loslassen, sagte er sich. Dabei spürte er, dass das Gefühl in seinen Fingern allmählich nachließ. Lag es an der Kälte, dass sie langsam taub wurden? *Das Trittbrett ist vereist und rutschig wie die Hölle. Die Klinke ist alles, was ich wirklich habe.*

Wenn seine Finger abrutschten, war es vorbei. So einfach war das. Dann packte ihn der Fahrtwind spätestens an der nächsten Kurve und riss ihn endgültig von diesem elenden Brett.

Einen kurzen Moment lang überlegte er, ob er eine Hand von der Klinke lösen und wenigstens sie mal kurz in seiner Manteltasche aufwärmen sollte. Doch er versuchte es gar nicht erst. Zum einen reichte die zweite Hand bestimmt nicht, um sich festzuhalten. Und zum anderen war es bei diesem elenden Tempo und dem dazugehörigen Wind, der kein bisschen weniger elend war, auch im Inneren seiner Manteltasche gewiss nicht warm. Die Hände froren, wo auch immer sie sich befanden. Und kalte Hände wurden schnell zu tauben Händen. Auch das war eine simple Tatsache, an der Smart nicht rütteln konnte. Ob es ihm gefiel oder nicht.

Die nächste Kurve kam. Smart spürte, wie er nach rechts geworfen wurde, und klammerte sich noch fester an die

Klinke. Dabei schloss er die Augen, als ein ohrenbetäubendes Quietschen durch den Zug fuhr und die Fliehkraft an ihm zerrte, als wäre sie mit dem Mörder im Bunde. Sein rechter Fuß glitt erneut auf dem eisigen Trittbrett ab und zuckte eine erschreckend lange Sekunde durchs Leere, doch der Chief Inspector verlor den Halt noch immer nicht ganz. Erst als der Fuß wieder zurück auf dem Brett gelandet war, erlaubte er sich, die Augen zu öffnen.

Lange halte ich das nicht mehr durch, dachte er. Sein Brustkorb schmerzte vor Anstrengung, und seine Augen tränten. *Ich* muss *hier weg*.

Gegen diese Tatsache kam auch kein Mantra an. Bis zum nächsten Zwischenhalt des Midland-Express waren es nach Smarts Berechnungen noch zwanzig Minuten. Vorher würde das stählerne Ungetüm kein Erbarmen mit ihm haben. Und so durchgefroren, wie er inzwischen war, schaffte er nicht einmal die Hälfte dieser Zeitspanne hier draußen. Bei Weitem nicht.

Ob er einfach loslassen sollte? Würde er dann auf dem schneebedeckten Erdboden landen – unsanft, aber doch halbwegs unverletzt? Oder würde er sich bei der Landung das Genick und diverse andere Knochen brechen? Bei dem Tempo gewiss eher Letzteres, oder? Wenn er losließ, war es sein sicherer Tod. Dann gewann nicht das Leben, sondern der Wind.

Einmal mehr spähte er durch das kleine Sichtfenster in der Tür. Jenseits der Schwelle begann der hinterste Waggon des Zuges, und der war voll besetzt. Kam denn da wirklich niemand zu seiner Rettung? Jeder x-beliebige Passant wäre ihm höchst willkommen. Irgendjemand, der sich ans Waggonende begab, um die Toilette aufzusuchen, und dabei den frierenden Inspector jenseits der Tür bemerkte. Jemand, der Alarm schlagen und Rettung organisieren konnte, bevor es zu spät war. War das wirklich nicht drin?

Anscheinend nicht, denn noch immer ließ sich niemand blicken. Den Grund dafür konnte Smart problemlos erkennen, denn das *Außer Betrieb*-Zeichen an der kleinen WC-Kabine war ebenso groß wie knallgelb. Die Toilette war defekt. Kein Mensch würde sie aufsuchen. Nichts und niemand würde kommen und ihn finden und …

»Smart?« Eine fragende Stimme drang plötzlich an sein Ohr, halb verschluckt vom unerbittlich zischenden Wind und dem lauten Getöse der Räder auf den Schienen. »Smart, sind Sie hier irgendwo?«

Im ersten Moment glaubte der Inspector an eine akustische Fata Morgana. Dann dachte er, dass Fata Morganas in Wüsten entstanden, wo es warm und trocken war, und nicht in der feuchten Eiseskälte eines britischen Winters. Doch wenn die Stimme kein Trugbild gewesen war, was war sie dann?

»Smart, verdammt!«, wiederholte sich der vermeintliche Trug. Er klang niedergeschlagen und frustriert zugleich, und noch immer war er im Tosen des Windes und im Rattern des Midland-Express kaum zu verstehen. »Wo zur Hölle stecken Sie?«

Smart wagte es tatsächlich, seiner Neugierde nachzugeben. Mit allem, was er an Mut noch aufbringen konnte, blickte er dem Tod ins kalte Antlitz und lehnte sich zur Seite. So weit, bis er auch ohne Kurve beinahe das Gleichgewicht auf dem eisigen Trittbrett verloren hätte. Zaghaft spähte er um die Ecke des Zugendes.

Was er sah, war größtenteils erwartbar. Der Midland-Express erstreckte sich vor ihm wie ein langer Wurm. Er bretterte über die Schienen seinem nächsten Halt entgegen, ohne sich auch nur im Geringsten um den Mann an seinem Ende zu scheren. Doch ein Detail passte nicht in das Bild vor Smarts kalt gewordenen Augen: der Kopf seines treuen Begleiters.

Robin Chandler streckte diesen gerade aus einem Abteilfenster rechts am Zug. Sein kurzes Haar flatterte ebenso im Wind, wie sein modischer Schal und sein Jackettkragen es taten. Der Lebemann aus der Londoner Upper Class hatte eine sorgenvolle Miene im Gesicht und schien gerade im Begriff zu sein, den Kopf zurück ins Innere des Zuges zu bewegen und das Fenster wieder zu schließen.

»Chandler!«, rief Smart, so laut er nur konnte. Bis zu seinem getreuen Kompagnon waren es nur wenige Meter, doch ihm war, als könnte seine Stimme unmöglich so weit tragen. »Chandler, ich bin hier!«

Es glich einem Wunder, als der Enddreißiger tatsächlich kurz stutzte. Einen Moment lang hielt er inne, die Lider halb vor dem Fahrtwind geschlossen. Dann aber schüttelte er den Kopf, drehte sich nach rechts … und riss mit einem Mal die Augen weit auf.

Er sieht mich!, durchzuckte es den Chief Inspector. Die Erleichterung war so groß, dass er beinahe die Türklinke losgelassen hätte. *Großer Gott, er sieht mich tatsächlich!*

»Smart?«, rief Chandler. Fassungslosigkeit ergoss sich über seine aristokratischen Gesichtszüge wie Eierlikör über Vanilleeis. »Grundgütiger, was in aller Welt machen Sie denn da?«

Dann war er fort, ruckartig zurück im Waggoninneren. Keine zehn Sekunden später sah Smart ihn durch das winzige Fenster in der hinteren Tür näher kommen.

Chandler zog an der Tür, rüttelte, konnte sie aber nicht öffnen. Smart sah, wie er die Stirn runzelte, dann aber zuversichtlich den Blick hob und nach oben griff.

Die Notverriegelung!, begriff der Chief Inspector. *Chandler, Sie sind ein Teufelskerl!*

Ein Piepen erklang, und die Verriegelung löste sich. Mit einem Mal gab die Tür nach. Sie schwang auf!

Smart war so überrascht, dass er sich beinahe von ihr mitreißen ließ. Die Tür öffnete sich nach außen hin, und der Chief Inspector musste ein letztes Mal akrobatisch tätig werden, um ihr den dafür nötigen Raum zu geben, ohne den letzten Halt auf dem Trittbrett zu verlieren.

Dann packten Chandlers Hände ihn am Mantel und zogen ihn in den Waggon zurück. Einen Sekundenbruchteil später schlug der Wind die Tür schon wieder zu. Fast so, als wäre er beleidigt, um sein Opfer gebracht worden zu sein.

Die Stille im Inneren des Waggons war lauter als der Fahrtwind. Zumindest kam es Smart so vor. Im ersten Moment standen Chandler und er einfach nur da, atemlos und staunend. Im zweiten ließ der jüngere Mann von Smart ab und trat einen Schritt zurück.

»Was in aller Welt ...«, murmelte Chandler dabei. Schweißperlen prangten auf seiner blassen Stirn und auf seinem wie üblich makellos glatt rasierten Kinn. Trotz der Umstände saß seine Frisur perfekt, genau wie sein Anzug. »Smart, sind Sie lebensmüde?«

Der Chief Inspector konnte nicht antworten, jedenfalls nicht direkt. Seufzend ließ er sich gegen die WC-Kabine sinken. Seine Knie waren plötzlich weich wie warme Butter, oder kam ihm das nur so vor? »I...ich wollte das n...nicht«, stammelte er. Die Kälte in seinem Inneren behinderte seinen Redefluss, und seine gesamten Eingeweide fühlten sich plötzlich an, als hätte der Krampus sie gepackt und gründlich geschüttelt. »D...das war alles a...anders gepl...geplant und ...«

Chandler hatte bereits genug gehört. Er zog sein dunkles Jackett aus und hängte es Smart um die zitternden Schultern. Dann nahm er seinen Schal und reichte ihn ebenfalls an den Inspector weiter. »Wer war das?«, fragte er dabei. »Sie sind gewiss nicht freiwillig aus einem fahrenden Zug gestiegen, Smart. Dazu hat man Sie gezwungen – bei vorgehaltener Waffe, wie ich vermuten möchte – und dann hinter Ihnen abgeschlossen.«

Smart war viel zu durchgefroren, um bestätigend zu nicken. Jeder Atemzug fiel ihm schwer.

»Womit mir auch endlich klar ist«, fuhr Chandler fort, »warum Sie mich heute früh überhaupt zum Midland-Express bestellt haben: Der Mörder von Ethel Brown befindet sich an Bord. Haben Sie ihn stellen wollen, Smart? Ist es das? Haben Sie ihn damit konfrontiert, dass Sie ihn durchschauen, und er wollte sich auf diese unkonventionelle Weise eines unliebsamen Mitwissers entledigen?« Beim letzten Satz nickte er in Richtung des eisigen Trittbretts, das beinahe zu Smarts letzter Zuflucht geworden wäre.

»S…« Smart rang sich ein Nicken ab, ganz knapp und zitternd. »So ist es, m…mein Lieber.«

»Wer, Smart?«, fragte sein treuer Begleiter knurrend. Chandler griff in eine Jacketttasche und sah auf seine silberne Taschenuhr. »Bis zum nächsten Halt bleiben nur noch Minuten. Ich wette, dann will unser Täter sich verdrücken. Immerhin glaubt er, mit Ihnen ein zweites Mal gemordet zu haben. Also, wer ist es?«

Smart sagte es ihm, und einmal mehr riss Robin Chandler fassungslos die Augen auf.

Die Welt war weiß und entsetzlich langweilig. Jemima Pearson betrachtete sie durch das Fenster des Sechser-Abteils, all die scheinbar vorbeizischenden Wiesen, Wäldchen und Siedlungen im Schnee, und spürte, wie ihre Laune immer weiter sank. Den Grund dafür sah sie ebenfalls im Fenster, wenn auch nur gespiegelt. Schließlich stand er direkt neben ihr.

»Was ist denn *jetzt* schon wieder?«, fuhr die Neunundzwanzigjährige ihn an. »Suchst du etwas in den Koffern? Oder warum hantierst du so hektisch mit ihnen?«

Hugh Pearson, ihr Zwillingsbruder und einziger lebender Verwandter, wirkte so unruhig wie ein Sack Flöhe. Seit er von seinem Toilettengang zurückgekommen war, benahm er sich, als hätte er Hummeln im Hintern. Anstatt ruhig auf seinem Platz zu sitzen und in die langweilige Winterwelt zu starren, wie sie es tat, räumte er ihr gemeinsames Gepäck wieder aus den Haltenetzen, die dicht unter der Abteildecke prangten, und stellte es auf den Fußboden. Dabei nutzte er nahezu den gesamten Platz, den das restliche Abteil ihm bot. Die Pearsons hatten keine Mitreisenden, die er hätte stören können.

»Ich rede mit dir«, klagte Jemima, als noch immer keine Antwort von ihm kam. »Erde an Hugh: Setz dich gefälligst und halt die Füße still.«

»Nein«, erwiderte er nun. Dann griff er nach ihrem Mantel, der neben der Tür an einem bronzefarbenen Haken hing, und warf ihn ihr zu. »Dafür haben wir keine Zeit. Wir ändern unseren Plan, Mima. Am nächsten Bahnhof steigen wir aus.«

»Was?« Ungläubig runzelte sie die Stirn. Der Mantel lag unbeachtet auf ihren Knien. »Mitten in der Pampa? Aber wir müssen doch nach Sheffield. Du hast gesagt, wir steigen erst dort um. In den Zug nach Schottland und …«

»Ich weiß, was ich gesagt habe«, unterbrach er sie. Irrte sie sich, oder zitterte seine Stimme dabei leicht? »Und jetzt sage ich etwas anderes. Wir steigen *hier* aus.«

»Und dann?«

»Dann sehen wir weiter.« Nun griff er nach seinem eigenen Mantel, zog ihn sich über. »So einfach ist das.«

Die komplette Reise war seine Idee gewesen. Er hatte sie heimlich – und, wie sie vermutete, arg überhastet – organisiert und Jemima sogar mit den Zugfahrkarten überrascht. Eigentlich machte sie sich nichts aus Schottland, war noch nie dort gewesen. Doch Hugh hatte so begeistert von dem Land gesprochen, dass sie ihm den Wunsch, dort mit ihr hinzureisen, nicht hatte abschlagen können.

Dabei war sie sonst kein bisschen spontan. Für Jemima Pearson war nur ein gut vorausgeplantes Leben ein erfolgreiches Leben. Ihre Tage waren von immer gleichen Routinen geprägt, ihr Kalender auf Monate hinaus durchstrukturiert. Es gab wenig, was sie mehr hasste als Überraschungen, denn diese bedeuteten Unordnung in ihrer Planung. Doch es gab auch wenig, was sie mehr liebte als ihren Bruder. Sie konnte Hugh einfach nichts abschlagen.

Letzteres war schon immer ihr Problem gewesen. Spätestens seit dem Tag, an dem sie als Kinder beide Eltern verloren hatten, waren die Pearson-Zwillinge unzertrennlich.

Sie hatten denselben Freundeskreis daheim in Birmingham und lebten sogar nach wie vor in derselben Wohnung. Obwohl sich ihre Interessen unterschieden – Hugh war offener, kontaktfreudiger und stets an Feiern und Partys interessiert, Jemima konnte sich kaum etwas Schöneres vorstellen als einen verregneten Nachmittag mit Tee und einem guten Buch –, waren sie so eng miteinander, wie Geschwister es nur sein konnten. Als Kinder hatten sie einzig einander gehabt, und das Gefühl von damals hatte auch im Erwachsenenalter nie nachgelassen.

Jemima wusste, dass Hugh niemals etwas tun würde, ohne sie mit einzuplanen. Und umgekehrt war die Vorstellung eines Lebens ohne ihn für sie ein Graus.

Trotzdem hielt sie ihren Bruder momentan für ganz schön bescheuert. Keine Zeit? Sie hatten doch alle Zeit der Welt, Mensch!

»Dann sehen wir weiter?«, wiederholte sie spöttisch. »Du spinnst doch. Hier, auf meiner Fahrkarte steht *Sheffield*. Da fahren wir hin. Nicht in irgendein Kaff im Niemandsland *vor* Sheffield. Warum änderst du spontan unseren Plan und …«

»Es ist mein Plan, Mima!«, unterbrach er sie abermals. Scharf. »Ich habe ihn aufgestellt, und ich darf ihn ändern, wann und wie es mir richtig erscheint. Jetzt komm endlich. Schnapp dir die anderen zwei Koffer, und folge mir zur Tür. Der Zug wird bereits langsamer, merkst du das nicht?«

Ohne auf eine weitere Erwiderung zu warten, hob Hugh einen Koffer und die große Reisetasche vom Fußboden und trug sie aus dem Abteil. Jemima blieb gar nichts anderes übrig, als ihm zu folgen.

»Du bist verrückt, weißt du das?«, schimpfte sie, während sie mit dem restlichen Gepäck hinter ihm her stapfte. Verflixt, was war dieser Korridor neben den Abteilen schmal! »Hast einen warmen und bequemen Sitzplatz im Midland-Express, willst aber lieber zu Fuß weiterziehen. Denn das *muss* dein neuer Plan sein, Brüderchen. Ich bezweifle nämlich, dass heute noch irgendein anderer Zug hier draußen haltmacht. Hier ist doch nichts, schau nur mal raus. Ein paar Häuser und Höfe, das war's. Wenn wir hier aussteigen, dann war's das fürs Erste. Willst du nun nach Schottland oder nicht?«

»Geh einfach weiter«, erwiderte er mit einem gequälten Seufzen. »Und halt bitte die Klappe, ja?«

Sie dachte ja gar nicht daran! »Bist du auf der Flucht, oder was ist los?« Immer spöttischer wurde ihr Tonfall, immer wütender ihre Stimmung. »Läufst du vor jemandem weg, du Witzbold?«

In diesem Moment trat ein Mann vor ihnen in den schmalen Gang. Er war mindestens sechzig, was in Jemimas Augen schon ganz schön alt war, und trug einen aschfarbenen Anzug. Rote Flecken verunzierten sein Gesicht und kündeten von schlechter Durchblutung. Sein dunkles Haar war kurz geschnitten und zerzaust, das Hemd hing ihm halb aus der etwas zu eng sitzenden Hose. In seinen Augen lag ein Funkeln, das Jemima irgendwie an Raubtiere auf der Jagd denken ließ.

»In der Tat«, sagte der Mann so passgenau, als antwortete er auf ihre Frage. »Ich fürchte, das ist er. Mr Pearson, seien Sie vernünftig und stellen die Koffer ab. Es ist aus.«

Jemima verstand gar nichts mehr. Erst recht nicht ihren Bruder. Anstatt sich zu erklären, riss Hugh nämlich die Reisetasche in die Höhe, als wollte er sie spontan zu einem Wurfgeschoss umfunktionieren. Er holte ruckartig mit dem schweren Ding aus, zielte auf den korpulenten Gentleman vor ihm und …

»Das würde ich an Ihrer Stelle unterlassen, Sir«, sagte ein zweiter Fremder.

Er war neben den ersten getreten, genauso unerwartet wie dieser, und deutlich jünger. Sein aristokratisch geschnittenes Gesicht wirkte todernst, und der Blick seiner himmelblauen Augen war kalt. Erst nach mehrmaligem Blinzeln bemerkte Jemima die Waffe in seiner rechten Hand.

Hugh schien sie sofort bemerkt zu haben. Sein Arm mit der Reisetasche verharrte nämlich prompt in der Luft.

»Das Spiel ist aus, Pearson«, sagte der erste, dickere Mann. »Geben Sie auf.«

»Ich denke ja gar nicht daran«, knurrte ihr Bruder plötzlich.

Dann flog die Tasche! Sie traf den älteren Mann an der Brust, warf ihn nach hinten und in die Arme seines Begleiters. Hugh wollte sofort nachsetzen und mit ausgestrecktem Koffer auf die Fremden einprügeln, da hob Blauauge die Waffenhand und richtete den Lauf seiner Pistole auf Hughs wütendes Gesicht.

»Sie sollen vernünftig sein, hat er gesagt!« Der Finger am Abzug krümmte sich ebenso leicht wie drohend. »Sind Sie schwerhörig, Mann?«

Jemima traute ihren Augen kaum. Was in aller Welt geschah hier? War das ein Überfall? Es sprach alles dagegen, denn die beiden Fremden schienen ihren Bruder genau zu kennen. Doch wer sonst, wenn nicht dahergelaufene Räuber, lauerte harmlosen Reisenden in einem Zug auf? Wer sonst drohte ihnen mit einer Waffe?

»H…Hugh?«, sagte sie zaghaft und spürte, wie sich ihr dabei fast die Kehle zuschnürte. »Was sind das für Leute? Was wollen die von uns?«

»Von Ihnen herzlich wenig, Miss Pearson«, sagte Blauauge an seiner Stelle. Dabei ließ er Hugh nicht aus den Augen. »Keine Sorge. Aber Ihr Bruder schuldet uns die eine oder andere Erklärung. Ist es nicht so, Sir?«

Endlich ließ Hugh den Koffer sinken. Sein Atem ging so schwer und schnaubend, dass Jemima sich fragte, wer hier eigentlich das Raubtier war? Der Ältere im aschgrauen Anzug mochte so gucken, doch es war Hugh – ihr Hugh –, der sich anhörte wie eines. Und so, als wollte er jeden Moment die Reißzähne präsentieren.

»Sie können mir gar nichts, Smart«, knurrte er. »Hören Sie? Absolut nichts.«

»Das sehe ich anders«, entgegnete der dickere Mann. »Ich verhafte Sie wegen Mordes an Ethel Brown, Sir. Und wegen *versuchten* Mordes.«

Was? Jemima war so perplex, dass sie nicht sprechen konnte. *Was redet der denn da? Ethel Brown?*

Die Witwe Brown zählte zu ihren Lieblingsbewohnern. Seit Jahren lebte sie schon in dem Altersheim am Stadtrand, in dem Jemima als Pflegerin arbeitete. Dort war sie fast so etwas wie eine mütterliche Freundin für die Neunundzwanzigjährige geworden. Oder besser: *groß*mütterliche Freundin. Mit ihren sechsundachtzig Lenzen blickte die Witwe Brown nämlich auf ein Leben voller Höhen und Tiefen zurück, und Jemima liebte es, ihr zuzuhören, wenn sie davon berichtete. Zumindest an den *guten* Tagen, an denen Mrs Brown noch wusste, wo sie überhaupt war und mit wem sie sprach. Die guten Tage wurden leider immer seltener.

»Das behaupten Sie«, sagte Hugh patzig. Vor den Fenstern des Waggons wurde die Welt langsamer, der Zug bremste. »Aber Behauptungen allein sind wenig wert. Gehen Sie aus dem Weg, Inspector. Wir steigen hier aus.«

Inspector? Jemima sah Hugh an, als würde sie ihn kaum wiedererkennen.

»Das werden Sie, Sir«, betonte Blauauge. »Aber mit uns. Der nächste Halt heißt Ashton, und wir haben die dortige Polizeiwache bereits über unser Kommen in Kenntnis gesetzt. Man erwartet uns am Gleis.«

»Hugh«, murmelte Jemima. »Was reden diese Gentlemen denn da? Was wollen sie von uns? Polizeiwache?«

Räuber riefen nicht die Polizei. Aber wenn die zwei Fremden – Smart, erinnerte sie sich, einer von ihnen hieß Smart – keine Ganoven waren, waren sie dann vielleicht das genaue Gegenteil? Immerhin hielt einer von ihnen eine Waffe in der Hand, und Hugh bezeichnete den anderen als Inspector.

Wenn das *die Guten sind*, dachte sie, *was sind dann wir?*

Ihr Bruder antwortete noch immer nicht. Grimmig starrte er Mr Smart an. Er schien ratlos zu sein – und in keinster Weise gewillt, Blauauges Forderungen Folge zu leisten.

»Hugh«, wiederholte sie lauter. »Was passiert hier? Was ist mit Ethel Brown?«

»Sie ist tot, Miss Pearson«, antwortete der Inspector. Er klang, als bedauerte er aufrichtig, ihr das mitzuteilen. »Sie starb am Sonntagabend im *Shady-Pines*-Altenheim – an einer Überdosis Schlafmittel, wohlgemerkt. Ich vermute, Sie haben einen Schlüssel zum Arzneimittelschrank der Einrichtung?«

Jemima riss die Augen auf. »W…Was?«

»Es tut mir sehr leid, Miss«, erklärte der beleibtere Mann. »Ich weiß, wie nahe Sie ihr standen. Es wird Sie vielleicht freuen zu hören, dass die Nähe auf Gegenseitigkeit beruhte. Mrs Brown hat Sie in ihrem Testament bedacht – als Alleinerbin.«

»Wir dachten zuerst, Sie wären die Täterin«, schaltete sich sein Begleiter erneut hinzu, Blauauge. »Sie arbeiten im *Shady Pines*, Sie sind die Begünstigte. Es liegt nahe, nicht wahr? Aber da lagen wir knapp daneben. Oder, Sir?« Beim letzten Satz war der Blick der blauen Augen wieder weitergewandert, von Jemima zu Hugh. Und er war anklagend geworden.

»Sie können mir nichts!«, zischte Jemimas Bruder. »Für all das haben Sie keinerlei Beweis.«

»Ich fürchte«, widersprach der Inspector gelassen, »da liegen nun Sie knapp daneben. Es stimmt: Den Mord an Mrs Brown kann ich Ihnen bislang nicht nachweisen.«

»Ist aber nur noch eine Frage der Zeit«, ergänzte sein Kompagnon selbstbewusst. »Sie gestehen schon, da hege ich keinerlei Zweifel. Wenn Smart Sie erst in einem Verhörzimmer sitzen hat und rhetorisch in die Mangel nimmt … Und selbst wenn nicht, Pearson: Sie mögen die Datenspeicher der Überwachungskameras gelöscht haben, aber die besten Technikexperten von Scotland Yard versuchen gerade, die Aufnahmen wiederherzustellen. Was, meinen Sie, werden Sie sehen, wenn es ihnen gelingt?«

Der Inspector achtete kaum auf Blauauge. »Ich weiß, dass Sie es waren, Sir. Sie wussten von dem Testament und auch, wo Ihre Schwester ihre Schlüssel aufbewahrt. Sie wussten, dass Mrs Browns Geld genauso zu Ihrem Geld werden würde, wenn Ihre Schwester erbt. Und Sie wollten diesen Geldsegen ein wenig beschleunigen.«

»Unfug!«, behauptete Hugh.

»Mitnichten«, entgegnete der andere Mann. »Mir fehlt nur der unumstößliche Beweis dafür, dass Sie am Sonntag im *Shady Pines* waren – noch.«

»So, so«, knurrte Jemimas Bruder.

»Aber es geht nicht mehr allein um den Brown-Vorfall, richtig?«, sagte Smart. »Nein, Sir. Seit vorhin nicht mehr. Denn heute haben Sie versucht, ein zweites Mal zuzuschlagen. Bei mir.«

Jemima traute ihren Ohren kaum. Hugh sollte ein Mörder sein? Das klang absurd. Und Mrs Brown war ermordet worden? Mit einem Mal stutzte sie. Waren sie vielleicht deswegen so überhastet aus Birmingham aufgebrochen? Es mutete bizarr an, und doch passte es ins Bild. Sie konnte – nein: wollte – es allerdings nicht glauben.

»Erinnern Sie sich, dass der Zug einen kleinen Satz machte, Sir?«, fragte Smart. »Vorhin, als Sie mich unter vorgehaltener Waffe auf das Trittbrett zwangen? Wir sind kurz aneinandergeprallt, Sie und ich. Und die Gelegenheit nutzte ich, Ihnen meine Geldbörse in die Jackentasche zu stecken. Als Nachweis, dass wir einander begegnet sind.«

Hugh starrte Smart an, als käme er vom Mond. Jemima sah Unglauben auf seinen Zügen, aber auch Angst.

»In meiner Jugend versuchte ich mich kurzzeitig als Zauberkünstler«, fuhr der Inspector fort. »Nie professionell, versteht sich. Immer nur im stillen Kämmerlein. Aber ein paar

Kniffe von damals gehen mir heute noch leicht von der Hand. Wäre ich von Bord des fahrenden Midland-Express gefallen, wie Sie es fraglos erwarteten, dann hätte mein getreuer Freund Mr Chandler nur in Ihre Tasche sehen müssen, um sich den Grund dafür zusammenzureimen.«

»Und das hätte ich getan«, sagte Blauauge alias Mr Chandler. »Verlassen Sie sich darauf. Früher oder später hätte ich Sie gefunden, Pearson.«

»Stattdessen fand er *mich*«, sagte Smart. »Glücklicherweise.«

Der Zug kam zum Stehen. Bremsen quietschten, und ein lautes Zischen begleitete sie dabei. Aus den Augenwinkeln registrierte Jemima ein ebenso winziges wie altes Bahnhofsgebäude vor den Fenstern, dahinter ein paar wenige Wohnhäuser. Ashton, ganz offensichtlich. Und vor dem Bahnhof standen drei Männer in Polizeiuniform. Männer mit gezückten Dienstwaffen, die sich nun in Richtung ihres Waggons bewegten. Auch Hugh schien sie zu bemerken.

Der Inspector nickte wissend. »Es *ist* vorbei, Mr Pearson. Ob Sie es wollen oder nicht. Geben Sie auf und folgen Sie uns – ruhig und gesittet.«

Hugh dachte offenbar nicht daran. Mit einem Wutschrei, den Jemima noch nie an ihm erlebt hatte, trat er gegen einen der Koffer, kickte ihn regelrecht in Smarts Richtung. Gleichzeitig fuhr er mit der freien Hand nach hinten und unter die Jacke zu seinem Hosenbund. Als er die Hand wieder hervorzog, lag auch in ihr eine Schusswaffe. Die ganze Bewegung war so schnell, dass Jemima sie fast zu träumen glaubte. Unwirklich, es war alles so unwirklich.

Ehe sie richtig begriff, was geschah, hatte Hugh die Waffe auch schon auf den Inspector gerichtet. »Aus dem Weg, Smart!«, forderte er dabei. »Dieses Mal *werde* ich schießen.«

»Machen Sie keinen Unsinn, Mann«, drängte Chandler. Er klang ernst. »Es reicht.«

»Mir reicht's schon lange, Mr Chandler«, sagte Hugh. Nun war es sein Finger, der sich am Abzug krümmte. »Und ich habe nichts mehr zu verlieren. Ich …«

Er kam nicht dazu, den Satz zu beenden. Jemima ließ es nicht zu. Ohne dass Hugh es auch nur kommen sah, schlug sie ihrem Zwilling die Waffe aus der Hand. Der mattschwarze Colt landete mit einem leisen Plumpsen auf dem Boden des Waggons, gleich neben dem umgetretenen Koffer und der Reisetasche.

Einen Herzschlag später war Chandler da. Er schnellte vor, als hätte er nur auf den richtigen Moment gewartet, und hielt Hugh in Schach, während Smart sich ächzend nach dem Colt bückte und danach in Hughs Jackentasche griff, um seine Börse daraus hervorzuziehen.

Als Jemima das ihr fremde Objekt sah, wusste sie, dass die beiden Gentlemen die Wahrheit sagten. Es war *alles* wahr.

»Du …« Tränen stiegen ihr in die Augen. Das Sprechen fiel ihr schwerer als je zuvor. Irgendwie waren die Worte plötzlich weg. »Hugh, du …«

»Ich habe es auch für dich getan«, blaffte ihr Bruder sie an. »Verstehst du? Die Alte war doch ohnehin schon halb tot. Ich habe nur beschleunigt, was sowieso passiert wäre. Damit du nicht warten musst – *wir* nicht warten müssen. Jetzt haben wir Geld, Mima. Endlich Geld.«

»Mitnichten«, erwiderte Inspector Smart und schenkte Jemima ein ebenso trauriges wie verständnisvolles Lächeln. »Ihre Frau Schwester hat das. Sie, Sir, haben einen Termin mit dem Haftrichter. Wenn Sie uns also folgen würden?«

KAPITEL 2

Der Bahnhof von Ashton war nicht der Rede wert. Zwei flache Altbauten, jede Menge wildes Gestrüpp und ein frisch geräumter und mit Kopfstein gepflasterter Weg, der ins Nirgendwo zu führen schien. Nicht einmal ein dekorativer Weihnachtsbaum war auf dem Gelände errichtet worden. Warum ausgerechnet hier ein Expresszug halten musste, wussten allein die Götter.

Robin Chandler steckte die fröstelnden Hände in die Taschen seines Mantels und atmete aus. Dampfwölkchen tanzten dabei vor seinem Mund. »Na also. Haben wir den Fall doch noch gelöst, rechtzeitig vor den Feiertagen. Oder besser: *Sie* haben das. Ich bin nur froh, dass ich helfen konnte.«

»Ich gestehe, ich hatte mir die gesamte Aktion weniger aufregend vorgestellt«, erwiderte Smart brummend. »Das war ... Nun ja, sagen wir: ›unnötig ereignisreich‹.«

Auch er hatte die Hände in den Taschen vergraben, und er sah dem Einsatzwagen der örtlichen Polizei nach, der Hugh und Jemima Pearson soeben vom Bahnhof fortbrachte. Die junge Dame hatte trotz allem, was geschehen und ans Licht gekommen war, darauf bestanden, ihren Bruder zu begleiten. Sie traf keinerlei Schuld, das war allen klar. Sie war nur nicht bereit, ihn allein zu lassen.

»Beim nächsten Mal weihen Sie mich einfach sofort ein, altes Haus«, sagte Chandler. »Dann kann ich besser auf Sie aufpassen.«

»Wie recht Sie nur wieder haben.« Smart nickte. Dann sah er zur Uhr, die über dem Eingang des Bahnhofs prangte. »Und was jetzt? Wie kommen wir von hier zurück nach Hause?«

»Das klärt sich schon«, gab Chandler unbesorgt zurück. »Ab jetzt haben wir ja alle Zeit der Welt. Das war doch Ihr letzter Fall für dieses Jahr, richtig? Von hier an sind Sie im wohlverdienten Weihnachtsurlaub.«

»In der Tat.« Der Anflug eines Lächelns erschien auf Smarts Zügen. »Sobald ich zu Hause bin ...«

Chandler ließ ihn gar nicht erst ausreden. »Sagen Sie nicht, Sie machen's wie jedes Jahr und stehen tagelang nicht vom Sofa auf. Weihnachten kann viel mehr sein als eine reine Auszeit, Smart. Dass Sie auch nie von Ihrem gewohnten Umfeld lassen können! Immer dieselben Gesichter zum Fest, immer dieselben Routinen ... Wird Ihnen das nicht mal langweilig?«

Smart seufzte, sehr zu Chandlers Erstaunen. »Ich wünschte, es wäre so einfach, alter Knabe. Das wünschte ich wirklich ...«

Frisch geräumter Schnee türmte sich an den Gehsteigen, und aus den Schornsteinen der kleinen Wohnhäuser stiegen heimelig anmutende Rauchsäulen. Überall brannten Kaminfeuer, überall brannte Licht.

Timothy Smart reichte dem Taxifahrer ein paar Pfundnoten und wünschte ihm schöne Feiertage. Dann stieg er aus dem Wagen. »*Home, sweet home*«, murmelte er dabei.

Er hatte es tatsächlich geschafft. In Bestzeit waren Chandler und er von dem kleinen Bahnhof kurz vor Sheffield zurück nach London gekommen, wo Smart mit seiner geliebten Gattin Mildred ein Haus am Stadtrand bewohnte. Genau dieses sah er nun vor sich.

Es hatte sich seit seinem Aufbruch nicht verändert, natürlich nicht. In den Fenstern prangten noch immer dieselben Weihnachtssterne, und am Geländer des schmalen Balkons hing nach wie vor die helle Lichterkette. Nur die Schneemassen im Vorgarten hatten zugenommen.

Smart nahm seine Reisetasche auf, schlenderte zur Haustür hinüber und steckte seinen Schlüssel ins Schloss. Kaum hatte er die Tür geöffnet, schlug ihm ein unwiderstehlicher Duft nach Zimtsternen entgegen.

Dicht darauf folgte der Ruf seiner Mildred. »Bist du das, Timmy?«

»Ja, Liebes«, antwortete er und sah zur Treppe, die ins Obergeschoss führte und kurz hinter der Schwelle begann. Mildred musste irgendwo dort oben sein. »Gesund und munter.«

»Sehr gut«, rief Mildred so selbstverständlich, als hätte sie nie etwas anderes erwartet. »Dann sind wir ja noch immer im Zeitplan. Kommst du hoch und siehst nach deinen Hemden?«

Im Zeitplan. Smart seufzte. Ja, das waren sie tatsächlich. Und er wagte es nicht, sich auszumalen, wie Mildred sonst reagiert hätte.

Dieser elende Urlaub ...

Angefangen hatte alles vor ungefähr einer Woche. Smart hatte sich gerade reisefertig gemacht, um nach Birmingham und zur Mordsache »Brown« zu fahren. Mildred war ganz aufgeregt aus der Küche gekommen und hatte zum Telefon gegriffen.

»Es gibt ein Gewinnspiel«, hatte sie gesagt, während sie mit zittrigen Fingern eine Nummer wählte. »Im Radio. Der Moderator will wissen, wie der kleine Junge in der Weihnachtsgeschichte heißt. Du weißt schon, der bei Dickens. Man kann einen Kurzurlaub gewinnen – in einem Wellnesshotel!«

»Bei Dickens?« Smart hatte die Stirn gerunzelt. »War das nicht Ebenezer?«

Mildred hatte abgewunken. »Du Dummerchen. Ebenezer hieß die Hauptfigur, der mürrische Alte. Der Junge war der Sohn von Ebenezers Angestelltem, und der hieß ...« Sie hatte sich den Hörer bereits ans Ohr gedrückt und hielt nun erschrocken inne. Am anderen Ende der Leitung schien sich etwas zu tun. »Ja? Hallo? Hier spricht Mrs Mildred Smart aus London, und ich glaube, ich weiß die Lösung. Ja, mein Mann und ich würden *liebend* gern über Weihnachten verreisen!«

Smart hatte entsetzt die Augen aufgerissen. Es war eine Sache, bei einem Quiz mitzuspielen. Aber ein Urlaub? Noch dazu an den Feiertagen? Das stand auf einem anderen Blatt.

Smart liebte seine Auszeit daheim. Jedes Jahr freute er sich schon Wochen im Voraus darauf, endlich die Beine hochlegen zu können und es sich gutgehen zu lassen. Er wollte am warmen Kamin sitzen, eine Tasse Eggnog in der Hand, und dem Schneetreiben vor den Fenstern zusehen. Er wollte im Hauseingang stehen, wenn die Carol Singers kamen, und neben Mildred in der Kirchenbank sitzen, wenn die Glocken zur Christmette riefen. Und er wollte essen. Gut essen, tagelang, und einmal nicht an Kalorien, Cholesterin und all die anderen Dinge denken, mit denen Mildred und sein Hausarzt Dr. Gillicuddy ihm den Rest des Jahres stets in den Ohren lagen. Verreisen wollte er auf gar keinen Fall. Nirgendwo sonst war es so gemütlich wie zu Hause, erst recht an Weihnachten.

Doch Mildred hatte am Telefonhörer gehangen, ganz aufgeregt und begeistert. »Ja? Ja, ich bin noch dran. Die Antwort? Nun, die ist ganz einfach. Der kleine Junge bei Dickens heißt nämlich genauso wie mein Mann: Timothy. Tiny Tim Cratchit!«

So hieß er tatsächlich. Und ehe Smart wusste, wie ihm geschah, hatte Mildred auch schon diese elende Reise gewonnen. Eine Reise für zwei Personen. Über Weihnachten!

»Hier«, erklang ihre Stimme nun schon wieder und riss ihn aus seinen Erinnerungen. »Schau mal, reichen die dir?«

Smart hob den Blick erneut zur Treppe und sah seine geliebte Mildred die Stufen herunterkommen, zahlreiche Kleiderbügel mit Oberhemden in den Händen. Mildred wirkte gleichzeitig entspannt und geschäftig, und der Blick ihrer dunklen Augen war herzlich und klar.

»Äh«, machte Smart. »Was?«

»Na, die Hemden«, tadelte sie ihn. »Wovon rede ich denn die ganze Zeit? Das sind fünf Hemden, Timmy. Reichen die dir, oder willst du noch mehr in deinem Koffer? Und wie sieht es mit Wollpullovern aus, hm? Es wird bestimmt ganz schön kalt im Lake District.«

Er blinzelte verwirrt. So hatte er sich seine Heimkehr nicht vorgestellt. »Äh«, machte er erneut.

Mildred drückte ihm einen Kuss auf die Wange. »Ich brauche wirklich eine Antwort, Liebster«, sagte sie sanft. »Wenn ich die Koffer nicht bald gepackt habe, fährt der Zug ohne uns nach Little Puddington. Und das wäre eine echte Schande. Wann sonst hätten wir schon mal etwas gewonnen, hm? Hach, ich freue mich ja so! Fünf Tage Wellness, mitten in der Natur. Nicht einmal Charles und Camilla werden es an Weihnachten so gut haben wie wir!«

Das bezweifelte Smart doch sehr. Der König durfte wahrscheinlich am Kamin sitzen, wann immer er das wollte.

Der kann sich vermutlich sogar den Kamin aussuchen, dachte er. *In Buckingham Palace gibt es bestimmt Dutzende davon.*

»Fünf Hemden werden schon genug sein«, sagte er schließlich. »Wenn du das meinst, wird es stimmen.«

»Und die Pullover?«, hakte Mildred nach. »Wirklich, Timmy. Du musst dich schon ein wenig anstrengen beim Packen! Wie viele Pullover brauchst du?«

Am heimischen Kamin? Er lächelte wehmütig. *Da hätte ich keinen gebraucht ...*

Das Hotel *Ravenhurst* lag einige Fahrstunden von London entfernt und mitten im Lake District. Jener Nationalpark gehörte zu den grünsten Gegenden des gesamten Königreiches und war einer der Orte, an denen sich die sprichwörtlichen Füchse und Hasen Gute Nacht sagten – sofern sie sich vor lauter Bäumen und Büschen überhaupt begegneten.

Smart hatte im Dienste des Yard nahezu schon jeden Winkel des Landes bereist, um die Weiten des Lake District bislang aber einen Bogen gemacht. Er war kein Feind der Natur, das ganz und gar nicht. Aber so ein Nationalpark bedeutete für seine Besucher meist ausgiebige Wanderungen. Wanderungen bedeuteten in Smarts Augen Sport, und Sport war etwas, was er vermied, wann und wo immer er es konnte. Der Mensch war nicht für körperliche Anstrengungen gemacht, zumindest seiner Ansicht nach. Wäre dem anders, wäre er nicht so verletzlich.

»Ich verlasse mich da voll und ganz auf dein fachkundiges Urteil, meine Liebe«, sagte Smart.

Dann strich er Mildred kurz über die Wange und ging weiter in Richtung Küche. Die lange Fahrt hatte ihn hungrig gemacht, und er hoffte, im Kühlschrank einen kleinen Imbiss zu finden.

Zur Not gäbe ich mich auch mit einem größeren zufrieden, dachte er. *Da will ich mal nicht so sein.*

Er fand tatsächlich etwas, allerdings auf dem Küchentisch. Ein Teller voller Adventsgebäck schien geradezu auf ihn zu warten. Smarts entzückter Blick fiel auf Plätzchen mit und ohne Marmeladenfüllung, auf Zimtkringel und Schokoladentaler, Shortbread und Mince Pies. Sogar ein kleiner Stapel Welsh Cookies gehörte zu der prachtvollen Versammlung. Dankbar griff Smart nach einem der traditionsreichen Kekse und schloss die Augen, als sich sein Mund mit himmlischem Butter- und Muskataroma füllte.

Als er sie wieder öffnete, bemerkte er das Faltblatt *neben* dem Teller.

»Du kannst dir ruhig schon mal den Flyer ansehen«, rief Mildred passgenau von der Treppe. »Den hat uns das *Ravenhurst* mit der Post geschickt. Darauf stehen alle Anwendungen verzeichnet, die das Hotel bietet. Wir sollen uns aussuchen, was wir davon machen wollen, und ihnen unsere Wünsche durchgeben. Dann stellt uns das hoteleigene Team von Gesundheitsexperten unseren individuellen Fitnessplan zusammen. Ist das nicht herrlich?«

Fitness? Smart verschluckte sich beinahe an den Muskatkeksen. *Ist das nicht das Gegenteil von Wellness? Ich fühle mich jedenfalls alles andere als »well«, wenn ich ins Schwitzen komme und mir den Rücken verrenke.*

»Herrlich«, antwortete er mit noch halb vollem Mund, eine glatte Lüge. Dann setzte er sich an den Küchentisch und studierte den Flyer.

Die Frontseite des kleinen Prospekts zeigte ein halbwegs modern wirkendes Hotelgebäude mit breiter Eingangstür, hohen Fenstern und dunkler Fassade. Es wurde von großen Büschen eingerahmt, die sehr gepflegt wirkten. Weiße, lange Gardinen hingen in den Fenstern. In geschwungener Schrift waren der Hotelname – *Ravenhurst Resort* – und die Anschrift zu lesen. Darunter stand in nur geringfügig kleineren Lettern: *Ihr kleines Stück vom Glück.*

Schlug man den Prospekt auf, folgten werbewirksame

Innenaufnahmen – ein lächelndes Paar am Frühstücksbüffet, ein sportlicher Herr im wohl hauseigenen Hallenbad, eine Dame auf der Massageliege – und einige Fakten zum Haus als solchem. Smart erfuhr, dass es seit den späten 1980ern existierte und zu den »führenden Wellnesscentern der Region« gehörte, was immer das aussagen mochte. Es hatte stolze einhundertfünfzig Betten, die angeblich gesündeste Küche in der gesamten Grafschaft Cumbria und eine Lage, die ihresgleichen suchte. Außerdem hatte es Programm.

Erlauben Sie uns, Ihnen zu helfen, stand da geschrieben. **Unser geschultes Team an Ernährungsberatern, Physio-Experten und Sportmedizinern unterstützt Sie dabei, aus Ihrer kleinen Auszeit eine echte Erholung zu machen. Damit Sie als neuer Mensch nach Hause zurückkehren.**

Ich mag mich eigentlich so, wie ich bin, dachte Smart.

Warum musste denn immer alles neu sein? Noch dazu an Weihnachten? Galten Traditionen denn nichts mehr? Und überhaupt: Die »gesündeste Küche Cumbrias« verzichtete bestimmt auf Köstlichkeiten wie Mince Pies und Zimtkekse.

Zu viel Butter, ahnte er und griff sicherheitshalber gleich nach dem nächsten Welsh Cookie. *Zu viele Kalorien.*

Wollte er wirklich den Advent bei Rohkost und Pilates beschließen? Hatte er dafür den Fall »Brown« gelöst – unter Einsatz von Leib und Leben, wohlgemerkt –, um jetzt die schönste Zeit des gesamten Jahres mit Wassersport und Fango zu vergeuden, anstatt mit Sofakissen, Grog und Spritzgebäck, wie es sich gehörte?

Ich muss ihr das ausreden, erkannte er. *Dringend. Ich muss mich endlich trauen und klipp und klar sagen, was* ich *möchte.*

Es ist Weihnachten, Herrgott noch mal. Da bleibt man zu Hause und ist besinnlich. Oder wenigstens beschwipst.

Mildred betrat die Küche, jetzt ohne Oberhemd-Revue, dafür aber mit diesem bezaubernden Lächeln, das Smart noch an keinem anderen Menschen der Welt gesehen hatte. Ein Lächeln, bei dem der gesamte Körper mitzulächeln schien und sich der Raum aufhellte.

»Ob das nicht herrlich ist, hab ich dich gefragt«, sagte sie. »Fünf Tage lang lassen wir es uns jetzt gut gehen. Ich schwöre dir: Das ist Balsam für deine Blutwerte und auch für deine Nieren. Du weißt ja, wie angeschlagen die sind.«

Smart ließ das Faltblatt sinken und lächelte zurück. »Ja. Absolut herrlich, meine Liebe. Wann geht noch gleich der Zug?«

KAPITEL 3

Etwa siebenundzwanzig Stunden später betrat das Ehepaar Smart den Speisewagen. Er war festlich geschmückt, was ihn von den Waggons mit den Passagierabteilen unterschied und Mildred sofort ein wohliges Jauchzen entlockte. Fichtengrüne Girlanden hingen von der Decke, goldene Sterne in den Fenstern, und auf den gedeckten Tischen standen Kerzen in bauchigen Gläsern. Die Luft roch angenehm zimtig, falls das überhaupt ein Wort war, und Inspector Smart fühlte sich einmal mehr an das Zuhause erinnert, dem er gerade – und mit über einhundert Stundenkilometern – den Rücken kehrte.

»So, Timmy«, freute sich Mildred. Sie hatte den letzten noch freien Tisch ausgemacht und hielt direkt darauf zu. »Jetzt fängt unser Urlaub an. Jetzt gönnen wir uns was.«

Smart nickte nur.

Der Tisch lag im hinteren Bereich des Wagens, gleich neben der zweiten Tür. Das Geschirr der Vorgängergäste stand noch darauf, und als der Kellner – ein schlaksiger Mann Mitte fünfzig mit schwarzem Anzug und wohl dauerpikierter Miene – die Smarts nahen sah, beeilte er sich, ihn abzuräumen.

»Guten Abend«, näselte er dabei einen Gruß, der wie auswendig gelernt klang. »Willkommen. Was darf's sein?«

Glenfiddich, dachte Smart. *Großzügig eingeschenkt. Und dazu eine Rückfahrkarte nach London.*

Doch Mildred bestellte die Gemüsesuppe nebst kohlensäurearmem Wasser für zwei. Es stimmte wohl, was sie gesagt hatte: Der Urlaub begann.

Obwohl es gerade mal neunzehn Uhr war, regierte vor den Fenstern des Zuges bereits die Nacht. Smart blickte hinaus und fand nur Dunkelheit vor – durchsetzt von schneebedeckten Ebenen, wann immer es mal ein Strahl Mondlicht durch die Wolkendecke schaffte, die den Himmel blockierte. Nur noch äußerst gelegentlich konnte er Siedlungen erkennen, in denen elektrisches Licht brannte. Je weiter sie nach Nordwesten fuhren, desto weniger von ihnen schien es zu geben.

Er wusste nicht allzu viel über »The Lakes«, wie ihre Zielregion auch genannt wurde. Gute zweitausend Quadratkilometer umfasste das hügelige Gebiet, in dem deutlich mehr Schafe als Menschen lebten und in dem Lake Windermere, der größte See des gesamten Landes, beheimatet war. In wärmeren Monaten konnte man dort sicher gut wandern, wenn man es denn wollte, und atemberaubende Aussichten genießen. Aber im tiefsten Winter?

Der Schnee dort draußen hielt sich schon seit mehreren Wochen. Smart fragte sich, ob nicht auch die Lakes-Schafe schon Reißaus genommen hatten.

Wahrscheinlich sind die ans Mittelmeer geflogen, dachte er und musste über seinen eigenen albernen Humor lachen. *Im Gegensatz zu uns wissen die, dass es bei ihnen daheim im Moment zu kalt ist.*

»Ist das nicht romantisch?«, fragte Mildred. »Wir beide, endlich mal wieder allein und auf Reisen. In diesem *Ravenhurst Resort* sucht uns niemand, Timmy. Da können wir einfach sein, in Ruhe und weihnachtlichem Frieden.«

Smarts Vorstellung von Frieden unterschied sich doch arg von der ihren, wie er feststellen musste. Im Geiste sah sich der

Inspector schon in irgendwelchen Turnhallen stehen, wo breitschultrige Sporttherapeuten ihn ob seiner schlechten Kondition rügten, und in überheizten Saunen sitzen, Seite an Seite mit muskulösen Jungmännern, gegen die er wirken musste wie der gescheiterte Versuch eines *Homo Sapiens*.

Ein Königreich für meine Couch, dachte er sehnsuchtsvoll. Stattdessen bekam er die Suppe.

»So, Herrschaften, wohl bekomm's«, sagte der Kellner beim Servieren der erschreckend klar wirkenden Brühe.

Dann seufzte er angestrengt, als ein knappes Dutzend weiterer Gäste den Speisewagen betrat. Es handelte sich um Männer und Frauen, irgendwo zwischen Mitte dreißig und Mitte fünfzig, und sie schienen bereits in ihren Abteilen »vorgefeiert« zu haben. Zumindest kicherten sie, als wären sie nicht mehr ganz nüchtern.

»Na bravo«, murmelte der Kellner. »Die haben mir gerade noch gefehlt.«

»Gibt's ein Problem?«, erkundigte sich Smart.

»Was?« Erst jetzt begriff Freund Näsel, dass er seine jüngsten Gedanken laut ausgesprochen hatte. »Nein, nein, Sir. Das sind nur ...« Er seufzte wieder. »Hatten Sie schon einmal mit Laienschauspielern zu tun? Ein anstrengender Menschenschlag, das versichere ich Ihnen.«

Die Leute am Nebentisch brachen gerade auf. Vier der Schauspieler stürzten sich sofort auf die frei werdenden Plätze, die anderen gruppierten sich geduldig an der kleinen Bar und warteten auf einen Sitzplatz.

»Laienschauspieler?« Mildreds Mundwinkel zuckten. »Doch, die Sorte kennst du, Timmy. Erinnerst du dich? Da war doch dieser Fall vor ein paar Jahren. Robin hat ihn aufgeschrieben. Wie nannte er ihn noch gleich? Irgendwas mit Bühne ...«

»*Bretter, die den Mord bedeuten*«, soufflierte Smart. Er rührte missmutig in der Suppe, fand aber trotzdem keine weitere Einlage. Was hatte die Küche dieses Zuges nur gegen Eierstich? Und gegen Nudeln? »Einer von Chandlers fragwürdigsten Titeln, meiner Ansicht nach.«

Es kam gelegentlich vor, dass Chandler einige Fälle, die sie gemeinsam lösten, im Nachhinein zu Papier brachte. Diese leicht fiktionalisierten Versionen der realen Abenteuer wurden dann zwischen zwei Buchdeckel gepresst und professionell veröffentlicht. Smart hatte sich sagen lassen, dass sie erstaunlich hohe Verkaufszahlen erzielten. Tatsächlich erlebte er es nicht selten, dass ihn Leute wiedererkannten, obwohl er ihnen noch nie begegnet war. Sie kannten die Romanfigur, den Mann aus Chandlers Büchern.

Auch Mildred liebte diese Publikationen. Daheim in ihrem gemeinsamen Wohnzimmer hatte sie die komplette Sammlung im Regal stehen und blätterte immer wieder in ihr. Smart selbst hütete sich, eines dieser Bücher auch nur aufzuschlagen. Doch wie Chandler, Mildred und diverse Unbekannte ihm bereits versichert hatten, kam er in ihnen ausgesprochen gut weg.

»Robin beschreibt dich nicht nur«, hatte Mildred es einmal formuliert, »er bewundert dich. In seinen Erinnerungen bist du ein wandelndes kriminalistisches Genie. Und im wahren Leben natürlich auch, hehe.«

Beides bezweifelte er. Er machte nur seine Arbeit, weiter nichts, und jedem anderen hätte er die Romane längst ausgeredet. Doch sein Freund Chandler schrieb sie ausgesprochen gern, und Chandler war ein angenehmer Geselle. Ein wenig etepetete vielleicht, aber angenehm.

Er war gute zwei Jahrzehnte jünger als Smart und kam aus der höheren Gesellschaft Londons, was sein leicht dandyhaftes Auftreten erklären mochte. Wenn er nicht schrieb oder

Smart bei seinen Ermittlungen unterstützte, hielt sich der Enddreißiger meist in den Räumlichkeiten seines *Gentlemen Club* auf, der nahe der Fleet Street lag.

Smart hatte die Lokalität, in der laute Geräusche ebenso verpönt waren wie moderne Ansichten, schon mehrfach besucht und wusste, dass sich dort Männer wie Chandler regelrecht die Klinke in die Hand gaben. Medienschaffende, Industrielle, Banker ... Selbst Mitglieder des britischen Parlaments zählten zu den Stammgästen von Chandlers Club.

Eigentlich ist es erstaunlich, dachte der Inspector, *dass wir uns so gut verstehen. Wir könnten kaum unterschiedlicher sein. Und dann diese elenden Romane ...*

Was Chandler wohl gerade tat? Seit der Sache Brown hatte der Inspector ihn nicht mehr gesprochen. Wahrscheinlich war er in seinem Club und saß, mit Portwein, Zigarren und der aktuellen Ausgabe der *Times* bewaffnet, neben einem prachtvoll geschmückten Tannenbaum.

Recht so, fand Smart. *Wenigstens einer von uns weiß noch, wie man Weihnachten stilecht begeht und ...*

Er kam nicht dazu, den Gedanken zu beenden. Denn Mildreds Miene riss ihn aus diesem. Sie war blass geworden, starrte über Smarts Schulter hinweg und hielt den Löffel dabei so starr in der Luft, als hätte sie ihn vergessen.

»Ist alles in Ordnung, Liebes?«, wunderte er sich. »Du guckst plötzlich, als hättest du einen Geist gesehen.«

»Das kommt auch hin«, murmelte sie. »Zumindest so in etwa.«

Einen Moment später trat jemand an ihren Tisch. Smart sah ihn zunächst nur als Schemen im Augenwinkel. Erst als er das Lachen hörte, wusste er Bescheid.

»Das glaube ich ja nicht!«, staunte Robin Chandler. »Sie beide hier? Die Welt ist doch kleiner, als man denkt.«

Ungläubig sah Smart von seiner Suppe auf. Tatsächlich: Da stand niemand anderes als sein treuer Kompagnon.

Chandler trug an diesem Abend einen marineblauen Anzug, der maßgeschneidert sein musste, und eine dunkle Krawatte mit goldener Nadel. Sein teures Hemd warf nicht die geringste Falte, und seine schwarzen Halbschuhe wirkten so makellos sauber, als hätte er sie eben erst aus dem Karton genommen. Das Lächeln in seinem glatt rasierten Gesicht war ehrlich, genau wie die Verblüffung, die Smart in seinem Blick zu erkennen glaubte.

»Was in Gottes Namen ...«, murmelte der Inspector. »Chandler, was tun Sie hier?«

Der jüngere Mann setzte sich neben Mildred, als hätte man ihn dazu aufgefordert, und faltete die manikürten Hände auf der Tischdecke. »Das Gleiche könnte ich Sie fragen, Smart. Ich weiß ja, wie wenig Sie an Zufälle glauben, aber manchmal müssen auch Sie zugeben, dass der Zufall es faustdick hinter den Ohren hat. Oder? Wer hätte gedacht, dass wir uns in diesem Zug begegnen? Sagen Sie nicht, Sie beide fahren ebenfalls ins *Ravenhurst*!«

Mildred stieß einen Laut aus, den Smart nicht deuten konnte. Doch sie vergrub dabei das Gesicht in den Händen, ganz kurz. Das sagte viel.

»Woher in aller Welt kennen ausgerechnet Sie das *Ravenhurst*, alter Knabe?«, erwiderte er. »Und warum fahren Sie dort hin, noch dazu an Weihnachten? Sagen Sie bloß, Sie haben ebenfalls bei diesem Gewinnspiel mitgemacht.«

»Gewinnspiel?« Chandler gluckste. »Gott bewahre, nein. Ich kenne den Besitzer. Na, so ganz stimmt das nicht. Ich kenne einen der Investoren, die den Besitzer finanzieren. Aus meinem Club, verstehen Sie? Und da der gute Carmichael mir noch einen Gefallen schuldet, hat er mir ein Zimmer im Wellness-Palast spendiert – einfach so. Wellness zur Weihnacht, Smart. Klingt das nicht himmlisch?«

»Die einen sagen so, die anderen so«, murmelte Smart und begriff erst dann, dass die anderen ihn hören konnten.

Mildred schenkte ihm einen tadelnden Blick. »Wir sind jedenfalls froh, Sie in der Nähe zu wissen, Mr Chandler«, flunkerte sie. »Da hat man wenigstens ein vertrautes Gesicht.«

Chandler nickte ebenso ergeben wie charmant.

»Ich hoffe nur«, fuhr Mildred nun deutlich schärfer fort, »das bedeutet nicht, was ich befürchte!«

Smart hob eine Braue. »Und das wäre, meine Liebe?«

Sie hob ihr Wasserglas und sah über dessen Rand. »Das Übliche, Timmy. Wann immer ihr beide gemeinsam unterwegs seid, ist ein neuer Mordfall nicht weit. Ich hoffe, das bleibt uns in Little Puddington erspart.«

»Sie haben mein absolutes Ehrenwort, Mrs Smart«, sagte Chandler. »Ich bin allein der Erholung wegen hier, nicht wegen irgendwelcher Verbrechen und deren Aufklärung.«

»Na ja«, warf Smart ein. »Garantien gibt es natürlich nie. Versprechen könnten wir dir höchstens, dass *wir* niemanden ermorden werden. Aber …«

»Jetzt werde nicht spitzfindig«, unterbrach sie ihn. »Es ist Weihnachten, und wir machen Urlaub. Da hat auch ein Chief Inspector mal Pause, verstanden?«

»Nichts hätte ich lieber, Liebes«, erwiderte Smart und meinte es absolut ehrlich. »Das *kann* ich dir versprechen.«

»Na, dann sind wir uns doch einig«, freute sich Chandler. Er lehnte sich in seinem Sitz zurück, schlug entspannt die Beine übereinander und winkte dem Näselmann. »Eine Flasche Ihres besten Rotweins, mein Freund. Ginge das? Wir feiern den Beginn unserer Weihnachtspause.«

»Hört, hört«, rief einer der Laienschauspieler von der Bar und prostete mit einem Sherry in Chandlers Richtung.

»Halleluja«, murmelte Smart und trank einen Schluck Wasser.

»Ich, eine Mörderin?« Die Dame mit den feuerroten Haaren erhob sich von ihrem Stuhl, riss die Augen auf und verschränkte trotzig die Arme vor der ausladenden Brust. »Was erlauben Sie sich, Mr Bonneville? Ich bin Sopranistin!«

Chandler beugte sich vor. »Und das soll ein Ausschlusskriterium sein?«, flüsterte er. »Erinnern Sie sich an den Fall ›Bartleby‹, Smart? Damals in der Oper? Da *war* es die Sopranistin.«

Smart nickte nur. Es war kein Auswahlkriterium, aber es war auch völliger Unsinn.

Der vermeintliche Bonneville sah das anders. »Und ich bin Ermittler der Krone, Miss. Ich habe Ihr Spiel durchschaut!« Dann tat er so, als zöge er Handschellen aus einer imaginären Tragetasche.

Smart seufzte. Der Begriff »Laienschauspieler« beschrieb diese Truppe tatsächlich gut, zumindest wenn man die Betonung auf »Laien« legte …

Seit anderthalb Stunden stand der Zug nun schon auf freier Strecke. Eine Signalstörung, zweifelsfrei dem Frost geschuldet, behinderte die Weiterfahrt. Und die Personen an den Nachbartischen des Speisewagens hatten die Zwangspause genutzt, um der versammelten Schar ein paar Szenen ihres jüngsten Stückes darzubieten – als gut gemeinten Zeitvertreib.

Es handelte sich um ein Kriminalspiel, das die Truppe um den vermeintlichen Detektiv Bonneville offenbar selbst geschrieben hatte, und es strotzte geradezu vor Logiklöchern. Schon zwei Mal hatte Smart – der mehr aus Langeweile als aus Interesse zusah – einen deutlich sinnvolleren Täter ermittelt, als das Stück selbst es tat, und nun schien es sich auf die Sopranistin zu versteifen, was erst recht keinen Sinn ergab.

»Was sollte die mit dem toten Mr Chapman zu tun gehabt haben?«, flüsterte Chandler weiter. »Nach allem, was das Theaterstück bislang behauptet hat, kannten die sich gar nicht. Und hieß es nicht anfangs, die Sopranistin sei zur Tatzeit in Wales gewesen?«

»Ich fürchte«, murmelte Mildred, »das hat der Autor inzwischen vergessen.« Sie rollte mit den Augen.

»Ich wünschte, Sie könnten sich im Spiegel sehen«, verkündete Hauptfigur Bonneville gerade. Dabei tat er so, als führte er die rothaarige Dame ab, und sie tat so, als senkte sie reumütig den Kopf. »Dann wüssten Sie noch besser, dass ein Verbrechen sich nicht auszahlt.«

»Ich wünschte, Sie wären mir nie begegnet, Mr Bonneville«, grummelte die Mörderin. »Und Mr Chapman auch nicht.«

»Und ich wünschte«, sagte Smart leise, »wir würden endlich mal weiterfahren. Bevor die noch ein Stück zum Besten geben ...«

Applaus brandete auf, hauptsächlich aus den Mitgliedern der Schauspielgruppe. Die Aktiven stellten sich in einer Reihe zwischen den Tischen auf und verneigten sich mal in die eine, mal in die andere Richtung. Die übrigen Gäste des Speisewagens schienen es genau wie Smart und Chandler zu sehen und klatschten weit eher aus Höflichkeit als aus Begeisterung.

»Dass mir ja niemand ›Zugabe‹ ruft«, drohte Chandler im Flüsterton. Er hatte nach der Rotweinflasche gegriffen und schenkte sich die letzten Tropfen ins Glas. »Das war die letzte Flasche an Bord, und ohne Nachschlag halte ich keine weitere Szene mehr aus.«

In dem Moment machte der Zug einen abrupten Satz nach vorne. Gleich darauf begann er, wieder vorwärts zu rollen.

»Den Theatergöttern sei Dank, wir fahren«, murmelte Mildred.

Vor den Fenstern des Speisewagens kam wieder Bewegung ins Dunkel. Die Wand aus gut mannshohen Bäumen, die Smart während der vergangenen zwei Stunden hatte sehen müssen, blieb hinter ihnen zurück und machte einer schneebedeckten Ebene Platz, auf die der fahle Mond herabschien.

»Ladies und Gentlemen«, sagte Bonneville. Grinsend deutete er zu den Fensterscheiben. »Der Fall ist gelöst.«

Wieder brandete Applaus auf. Diesmal war es nicht bloß höflicher. Er klang vor allem erleichtert.

Nach weiteren anderthalb Stunden erreichte der Zug den Bahnhof von Little Puddington.

»Willkommen im Nirgendwo«, raunte Robin Chandler ihnen zu und vergrub die Hände in den Jackentaschen. Atemwölkchen tanzten vor seinem Gesicht. »Brrr, ist das eisig hier.«

Smart nickte. Chandler, Mildred und er standen auf dem Bahnsteig ihres Zielortes Little Puddington. Dennoch kam er sich vor, als hätte der Zug ihn soeben beim Weihnachtsmann am Nordpol abgeliefert. Hohe Schneeverwehungen säumten das schmale Bahnhofsgebäude, und die schemenhaft erkennbaren Umrisse der kleinen Häuser jenseits des Bahnhofsgeländes wirkten so dunkel und verlassen wie eine Forschungsstation im ewigen Eis. Nichts und niemand rührte sich hier, abgesehen von den Reisenden aus dem Zug.

Neben Smart und seinen Begleitern waren noch knapp zwanzig weitere Personen ausgestiegen. Smart sah, wie sie mit Koffern und Reisetaschen durch den Schnee stapften, am verlassenen Bahnhof vorbei tiefer ins Dunkel der Nacht. Sie wirkten eigenartig, fand er. Manche von ihnen trugen dunkle Umhänge, andere ganz offensichtlich Perücken.

Auch Mildred hatte sie längst bemerkt. »Noch mehr Schauspieler?«

»Hm«, brummte Chandler skeptisch. »Im Speisewagen waren die nicht. Falls es welche sind, gehören sie also nicht zu Bonnevilles Truppe. Aber wie viele Laiendarsteller sind denn heute Nacht unterwegs?«

»Wir werden es nie erfahren«, sagte Smart. »Zumindest nicht, wenn wir hier auf dem Bahnsteig herumstehen wie bestellt und nicht abgeholt. Liebes, sollte uns nicht jemand vom Hotel hier empfangen?«

»Laut dem Schreiben des Radiosenders schon«, bestätigte sie. »Ich sehe aber niemanden.«

Tatsächlich war weit und breit kein Mensch zu erkennen, der nicht aus dem Reisezug gestiegen wäre. Der Zug selbst setzte sich gerade wieder zischend in Bewegung.

»Wir sind vermutlich einfach zu spät«, sagte Chandler. Seine Zähne klapperten hörbar aufeinander. »Knappe zwei Stunden nach dem eigentlichen Termin. Das Empfangskomitee wollte wohl nicht in der Kälte warten.«

»Verübeln kann ich es ihm nicht«, stimmte Smart zu und rieb sich mit den Händen über die Oberarme, die dick bemantelt waren und trotzdem froren. Dabei nickte er den Kostümierten hinterher. »Gehen wir diesen Leuten nach, einverstanden? Sie scheinen zu wissen, wo sie hinmüssen.«

»Dann haben sie uns etwas voraus«, fand Chandler. »Dass hier auch kein Schild hängt und in Richtung *Ravenhurst* weist ...«

Sie folgten den anderen Ausgestiegenen durch den Schnee. Jenseits des Bahnhofsgebäudes befand sich ein kleiner Vorplatz, den man vom Gleis aus nicht hatte einsehen können. Er war nahezu vollständig vom Schnee frei geräumt und wurde von einer schiefen Straßenlaterne erhellt. Direkt unter der Lampe hielt ein kleiner Bus. Die Vordertür stand offen, das Licht im Inneren brannte, und nun, da sie um das Gebäude kamen, konnte Smart auch das gleichmäßige Brummen des Motors hören. Ein Mann mit Vollbart und buschigen Augenbrauen saß abwartend am Steuer. Die übrigen Zuggäste hielten direkt auf diesen Bus zu.

»Halleluja, man hat uns *nicht* vergessen.« Chandler atmete hörbar auf. »Ich hatte schon befürchtet, wir würden als Mitternachtssnack eines Eisbären enden.«

»Das kann immer noch kommen, Mr Chandler«, sagte Mildred. »Freuen Sie sich nicht zu früh.«

Doch sie folgten den übrigen Personen in den Bus. Alles war besser als die Kälte der Nacht.

KAPITEL 4

Das *Ravenhurst Resort* lag einen besseren Katzensprung vom Rand des Dorfes entfernt. Dichter Wald und Schneeberge umgaben es in nahezu allen Richtungen. Schon vom Bus aus konnte Smart das lang gezogene Haupthaus sehen, ein rechteckiger Bau mit drei Etagen und hohen Fenstern. Rechts daneben schien ein kleineres zweites Haus zu stehen, das vielleicht für die Mitarbeiter gedacht war. Oder für die Wellnessprogramme? Hinter dem Haupthaus schien außerdem ein nicht allzu großer Garten zu existieren, der aber in nächtlicher Finsternis lag.

Der Bus hatte direkt vor dem Haupteingang des Hotels gehalten. Alle Insassen bis auf den schweigsamen Fahrer hatten ihn verlassen, und nun pilgerte die Prozession der Nachtschwärmer über die Schwelle des Resorts und ins Innere.

Das Erste, was Smart dort sah, war ein prasselndes Kaminfeuer. »Gerettet«, murmelte er und stellte sich direkt davor. Mildred und auch Chandler schlossen sich ihm an.

Das Foyer des Hotels war angenehm unaufgeregt. Es erstreckte sich über zwei Etagen des Hauses und enthielt neben einigen Sitzgelegenheiten und einer breiten Treppe auch mehrere zweiflügelige Türen, die in Nachbarräume führen mussten. Eine dieser Türen stand offen, und Smart konnte durch sie in die Hotelbar sehen, wo ein einsamer Mann an einem Tresen saß.

Das Hauptaugenmerk des Inspectors lag aber auf der kleinen Rezeption. Hinter ihr standen ein junger und ein deutlich älterer Mann. Der junge hatte schwarzes, leicht lockiges Haar. Seine Miene wirkte unschuldig. Smart schätzte ihn auf Ende zwanzig. Er trug einen weinroten Anzug zu einem weißen Hemd und eine schwarze, leicht schief sitzende Krawatte.

Sein Nebenmann wirkte verschlagener. Er hatte weißes, schütteres Haar und musste mindestens siebzig sein. Mit seiner groß gewachsenen Statur machte er einen imposanten Eindruck, und sein streng gestutzter Schnäuzer, der kalte Blick seiner Augen und die breiten, stets ein wenig vorgeschobenen Schultern verliehen ihm einen fast schon aggressiv strengen Charakter.

»Ladies und Gentlemen«, rief er den Neuankömmlingen entgegen, die mit Taschen und Koffern in die Lobby strömten. Dabei kam er um die Empfangstheke herum und hob die Arme in einer klar abwehrend gemeinten Geste. »Dürfte ich kurz um Ihre Aufmerksamkeit bitten? Mein Name ist Simon Middleditch, und dies ist *mein* Hotel!«

»So viel ist also schon mal klar …«, murmelte Chandler.

»Ich bedaure Ihre verspätete Ankunft sehr«, fuhr Middleditch fort, »und ich kann mir vorstellen, dass Sie alle dringend auf Ihre Zimmer möchten. Doch so einfach ist das leider nicht.«

Der junge Mann hinter dem Empfang arbeitete fieberhaft. Wieder und wieder sah er auf seinen kleinen Computerbildschirm, und seine Miene wurde sekündlich ernster.

»Das *Ravenhurst Resort* würde Sie ausgesprochen gerne willkommen heißen«, behauptete Middleditch. »Doch die Technik lässt es nicht zu. Unser Computersystem hat ausgerechnet heute einen ebenso gewaltigen wie bislang unerklärlichen Schaden erlitten, und selbst mein ausgesprochen fachkundiges Personal kommt bei der Behebung desselben an seine Grenzen.«

Der letzte Satz troff geradezu vor Spott und Tadel. Middleditch musste sich nicht einmal umdrehen, um den jungen Mann am Computer seinen Unmut spüren zu lassen. Smart sah, wie der Angestellte zusammenzuckte, als hätte sein Arbeitgeber ihm eine Ohrfeige verpasst.

»Ohne funktionierende EDV«, erklärte der Hotelier weiter, »haben wir leider auch keine funktionierenden Türschlösser, weshalb Ihre reservierten Zimmer aktuell samt und sonders verriegelt sind. Wir kommen schlicht nicht hinein ... und Sie genauso wenig, Ladies und Gentlemen.«

Nun zog er eine mattschwarze Scheckkarte aus der Tasche seines Zweireihers, die sich bei näherer Betrachtung als Magnetkarte und Zimmerschlüssel erwies. »Seien Sie versichert, dass wir mit Hochdruck an dem Problem arbeiten und es schnellstmöglich beheben werden. Da verspreche ich den Herrschaften doch nicht zu viel, Mr Staunton, oder?«

Abermals hatte der letzte Satz dem jungen Kollegen gegolten. Staunton hob den Blick vom PC-Bildschirm und lächelte hilflos. Seine Antwort war sicher nicht von ungefähr ausweichender Natur. »Ich tue, was ich kann, Mr Middleditch.«

»Ja, tatsächlich«, murmelte der Hotelier. »Nicht mehr und nicht weniger.« Er klang alles andere als zufrieden, hob nun aber wieder die Stimme. »Bis dahin können Sie sich selbstverständlich gern hier in der Lobby aufhalten und aufwärmen. Alternativ steht Ihnen auch unsere kleine Bar zur Verfügung, die wir extra Ihretwegen heute länger geöffnet haben.«

Die Neuankömmlinge nahmen es mit Fassung und Geduld. Smart sah, wie sich einzelne Grüppchen auf den Sitzmöbeln niederließen, andere schlenderten nun ebenfalls zum wärmenden Kamin.

Ein schlanker Mann in Nadelstreifen und weißem Hut, der wie ein verkappter Mafiosi aussah, lehnte sich an die gegenüberliegende Wand des Foyers, verschränkte die Arme vor der Brust und schloss die Augen, als wollte er ein kleines Nickerchen im Stehen einlegen. Eine Frau von vielleicht Mitte zwanzig machte es sich kurzerhand auf dem Fußboden bequem. Middleditch schien der Einzige zu sein, der sich hier ärgerte.

»Sie haben den Mann gehört, Chandler«, sagte Smart. »Die Zimmer sind verschlossen, aber die Bar ist geöffnet. Was halten Sie von einem wärmenden Single Malt vor dem Schlafengehen?«

»Danke«, erwiderte sein Begleiter kopfschüttelnd. »Aber ich glaube, ich versuche mein Glück lieber bei Mr Staunton und seinem Computer. Vielleicht kann ich ja helfen. Mein Geschick in technischen Dingen ist zwar begrenzt, aber nicht gleich null – und der junge Mann wirkt, als könnte er jede Art von Rückendeckung dringend gebrauchen.«

»Tun Sie das, Robin«, stimmte Mildred zu. »Seien Sie so gut. Andernfalls wirft dieser Mr Middleditch den Ärmsten bald den Wölfen zum Fraß vor. Zumindest sieht er so aus, als hätte er es vor.«

Smart wusste nicht, ob es Wölfe im Lake District gab. Doch er teilte Mildreds Einschätzung. Der schnauzbärtige Hotelier schien ganz und gar nicht gut auf seinen Angestellten zu sprechen zu sein, dabei wirkte Staunton nicht gerade, als läge die Schuld bei ihm.

Was waren das noch für Zeiten, dachte er, *als Hotelzimmer mit regulären Schlüsseln aufgingen anstatt mit Technik?*

Dann musste er gähnen. »Und du, meine Liebe?«, wandte er sich an Mildred.

Sie schüttelte ebenfalls den Kopf. »Geh du ruhig schon vor. Ein Schlummertrunk schadet dir nicht. Ich für meinen Teil bleibe noch einen Moment hier am Kamin, um mich aufzuwärmen.«

Smart lächelte, ließ die Koffer bei seiner geliebten Gattin und schlenderte zur Hotelbar. Sie war wirklich nicht allzu groß, kaum größer als der Konferenzraum seiner Abteilung bei Scotland Yard, doch die Einrichtung war auf angenehmste Weise altmodisch und stilecht.

Smart sah dunkle Teppiche, holzvertäfelte Wände, Spiegelflächen und Topfpflanzen. Ein verwaistes Klavier stand an der seitlichen Wand, dicke Vorhänge schirmten die Fensterfront ab. Der Tresen war länglich und am hinteren Ende gebogen, fünf Hocker standen davor. Sieben kleine Tische waren im Raum verteilt, sechs von ihnen unbesetzt.

Am siebten spielte ein gelangweilt wirkender Mann von etwa vierzig Jahren mit seinem Handy. Er trug ein weißes Hemd und eine schwarze Schürze, und erhob sich sofort, als Smart den Raum betrat. »Guten Abend, Sir«, grüßte er. »Was darf's sein?«

Smart nickte und trat an den Tresen, wohin der andere Mann pflichtbewusst schon aufgebrochen war. »Glenfiddich, falls Sie haben.«

»Kommt sofort.«

Während der Barkeeper gekonnt mit Flaschen und Gläsern hantierte, wählte Smart einen Hocker aus. Erst dann sah er zu dem zweiten und einzigen weiteren Gast hinüber.

Der Mann musste in seinem Alter sein, vielleicht ein paar Jahre älter. Er hatte hellgraues, seitlich gescheiteltes Haar und einen Bart, der gleichzeitig kurz und zottelig wirkte. Seine Schultern waren recht schmal und steckten in einem karierten Hemd, über dem er eine dunkelblaue Strickweste trug, seine Beine in einer dunklen Leinenhose. Vor ihm stand ebenfalls ein Whiskey.

»Gute Wahl, der Glenfiddich«, sagte der Fremde. Dabei nickte er freundlich und hob sein eigenes Glas. »Achtzehn Jahre alt, laut Flasche. Sláinte!«

»Sláinte«, erwiderte Smart und prostete ihm ebenfalls zu, sobald ihm sein eigener Drink serviert wurde. Dann hingen beide Herren wieder ihren Gedanken nach.

Der Barkeeper trat zu Smart. »Sie sehen nicht aus, als wären Sie auch so einer, Sir«, bemerkte er leise. »Wenn Sie die Bemerkung gestatten.«

Smart hob eine Braue. Erst jetzt bemerkte er das kleine Namensschild an der Brust des Barmanns. *Colin.* »So einer?«

»Na, einer von denen«, raunte sein beschürztes Gegenüber. »Sie tragen ja nicht einmal ein Kostüm.«

»In der Tat«, bestätigte Smart. Einmal mehr musste er an Al Capone und seine Kumpane aus dem Zug denken. Dann runzelte er die Stirn. »Wer genau sind ›die‹ eigentlich, Colin? Wissen Sie das?«

Der Barkeeper griff unter den Tresen. Dann legte er einen Werbeflyer vor Smart ab. Das Papier war bunt bedruckt und mit dem Namen des Hotels sowie den Daten des gerade beginnenden Wochenendes überschrieben.

Chiller-Thriller-Convention, las der Inspector. *Drei kultige Tage mit Michael Wellington-Smythe.*

Der kryptischen Überschrift folgten weitere Informationen, die Smart genauso wenig sagten. Allem Anschein nach war das *Ravenhurst Resort* der Austragungsort einer Art Konferenz oder eines Fan-Treffens.

»Die kommen seinetwegen«, raunte Colin. Dabei nickte er auffällig unauffällig in Richtung des grauhaarigen Mannes in der Strickweste. »Das ist dieser Typ da.«

Jetzt sah auch Smart das kleine Foto auf der Rückseite des Flyers. Es zeigte tatsächlich den Herrn in Blau, allerdings trug er auf dem Bild Schwarz und guckte verschwörerisch. Nebelschwaden umgaben ihn, und der Name *Michael Wellington-Smythe* war in knalligen, blutroten Lettern geschrieben.

Michael Wellington-Smythe, wiederholte der Inspector in Gedanken. *Muss man den kennen?*

»Ich hab keine Ahnung, ob man den kennen muss«, flüsterte Colin so passgenau, als könnte er Gedanken lesen. »Mir sagt er jedenfalls nichts. Aber Simon, das ist Mr Middleditch, und Lil, das ist *Mrs* Middleditch, sind froh, ihn hierzuhaben. Auch wenn sie das nie zugeben würden. Vor allem Lil nicht.«

»Ist dem so, ja?«, murmelte Smart. Ihm fiel nichts anderes ein.

»Das Hotel läuft nicht gut im Winter. Nie.« Colin wischte mit einem weißen Stofftuch über den Tresen. »Idyllische Lage, schön und gut, aber bei dem Wetter sind vermutlich nicht einmal mehr die Schafe freiwillig in The Lakes. Von daher ist so ein Event natürlich gut für den Umsatz. Doch, doch. Simon und Lil *sind* froh über die Kundschaft, auch wenn sie Kostüm trägt und ein wenig sonderbar ist.«

Der Inspector nickte. Der Enkel seiner Cousine hatte mal von einer solchen Convention erzählt, erinnerte er sich plötzlich. Von irgendeinem Treffen in Cardiff, zu dem Schauspieler gekommen seien und Autogramme gegeben hätten. Die *Chiller-Thriller*-Veranstaltung schien aus gleichem Holz geschnitzt zu sein. Ihr Klientel war nicht der Landschaft wegen hier und auch nicht allzu interessiert an den Wellness-Angeboten des Resorts. Sondern …

Sondern an diesem Gentleman da drüben, wer immer das auch ist, führte Smart den Gedanken fort. *Und an* Chiller Thriller.

Noch so ein Name, der ihm fremd vorkam. Handelte es sich um eine Fernsehsendung? Der Mann in der blauen Strickweste wirkte nicht gerade wie ein Leinwand- oder Mattscheibenstar, nicht einmal wie ein alt gewordener. Was konnte es sonst noch sein?

Colin war weitergezogen, wischte mit feuchtem Lappen über leere Tischplatten und konnte ihm keine weiteren Auskünfte geben. Doch Michael Wellington-Smythe konnte es.

»Hörspiele«, sagte der bärtige Mann.

Smart stutzte. »Wie bitte?«

»Na, Hörspiele.« Wellington-Smythe deutete in Richtung des Flyers, der noch immer vor Smart lag. »Sie gucken, als würden Sie sich das Hirn zermartern und kämen nicht drauf. Da geht's um Hörspiele. Deshalb bin ich hier ... und die da draußen auch.« Beim letzten Satz deutete er hinter sich und zur Lobby mit den Wartenden. »Die Veranstalterin rechnet mit vollem Haus.«

»Sie machen Hörspiele, ja?«

Ein Kopfschütteln. »Ich *habe* gemacht. Ganz wichtiger Unterschied. Das habe ich dankenswerterweise hinter mir, zumindest meistens. Und bevor Sie sich das auch noch fragen müssen: Ich hab die Dinger geschrieben, nicht gesprochen. Von Schauspielerei verstehe ich ausgesprochen wenig.«

Ehe Smart sich's versah, waren sie in ein Gespräch vertieft. Es geschah ganz natürlich, quasi wie von selbst. Zwei Fremde im Nirgendwo, angespült von der Nacht. Der Inspector vertraute stets auf seine gute Menschenkenntnis, und sie sagte ihm, dass dieser Hörspielstar ein angenehmer Geselle sein musste.

»Da haben wir etwas gemeinsam, Sir«, erwiderte Smart.

Im Nu hatte er die Geschichte von ihrer Eisenbahnpanne und den Laiendarstellern im Speisewagen zu erzählen begonnen. Wellington-Smythe lachte an den richtigen Stellen und auf äußerst ansteckende Weise, und Colin stand bereit, um ihre Drinks aufzufrischen.

Nein, wirklich, dachte Smart. *Ein sympathischer Kerl.*

»Und Sie, Inspector?«, fragte der Autor schließlich. »Was führt *Sie* ausgerechnet in der letzten Adventswoche ins Nichts? Ich und meine alten Hörspiele sind es ganz sicher nicht gewesen, denn ich habe große Schwierigkeiten, mir Sie in meiner morgigen Autogrammstunde vorzustellen.«

»Ein Quiz im Radio«, antwortete Smart. »Und eine Gattin, die sich über den Gewinn freut.«

»Ah.« Wellington-Smythe lächelte. »*Happy wife, happy life,* hm?«

Auch Smart musste schmunzeln. »So in etwa. Ich könnte mir Schöneres vorstellen, das gebe ich gerne zu.«

»Wer nicht?«, murmelte sein Gegenüber.

Smart legte den Kopf leicht schief. »Wirklich? Sie sind doch hier der Stargast schlechthin, wenn ich das richtig verstehe. Und ausgerechnet Sie haben keine Lust, hier zu sein?«

Wellington-Smythe trank einen großen Schluck und schloss kurz die Augen, um dem Gefühl des Whiskeys in seiner Kehle nachzuhorchen. Es gefiel ihm merklich. Dann wurde er ernst. »Ich gehe nicht oft auf Fan-Conventions«, gestand er. »Das ist nicht meine Welt, wissen Sie? Tagelang umgeben zu sein von Menschen, die die alten Kamellen hochleben lassen, als hätten sie kein Leben? Nein, das ist nicht mein Fall.«

»Aber?«

Smart bremste sich erst, als das Wort schon ausgesprochen war. Der Autor schien ihm die spontane Nachfrage jedoch nicht zu verübeln.

»Aber hin und wieder kann ich einfach nicht anders«, antwortete Wellington-Smythe. »Die Gage zahlt die Rechnungen, Mr Smart. Die BBC hat schon lange nicht mehr bei mir angerufen, um neue Stoffe in Auftrag zu geben. Eine Weile lang habe ich noch Romane geschrieben, um die finanziellen Einbußen auszugleichen – erfolglose Thriller, die die Leser genauso gelangweilt haben dürften wie mich. Aber mein Verlag weiß vermutlich längst nicht mehr, wer ich bin. Ich kann's ihm nicht verübeln. In zwei Jahren schreibt Kollege Computer den Quatsch sowieso besser, als ich es je könnte. KI, verstehen Sie?«

Smart nickte.

»Deshalb bin ich hier, Inspector. In meinem Alter sind Sie als Kreativschaffender froh über alles, was überhaupt noch Honorare einbringt. Und sei es auch ein seltsames Fest mit seltsamen Leuten, die Ihre seltsamen alten Sachen hochleben lassen. *Chiller Thriller* ist nichts, worauf ich sonderlich stolz bin. Grundgütiger, wie sollte ich auch? Es ist Jahrzehnte her, dass die Hörspiele liefen. Aber ich kann mir nicht aussuchen, womit ich mein Geld verdiene. Und hin und wieder brauche ich noch immer welches, um meinen Kühlschrank zu füllen und meine Stromrechnung zu bezahlen.«

»Wie wir alle«, sagte Smart. Er hatte diesen Mann eben erst kennengelernt. Dennoch kam es ihm vor, als wären sie schon seit Jahren bekannt miteinander. Die Offenheit, mit der Wellington-Smythe ihm hier begegnete, war ansteckend, und Smart hoffte, dass er trotz aller Vorbehalte eine gute Zeit im *Ravenhurst Resort* hatte.

»Noch eine Runde, Gentlemen?«, fragte Colin, der Barkeeper.

Smart bemerkte, dass sich die Schlange an der Hotelrezeption langsam auflöste, und verneinte dankend. »Ich glaube, das Bett ruft. Endlich.«

Wellington-Smythe sah aus, als wollte er sich noch ein Getränk gönnen. Doch bevor er Colin antworten konnte, betraten drei junge Männer in Kostüm die kleine Bar. Sofort zog der Autor den Kopf leicht ein und drehte sich so, dass er dem Durchgang zur Lobby den Rücken zukehrte. »Mich ruft es ebenfalls, Colin«, sagte er leiser als zuvor. »Bedaure.«

Dann legte er ein paar Pfundnoten auf den Tresen, nickte Smart zu und verschwand, so schnell er konnte.

Dichter Nebel lag über den Seen und Tälern. Die ersten schwachen Sonnenstrahlen kündigten sich im Osten an, kämpften aber noch vergeblich gegen das Grau und die Finsternis. Erst in ein paar Stunden würde es heller werden im winterlichen Lake District und ein hoffentlich schöner Tag.

Timothy Smart stand am Fenster seines Hotelzimmers und sah in den verheißungsvollen Morgen. Das *Ravenhurst Resort* lag auf einer kleinen Anhöhe; deshalb erlaubte das Fenster ihm eine angenehme Aussicht. Nach der Nacht, die er hinter sich hatte, tat sie gleich doppelt gut.

Hotelbetten und ich, dachte er und seufzte innerlich. *Das ändert sich wohl nie.*

Die erste Nacht war immer schwierig. Smart war ein Gewohnheitstier, mochte es vertraut. Doch wenn er reiste, musste er sich an fremde Betten gewöhnen, was bei ihm stets ein wenig dauerte. Trotz der nicht ganz unstrapaziösen Anreise und der späten Ankunft hatte er stundenlang dagelegen und die Zimmerdecke angestarrt, während Mildred neben ihm den Schlaf der Gerechten schlief.

Er hatte Schäfchen gezählt, sich vergeblich an autogenem Training versucht und es irgendwann einfach aufgegeben – wie so oft. Gegen zwei hatte sich der Schlaf dann doch noch eingestellt, und nun, kaum fünf Stunden später, fühlte Smart sich alles andere als erholt. Doch die Aussicht versöhnte ihn wieder mit der Welt.

»Hübsch hier, nicht wahr?«, fragte Mildred hinter ihm. Sie kam gerade aus dem kleinen Bad des Hotelzimmers, und ihr Blick war so frisch und klar wie der Himmel über den Nebelschwaden. »Sogar noch im tiefsten Winter.«

Er konnte nicht anders, als ihr zuzustimmen.

Gemeinsam gingen sie ins Erdgeschoss. Schon im Treppenhaus kamen Smart die ersten Convention-Besucher entgegen. Sie trugen schwarze Stofftaschen mit dem *Chiller-Thriller*-Logo – blutrote Lettern auf einem stilisierten Fadenkreuz – und schienen trotz der frühen Stunde putzmunter zu sein. Eine junge Frau von vielleicht fünfundzwanzig Jahren trug Wellington-Smythes Konterfei auf ihrem T-Shirt spazieren.

»Ist das nicht der Herr, mit dem du dich gestern unterhalten hast?«, wunderte sich Mildred und sah der Frau nach.

»In der Tat«, sagte Smart. »Wir teilen uns das Haus mit einem Star.«

Dann erreichten sie den Frühstücksraum. Der L-förmige Saal war festlich geschmückt. Sterne hingen von der Decke, Kerzen brannten. In einer Ecke stand ein kleiner Tannenbaum mit roten und goldenen Kugeln an den Ästen sowie mit Geschenk-Attrappen zu seinem Fuße. Der Raum selbst befand sich im hinteren Bereich des Hauses und wurde von einer Fensterfront flankiert, die die Sicht auf den schneebedeckten Hotelgarten und den nahen Waldrand erlaubte. Auf der rechten Seite schien ein zweiter, kleinerer Gesellschaftsraum abzugehen, der nicht genutzt wurde.

Zahlreiche gedeckte Tische warteten im Speisesaal auf hungrige Gäste, und Smart war, als könnte er die vielen gebratenen Würstchen, den gebutterten Toast und die Unmengen an Kaffee, die er sich einzuverleiben gedachte, bereits auf der Zunge schmecken.

»Ah, Sie müssen das Ehepaar Smart sein.« Eine Frau trat auf sie zu. »Freut mich, freut mich. Frühaufsteher, genau wie ich, hm?«

Die Dame hatte dunkles, von grauen Strähnen durchsetztes Haar und eine streng wirkende Brille. Smart schätzte sie auf Anfang siebzig – ein Eindruck, der von ihrem geblümten Kostüm noch unterstrichen wurde. Um die Hüfte hatte sie eine weiße Schürze gebunden, und in der Hand hielt sie eine Art Klemmbrett.

»Durchaus«, erwiderte Smart, »Miss ...?«

»Mrs«, betonte sie. »Lilibeth Middleditch. Meinem Mann Simon und mir gehört dieses Etablissement. Ich glaube, Sie haben ihn gestern bei Ihrer Ankunft gesehen? Ich selbst war um die späte Stunde längst im Bett.«

»Sehr erfreut, Mrs Middleditch«, sagte Mildred und streckte die Hand zu einem Gruß aus.

Doch Mrs Middleditch dachte gar nicht daran, sie zu schütteln. Stattdessen nahm sie ein Blatt von ihrem Klemmbrett und drückte es Mildred mit völliger Selbstverständlichkeit in die wartende Rechte.

»Ja, ich freue mich auch«, bemerkte sie dabei. »Sie sind die Gewinner des Radio-Quiz, richtig? Nun, hier wäre Ihr Anwendungsprogramm. Sie haben sicher schon sehnsüchtig auf die Liste gewartet. Eigentlich hätten Sie sie schon bei Ihrer Ankunft bekommen sollen, aber diese elende EDV spurt nach wie vor nicht richtig ...«

Smart sah fragend auf das Papier. Es handelte sich um eine Art Stundenplan, der am heutigen Samstag begann und sich über mehrere Tage erstreckte. Der Plan wies erschreckend wenige Leerstellen auf und fing an den meisten Tagen schon unangenehm früh an.

Der Inspector erschrak. »Das ist alles für uns?«

Mrs Middleditch nickte. »Selbstverständlich. Sie bekommen das volle Angebot dessen, was unser Haus zu bieten hat. Gleich nach dem Frühstück erwartet Sie mein Team unten im Wellnessbereich. Bis zum Lunch sind Sie dort in den besten Händen, Mr Smart, und danach geht es mit Freiluft-Aerobic auf unserer bezaubernden Dachterrasse weiter.«

Smart entsetzte sich immer mehr. »Dachterrasse? Im Winter?«

Die Gastgeberin lachte. »Lassen Sie sich von den Temperaturen bitte nicht einschüchtern. Wer sich bewegt, dem wird nicht kalt. Unsere Physiotherapeutin sorgt schon dafür. Und Sie sind ja bei uns, um in Form zu kommen, nicht wahr?«

Wir scheinen ein sehr unterschiedliches Verständnis von Urlaub zu haben, dachte Smart.

»Und bevor ich es vergesse«, fuhr Lilibeth Middleditch fort, »habe ich hier auch Ihren Ernährungsplan für Sie. Die Speisen finden Sie alle am Büffet, die mit den roten Schildchen.«

Ernährungsplan? Smart bekam das kalte Grausen, als er den zweiten Zettel sah. Von gebratenen Würstchen stand da gar nichts, und auch das Wort »Toast« suchte er vergebens.

»Oh, ich *liebe* Porridge«, freute sich Mildred. Sie schien den Schrieb ebenfalls zu überfliegen, doch im Gegensatz zu Smart gefiel er ihr sichtlich. »Und macht Ihre Küche die Rhabarber-Smoothies selbst?«

Rhabar...?

Smart hatte sich nie gefragt, ob einem neben Worten auch Gedanken im Halse stecken bleiben konnten. Nun kannte er die Antwort trotzdem. Es fiel ihm schwer, sich den inneren Ekel nicht anmerken zu lassen, der bei der Vorstellung von kaltem, flüssig püriertem Gemüse in ihm aufsteigen wollte. Es war doch Advent, Herrgott noch mal. Er wollte Deftiges,

Süßes, Hochprozentiges! Stattdessen bot man ihm Porridge und andere Pampe?
Wer bin ich, ein zahnkranker Hase?
»Lassen Sie sich von den kostümierten Gestalten bitte nicht abschrecken, Mr und Mrs Smart«, fuhr Mrs Middleditch derweil fort. Sie klang mit einem Mal ein wenig abfällig. »Die sollen Ihr Problem nicht sein. Wir versuchen, Ihnen trotz dieser Flut an schrägen Vögeln den Aufenthalt so angenehm wie möglich zu machen.«

»Och, die stören uns kein bisschen«, sagte Mildred. »Nicht wahr, Timmy? Es ist doch schön, wenn Farbe ins Leben kommt.«

»Daran ist dieser Gentleman aus unserer Suite schuld...«, murmelte die Hotelbesitzerin. »Wenn Sie mich fragen, müsste der uns einen Aufpreis zahlen.«

Smart hing mit den Gedanken immer noch am Rhabarber-Smoothie und dem damit verbundenen Grauen. Ob die Middleditchs es merken würden, wenn er beim Gang zum Büffet einen Bogen um die Speisen mit den roten Schildchen machte? Er war Chief Inspector von Scotland Yard. Er würde das doch wohl hinbekommen, ohne den Hotelangestellten aufzufallen.

Chandler und ich haben den Westminster-Würger beschattet, ohne unsere Tarnung zu verlieren, erinnerte er sich nicht ohne Stolz. *Da werde ich mir doch wohl unbemerkt ein paar Würstchen auf den Teller legen können.*

Der Gedanke an Robin Chandler ließ ihn innehalten. Wo steckte sein dandyhafter Kumpan eigentlich? Schlief er noch?

Smart hob den Blick und sah in Richtung Büffet-Tische, wo um die frühe Stunde noch nicht allzu viel Andrang herrschte. Nur eine Handvoll Personen hielt sich an den Platten, Schüsseln und Körben auf, und Chandler gehörte zu ihnen.

»Entschuldigen Sie mich kurz, ja?«, bat Smart.

Während Mildred sich den ihnen zugeteilten Tisch zeigen ließ, hielt Smart auf seinen anderen treuen Begleiter zu. Chandler goss sich gerade Orangensaft aus einer gläsernen Karaffe ein. In der freien Hand hielt er einen Teller, auf dem sich das Rührei nur so türmte.

»Guten Morgen, Smart«, grüßte der jüngere Mann. »Auch schon munter?«

»Nicht so munter wie Sie, wie mir scheint.« Neidvoll betrachtete Smart den Berg aus verquirlter Eimasse, in dem sich einzelne Speckwürfel zeigten. »Der Appetit ist Ihnen seit unserem letzten Treffen jedenfalls nicht vergangen.«

»Ach so, das.« Chandler stellte den Teller lachend ab. »Das Frühstück ist eben die wichtigste Mahlzeit des Tages. Da darf man nicht geizen.«

»Sagen Sie das mal Mrs Middleditch.« Smart seufzte. »Ich vermute, Sie hat heute noch niemand mit einem Ernährungsplan schockiert?«

Gleich neben den Saft-Karaffen stand der große Brotkorb. Chandler langte auch hier kräftig zu. »Sollte es jemand versuchen, sähe ich mich genötigt, meine alten Aikido-Kenntnisse abzustauben. Niemand kommt zwischen mich und ein Frühstücksbüffet!«

Sagen Sie das mal meiner Frau, dachte Smart mit Wehmut.

Dann bemerkte er einen Mann, der Chandler und ihn aus dem bisschen Deckung heraus beobachtete, das die erhöht stehende Obstschale bot.

Er war wenige Jahre jünger als Chandler und hatte eine Frisur, für die Smart seinen Friseur verklagen würde. Das blonde, seitlich gescheitelte Haar lag ihm glatt am Schädel und war unterschiedlich lang geschnitten – während es die linke Kopfhälfte nur bis zum Ohr bedeckte, reichte es rechts bis fast ans Kinn. Letzteres zierte ein dünner Bart, der Wangen und Oberlippe aussparte. Der Mann trug eine Brille mit dicken Gläsern und pechschwarzem Gestell und ein schneeweißes Hemd, das bis zum Kragen zugeknöpft war. Sein Blick war angestrengt und anstrengend zugleich.

Auch Chandler hatte den Zuschauer bemerkt. »Können wir Ihnen helfen?«

Der Mann hinter der Obstschale zuckte zusammen wie ein Kind, das an der Keksdose erwischt wurde. Doch er fasste sich schnell. »Sie sind es, oder?«, fragte er Smart.

Na bravo, dachte der Inspector. *Ein Leser.*

Es kam gelegentlich vor, dass Menschen ihn erkannten. Chandlers Romanfassungen seiner Fälle hatten ihm eine gewisse Berühmtheit verschafft, die Smart ausgesprochen unangenehm war. Sein Nachbar Charlie, dessen Enkel irgendwas mit Computern machte und in seiner Branche so etwas wie ein Star geworden war, hatte ihn mal gefragt, ob er sich Autogrammkarten anschaffen wolle. Smart wusste bis heute nicht, ob die Frage ein Scherz gewesen war oder nicht.

»Robin Chandler«, stellte Chandler sich bereitwillig vor. Er schien ebenfalls an einen Leser zu glauben, und im Gegensatz zu Smart *hatte* er Autogrammkarten. Eine davon zog er soeben aus seiner Innentasche. »Zu Ihren Diensten, mein Freund.«

»Was?« Der fremde Mann blinzelte verwirrt, dann deutete er auf Smart. »Nein, nein. Sie meine ich.«

»Kennen wir uns?«, fragte der Inspector.

»Sie waren gestern Abend in der Bar«, sagte der Mann. »Bei *ihm*.«

Allmählich begriff der Inspector. »Bei Mr Wellington-Smythe, meinen Sie.«

»Kennen Sie ihn schon länger?«, erkundigte er sich. Mit einem Mal wirkte er ausgesprochen eifrig, fast schon penetrant. »Privat?«

Chandler runzelte die Stirn. »Wen?«

»Bedaure.« Smart schüttelte den Kopf. »Wir sind uns gestern erst begegnet, Mr ...?«

»Cole«, antwortete der Blonde und straffte die knochigen Schultern. »Adrian Cole. Ich bin sein größter Fan.«

Es lag keinerlei Ironie in seiner Rede, weit eher ernster Stolz. Smart hatte Stalker gesehen, die entspannter gewirkt hatten als Cole. Der Mann war irgendwie ... zu viel.

»Sind Sie auch wegen der Convention im *Ravenhurst Resort*?«, erkundigte er sich gleich weiter. Dabei blieb sein bohrender Blick auf Smart gerichtet. »Ich kenne Sie nämlich nicht von den Club-Treffen, und ich kenne da jeden. Sind Sie neu im Fandom? Oder sind Sie rein zufällig hier?«

»Verzeihung«, bat Chandler. »Aber von wem sprechen wir? Und was für ein Club soll das sein?«

»Michael Wellington-Smythe«, antwortete Smart. »Ein Hörspielautor. Hier im Hotel findet ein Fan-Treffen ihm zu Ehren statt.«

Cole schnaubte. »›Fan-Treffen‹ ist gut! Drei *Chiller*-Fans im Hobbykeller sind ein ›Fan-Treffen‹. Das hier ist die weltweit größte Con zu *Chiller Thriller!* Mit weit über einhundert Teilnehmern, Gentlemen. Mein Club liefert schon seit über zehn Jahren den Support bei diesem Event, ich bin der Erste Vorsitzende.«

»*Chiller* ...?« Fragend sah Chandler zu Smart.

»Ich erklär's Ihnen später, mein Lieber«, erwiderte der Inspector und schmunzelte leicht.

»Dann kennen Sie MWS also *nicht* näher«, fasste Cole zusammen. Er redete nicht, er plapperte. Das Thema *Chiller*

Thriller belebte ihn ungeheuer. »Das ist schade. Aber es erspart mir, Sie zum Interview zu bitten. Ich schreibe nämlich gerade an MWS' großer Biografie, und da sind private Kontakte des Meisters natürlich wertvolle Gesprächspartner. Gerade die bekomme ich selten vors Mikrofon. Falls es Sie interessiert: Um dreizehn Uhr halte ich einen Vortrag über mein Biografieprojekt, drüben in Raum zwei.«

»Ich werde es mir merken«, erwiderte Smart höflich.

Mit einem Mal wusste er, weshalb Wellington-Smythe – oder MWS, wie Cole ihn nannte – am Vorabend so abrupt aus der Bar verschwunden war. Nicht jeder Fan war angenehme Gesellschaft. Was hatte der Autor noch gleich gesagt? Dass er diese Conventions nur des Geldes wegen besuchte? Smart begann, ihn zu verstehen.

»Tun Sie das«, nickte Cole. »Raum zwei, wie gesagt. Und jetzt entschuldigen Sie mich, ja? Ich muss mich auf das Programm des heutigen Tages vorbereiten. Samstags finden auf der Con immer die meisten Vorträge statt, und im Händlerraum tummelt sich das Volk.«

»Selbstverständlich, Mr Cole«, erwiderte Smart, obwohl er dem Blonden nur sehr bedingt folgen konnte. »Gehaben Sie sich wohl.«

Cole zog weiter. Smart staunte nicht schlecht, denn der Mann ging genauso, wie er redete – zackig, stramm geradeaus und ohne allzu viel Rücksicht auf andere.

»Was in aller Welt war das denn?«, murmelte Chandler. Fragend sah er ihm nach.

»Ein Fan, mein Lieber«, antwortete Smart.

Dann nahm er seinen Begleiter am Arm und führte ihn zu dem Tisch, den Mildred noch immer für sie frei hielt.

KAPITEL 5

Die *Chiller-Thriller*-Convention fand im Konferenzbereich des *Ravenhurst* statt, einem lang gezogenen Flur jenseits des Speisesaals, von dem zwei kleinere und ein etwas größerer Raum abgingen. Mit dem Alltag im restlichen Hotel schien sie vergleichsweise wenig zu tun zu haben, was sich auch in der Dekoration zeigte, die hier deutlich weniger festlich und weihnachtlich gehalten war und mehr in Richtung »Grusel und Horror« ging.

In den kleinen Zimmern, die jeweils um die fünfzig Personen fassten, würden später am Tag sogenannte »Panels« abgehalten werden – Fachvorträge zu diversen Themen rund um die Hörspielreihe –, im größeren sammelten sich bereits die Händler mit ihren Ständen voller Memorabilia. Smart schlenderte über das Gelände, just als die letzten Händler ihre Aufbauarbeiten beendeten.

Der Chief Inspector hatte nach dem Frühstück eigentlich eine Anwendung im Keller des Hauses, zumindest stand das so auf seinem Wellness-Plan. Doch da er sie nicht gemeinsam mit Mildred durchführen würde, hatte er beschlossen, sich lieber klammheimlich zu verdrücken und die Veranstaltung von Mr Wellington-Smythe aufzusuchen. Er war neugierig geworden, erst recht nach der Begegnung mit Cole.

Außerdem hatte er keine Lust auf Wellness – erst recht nicht auf die Sorte, die mit Rohkost und sportlicher Anstrengung einherging. Sollte man ihn ob seiner Abwesenheit tadeln, so seine Logik, konnte er ja immer noch so tun, als hätte er den Weg in den Anwendungsraum schlicht nicht gefunden. Immerhin war er neu im *Ravenhurst Resort* und kein bisschen ortskundig. Da klang das plausibel.

Unwissenheit ist Glückseligkeit, dachte Smart schmunzelnd. *Wer hat das noch gleich geschrieben, George Orwell? Er hatte jedenfalls absolut recht.*

Orwell suchte man auf dem Gelände der *Chiller-Thriller*-Konferenz vermutlich vergebens, aber Michael Wellington-Smythe schien allgegenwärtig zu sein. Wo Smart auch hinsah, guckte ihm der grauhaarige Mann aus der Bar entgegen. MWS prangte auf Postern und Plakaten an den Wänden, stand als lebensgroßer Pappkamerad in den Ecken und lächelte als Fotoobjekt von den meist selbst bedruckt wirkenden T-Shirts der wenigen Fans, die um die Vormittagsstunde bereits unterwegs waren.

Im Flur, der noch weitestgehend leer wirkte, fand eine Art Kunstausstellung statt – gerahmte Zeichnungen und Gemälde, die die Con-Teilnehmer selbst erstellt hatten und die, wie Smart schnell klar wurde, von den übrigen Fans bewertet werden sollten –, und nicht wenige dieser Werke hatten den Autor als Motiv.

Auf dem Programmplan eines der beiden Vortragszimmer, der an die Tür geklebt worden war, fand sich ein MWS-Thema nach dem anderen: *MWS und der Horror, MWS' Einflüsse, MWS – (k)ein Vorreiter des seriellen Erzählens ...*

Auch »*A. Cole, 1. Vorsitzender*« und sein geplantes Buch standen auf dem Zettel, wie Smart bei der Lektüre bemerkte, dicht gefolgt von Wellington-Smythe selbst, der mit einer Autogrammstunde eingeplant war. Es sollte dazu auch einen CD-Verkauf geben, eigens organisiert von der Convention.

Der Inspector war eigenartig fasziniert. Diese *Chiller-Thriller*-Sache war tatsächlich nicht gerade klein, auch wenn er selbst nie zuvor davon gehört hatte.

Smart zog in den Händlerraum weiter, der im Vergleich zu den noch leeren Vortragszimmern schon recht gut besucht zu sein schien. Hier streiften erste Fan-Gruppen um die Stände der Verkäufer, manche noch mit Resten vom Frühstücksbüffet in den Händen. Insgesamt mussten es an die zwei Dutzend Tische sein, die in Reihen aufgestellt waren. Geschäftstüchtig guckende Männer und Frauen warteten dahinter, teils selbst in Kostüm, und Berge an Waren in den Auslagen. Neugierig trat er näher.

»XXL, richtig?«, fragte ihn einer der Händler prompt.

Der Mann stand vor einem Regal voller Shirts und Hoodies, die der *Chiller-Thriller*-Schriftzug sowie verschiedene Zeichnungen zierten – hier ein Grabstein, dort eine Lupe, mal eine Fledermaus und mal ein altmodisches Radio im Nebel.

Smart stutzte. »Wie bitte?«

»Na, deine Größe, Meister«, antwortete der Händler. Er hatte eine stattliche Wampe und ein ebenso vollbärtiges wie zufrieden wirkendes Gesicht. »Du scheinst meinem Körpertyp recht ähnlich zu sein, wenn ich das sagen darf. Also? 'nen schicken Hoodie in XXL für dich? Ich hab ganz neue Motive dabei. Hier, das ist der Werwolf aus Folge 42. Du weißt schon, die mit dem Blutmond und dem Schulbus und …«

»Pardon, aber du meinst Folge 43«, schaltete sich eine Frau ein. Sie kam gerade von rechts herangeschlendert und hatte das Gespräch offenbar mit angehört. Smart schätzte sie auf Ende dreißig, außerdem auf ziemlich entrüstet. »*Der Werwolf von Bath* ist Folge 43. Das sollte man eigentlich wissen, wenn man auf einer *CT*-Con ausstellt!«

»Was? Nee.« Der Händler runzelte die Stirn. »42 ist das. Hab ich sogar hintendrauf drucken lassen, hier, guck.« Er nahm einen der besagten Hoodies vom Regal und präsentierte die Rückseite.

»Dann hast du einen Fehldruck, den du nicht verkauft bekommst.« Die Frau verschränkte die Arme vor der Brust. Sie war nicht gewillt, von ihrer Meinung abzurücken, und das Du schien in Con-Kreisen schlicht die übliche Anrede zu sein. »Dein Pech. Es war und bleibt die 43. Folge 42 war *Die Nonne und die Nacht*.«

»Nee«, sagte der Händler wieder. Dann stutzte auch er. »*Die Nonne* war doch ... Moment, war das wirklich die 43?«

»Wirklich.«

Der Händler fuhr sich mit einer schwieligen Hand durchs Haar und betrachtete hilflos seine Ware. »Du meine Güte, das war die 43! Und ich Idiot hab noch zweihundert Hoodies hier ...«

Die Mundwinkel der Frau zuckten amüsiert. »Du kannst sie ja der Tombola spenden. Als Trostpreis.« Dann zog sie weiter, durchaus ein wenig schnippisch.

Auch Smart ging zu den nächsten Verkaufsständen, der Hoodie-Anbieter achtete ohnehin nicht mehr auf ihn. Smart war fasziniert von der Fülle an Produkten, die sich ihm darboten und die von einzelnen CDs und Kassetten bis hin zu ganzen Hörspielsammlungen in Pappschubern reichten.

Es gab Puppen, die offenbar Figuren aus den Geschichten nachempfunden waren, und Aufkleberbögen, selbst gemachte Magazine und gerahmte Autogramme der einzelnen Sprecherinnen und Sprecher. MWS' atmosphärisch angeleuchtetes Konterfei prangte auf Teetassen und Tellern, stand als gelaserte Zeichnung auf Frühstücksbrettchen und klebte auf Mousepads. Ein besonders auffälliger – und preislich stolzer – Hörspielschuber kam in Form eines hölzernen Sarges daher, ein anderer in Gestalt einer schwarzen Tasche, wie Ärzte sie benutzten.

Oder wahnsinnige Serienkiller in Gruselgeschichten, spekulierte Smart. *Das kommt thematisch wahrscheinlich eher hin.*

Die Händler schienen sich gute Geschäfte von der Convention zu versprechen, wie er bei seinem Streifzug bemerkte. Überall wirkten sie zuversichtlich, nicht zuletzt wegen Wellington-Smythe.

»Wenn der Meister persönlich kommt, zieht die Con immer mehr Leute an«, so erklärte es eine Verkäuferin mit braunem Haar, die sich als Elsbeth vorgestellt hatte. Smart war vor ihren Häkeldeckchen mit *Chiller-Thriller*-Logo stehen geblieben, und sie waren prompt ins Gespräch gekommen. »Das ist gut für den Veranstalter, aber eben auch für uns Händler. Mehr Leute bedeuten mehr Umsatz.«

»Worum genau geht es eigentlich in diesen Hörspielen?«, erkundigte sich der Inspector. »Was daran begeistert die Menschen so, dass sie deswegen bis hier hinaus nach Little Puddington fahren? Denn die Besucher dieser Veranstaltung stammen ja sicher nicht alle aus dem Lake District.«

»Och, da gibt's vieles, was einen begeistern kann«, sagte Elsbeth. Ihr Blick ging kurz ins Leere, wurde schwärmerisch. »Die Storys sind klasse und oft ganz schön unheimlich. Die Atmosphäre, die Sound-Effekte … Und dann ist da natürlich der Nostalgiefaktor, ganz klar. Als die Serie ursprünglich lief – also die Radiofolgen, nicht die Fortsetzung auf CD Jahre später –, da war sie eine echte Kultserie. Wenige kannten sie, aber die wenigen feierten sie wie kaum etwas sonst. So etwas sorgt für loyale Fans. Als dann einige Jahre später das Revival kam und die alten Sachen auf CD gepresst wurden, traf *Chiller*

Thriller plötzlich einen Nerv. Da sind jede Menge neue Fans hinzugekommen, viele schon in jungen Jahren.«

»Das kann man wohl sagen«, schaltete sich jemand links neben Smart in die Unterhaltung ein. »Ich bin über die CDs zum Fan geworden. Die haben mir echt schlaflose Nächte bereitet. Hätten meine Eltern gewusst, was ich da höre, hätten sie mir die CDs sicher weggenommen, weil ich noch zu jung für sie war.«

Smart drehte den Kopf und fand eine Frau von vielleicht Mitte zwanzig neben sich. Sie hatte rotes, zum Pferdeschwanz gebundenes Haar und ein an Sommersprossen reiches Gesicht, das sehr sympathisch wirkte. Ihr Körper steckte in einem Wollpullover mit Rentieren, dessen Ärmel ihr halb über die schmalen Hände reichten, und einer dunklen Hose. An den Füßen trug sie gefütterte Stiefel.

Die Verkäuferin schnippte mit den Fingern. »Emma, richtig? Du bist es doch. Emma aus Little Puddington?«

»Emma Jones, ganz genau«, antwortete die Angesprochene. »Sorry, ich wollte nicht unterbrechen. Ich muss nur gleich zur Arbeit und wollte vorher schnell mein Zeug abholen.«

»Kein Problem, ich weiß ja, dass du kommst.« Die Verkäuferin griff unter ihren Tisch und zog eine Plastiktüte hervor, auf der händisch der Name der Rothaarigen geschrieben stand. »Fünf Deckchen, zehn CDs und zwei Aufkleberbögen mit den neuesten Motiven – wie vorbestellt. Das wird ein schönes Weihnachten bei dir, hm?«

»Na, ein paar davon werde ich auch verschenken.« Emma Jones lachte und zückte die Geldbörse. »Aber nicht alle.«

Smart wollte gerade fragen, was die junge Miss Jones so an *Chiller Thriller* faszinierte, da sah er ein bekanntes Gesicht am Eingang des Händlerraumes. Zu seinem Leidwesen war es auch ein *mürrisches* Gesicht.

»Hier steckst du also«, schimpfte Mildred, als er zu ihr trat. »Da unten im Keller suchen dich alle, Timmy! Du hast Programm, schon vergessen? Was treibst du dich auf diesem Flohmarkt herum, mit all den Kostümierten?«

Auf diese Frage wusste der Chief Inspector keine wirkliche Antwort, also nickte er nur. »Du hast recht, Liebes«, sagte er dann brummend. »Wie immer.«

Mildred schimpfte noch, während er ihr in den Wellness-Bereich des Hotels folgte.

Der Schlamm war überall. Er bedeckte Smarts Brustkorb, verschluckte seine Beine und schwappte gegen den Rand der länglichen Wanne. Außerdem stank er zum Himmel.

»So«, sagte Max, der Therapeut. Er trug ein rotes Poloshirt mit dem Schriftzug des *Ravenhurst Resort*, schwarze Shorts und weiße Plastiksandalen, während Smart sich allein mit einer Badehose begnügen musste. Und er lächelte selig. »Spüren Sie es schon, Mr Smart? Wie belebend das ist? Ich verspreche Ihnen: In zwanzig Minuten sind Sie ein anderer Mensch.«

Es war kurz nach neun. Smart hatte schon eine erschreckend kalte Dusche und eine nicht minder erschreckend rabiate Rückenmassage hinter sich. Während Letzterer hatte ihm eine Frau mit russisch klingendem Akzent einen »nicht entspahnt Körper, nicht entspahnt« attestiert, als wäre er und nicht ihre strafenden Hände schuld an seiner Anspannung. Nun folgte bereits Punkt drei auf der Liste seiner vormittäglichen ›Demütigungen im Namen der Gesundheit‹, wie er sie insgeheim getauft hatte, und sie übertraf die vorherigen um Längen.

Der Raum, den Smart sich mit Therapeut Max teilte, war klein und fensterlos. Zwei Topfpflanzen und leise Musik täuschten nur sehr bedingt darüber hinweg, dass das komplett gekachelte Zimmer mit den zwei Badewannen den Charme einer Gefängnisdusche verströmte, und die Gerüche taten ihr Übriges. Wer war eigentlich auf die absurde Idee gekommen, Schmutz und Matsch seien gut für den menschlichen Körper?

Smart erinnerte sich an diverse Gesichtsmasken, die Mildred aus irgendwelchen Reformhäusern mitgebracht und sich Abend für Abend auf Wangen und Stirn geschmiert hatte. Auch sie hatte damals gesagt, das sei gesund und ein wahrer Segen für die Haut. Nun, da er bis zur Brust in einem ganzen Becken voller Schlamm steckte, bezweifelte der Inspector diese Aussage mehr denn je. Gesund wäre es, sich oben im Zimmer auszuruhen und danach zum Lunch zu gehen. Das hier war …

Absurd, beendete er den Gedanken grimmig. *Vollkommen absurd.*

»Letzte Woche war jemand hier«, plauderte Max fröhlich weiter, »der fand diese Anwendung unter seiner Würde. Der hat sich regelrecht geweigert, in die Wanne zu steigen. Heilschlamm sei ein Mythos, so hat er behauptet. Aber Sie und ich, Mr Smart, wir wissen es besser, nicht? Wir sind nicht so blockiert wie dieser Typ.«

Sprechen Sie nur für sich selbst, mein Lieber, dachte Smart.

Er machte vielleicht gute Miene zum bösen Spiel, aber das hieß nicht, dass er das Spiel guthieß. Matsch blieb Matsch, auch wenn man zu höflich war, darauf hinzuweisen.

»Ich versprech's Ihnen gern noch einmal«, sagte Max. »Geben Sie dem Zeug zwanzig Minuten, nicht mehr als das. Und schon werden Sie den Unterschied merken. Sie gehen anders, als Sie gekommen sind.«

Das mit Sicherheit, dachte der Inspector und hob den rechten Arm aus der trägen Brühe. Brauner Matsch tropfte an ihm hinab und zurück ins braun gefüllte Becken. *Deutlich schmutziger.*

Er war kein allzu religiöser Mensch. Zwar besuchte er mit Mildred die Weihnachtsmesse und auch weitere Gottesdienste übers Jahr, doch theologische Sinnfragen und kirchliche Strenge waren ihm fremd. Jedem Tierchen sein Pläsierchen, das war so ziemlich das einzige Gebot, nach dem er lebte. Wer auf sich und andere achtete, der brauchte keine göttlichen Regeln und erst recht keinen regelmäßigen Kirchgang. Es sei denn, er wollte es so.

Aber in einem bin ich mir sicher, dachte Smart. *Hätte der liebe Gott gewollt, dass wir uns im Schlamm wälzen, dann hätte er uns als Schweine erschaffen und nicht als Menschen.*

»Ich hole noch schnell Ihren Zimmergenossen«, sagte Max und deutete auf die zweite, noch freie Wanne. »Dann lasse ich Sie beide allein, damit Sie sich auf die Anwendung konzentrieren können.«

»Tun Sie das, mein Lieber«, murmelte Smart.

Es war so ziemlich das Einzige, was er seit Betreten des Hotelkellers gesagt hatte. Widerstand schien zwecklos zu sein, und auch wenn er Urlaub hatte, war er noch lange nicht zum Spaß hier. Jedenfalls nicht in Mildreds Augen und denen der hoteleigenen Therapeuten.

Max verschwand aus dem gekachelten Raum, und Smart blieb allein mit seinem Schlamm. Was zu Hause wohl gerade los war? Hatten die Carol Singers ihre Arbeit bereits begonnen? Bis zum Weihnachtstag war es nicht mehr lange hin, und die Sängerinnen und Sänger kamen stets in den Tagen vor dem Fest an die Haustür. In diesem Jahr würden die Smarts sie verpassen.

Und nicht nur sie, dachte er wehmütig. *Auf Mrs Middleditchs Ernährungsplan stand nirgendwo etwas von Plumpudding und Keksen. Was, bitte, ist die Vorweihnachtszeit ohne Kekse?*

So schrecklich es auch klang: Smart wünschte sich beinahe einen Mord herbei, der ihn beschäftigt hielt. Alles war besser als gesunde Küche und gesunder Schlamm.

Die Tür ging erneut auf, doch es war nicht Max, der den fensterlosen Raum betrat. Sondern Chandler.

»So sieht man sich wieder, Smart«, grüßte der Enddreißiger. Er trug einen Morgenmantel mit Monogramm und lederne Hausschuhe. »Wie Max mir sagt, teilen wir uns heute ein Schlammbad. Ist das nicht schön?«

»Ihre Definition von ›schön‹ lässt arg zu wünschen übrig, alter Freund«, erwiderte der Inspector. »Ich für meinen Teil finde es weit eher demütigend.«

»Na, na, na«, tadelte Chandler. Er streifte den Morgenmantel ab, unter dem auch er eine Badehose trug, und ließ sich in die zweite Wanne gleiten. Im Gegensatz zu Smart gelang ihm dies mühelos und ohne fremde Hilfe. »Das ist eben Wellness, Smart. Da muss man genießen können, den Kopf abschalten und all das.«

»Mein Kopf, so behaupten Sie es zumindest in Ihren unerklärlich erfolgreichen Romanen, ist einer der klügsten des Landes, jedenfalls in Ermittlerkreisen. Es wäre geradezu Verschwendung, den einfach so abzuschalten.«

Chandler ließ sich kein bisschen provozieren. Er seufzte wohlig, schloss die Augen und bettete sein Haupt auf ein zusammengerolltes Handtuch, das er zwischen sich und den Wannenrand geklemmt hatte. »Aber wir *haben* nichts zu ermitteln, schon vergessen? Wir machen Urlaub.«

»Mord macht keinen Urlaub«, betonte Smart. »Auch nicht an Weihnachten.«

Er klang wie ein bockiger kleiner Junge und erschrak darüber. Doch Chandler lachte nur.

»Sie lernen das auch noch, Smart«, sagte der jüngere Mann.

»Wie man genießt und entspannt. Warten Sie's nur ab. Nach ein paar Tagen hier im *Ravenhurst* sind Sie ein ganz anderer Mensch.«

»Warum will eigentlich jeder, dass ich mich grundlegend verändere?«, murmelte der Inspector.

»Weil es Ihnen guttut«, erwiderte Chandler. »Urlaub vom Ich, verstehen Sie? Das würde ich übrigens auch dieser Miss Brooke dringend empfehlen ...«

»Wem?«

»Ach, dieser Managerin.« Chandler winkte mit einer matschbraunen Hand ab. »Ist die Ihnen noch nicht begegnet? Blondes Haar, atemberaubend lange Beine, schätzungsweise so um die dreißig.«

»Genau Ihr Typ, was?«

»Nee.« Chandler schüttelte den Kopf, obwohl die Beschreibung zutraf. »Die bestimmt nicht. Die hat Haare auf den Zähnen, Smart. Ich sah sie vorhin an der Rezeption, wo sie versuchte, Mr Middleditch mit Anwälten zu drohen. Wegen der EDV, verstehen Sie? Die Computer hier im Haus streiken nach wie vor, und das Personal bekommt den Fehler einfach nicht in den Griff. Diese Brooke organisiert wohl so eine Art Konferenz im *Ravenhurst*, die heute starten soll, und die technischen Mängel machen ihr derart das Leben schwer, dass sie jetzt Schadensersatz von Simon Middleditch fordern will. Den hat das allerdings ziemlich kaltgelassen. Er meinte, sie könne jederzeit gern in ein anderes Hotel weiterziehen und ihre Konferenz mitnehmen. Der wird wissen, dass sie in der gesamten Umgebung keins mehr findet.«

Smart nickte. »Die *Chiller-Thriller*-Konferenz. Ja, die ist mir ein Begriff. Und die Veranstalterin heißt Brooke?«

»Shelley Brooke, glaube ich. Wie gesagt: Machen Sie lieber einen Bogen um die. Sie sieht zwar aus wie ein Engel, aber sie hat eine Laune wie zwei Dutzend Teufel bei einer Wurzelbehandlung.«

Und Sie haben versucht, ihr schöne Augen zu machen, ahnte Smart. Trotz des Schlammbads musste er schmunzeln. *Manche Dinge ändern sich nie.*

»Na, jedenfalls ist Urlaub vom Ich gut für Körper und Geist«, fand Chandler. Er schloss die Augen wieder und entspannte sichtlich. »Man muss sich nur darauf einlassen, Smart. Eins mit der Erholung werden. Durchatmen.«

»Grunz, grunz«, murmelte der Inspector und musste erneut an Schweine denken, die sich im Dreck suhlten.

Doch Chandler hörte schon gar nicht mehr hin. Das, erkannte Smart, während auch er sich mit dem Hinterkopf gegen den Wannenrand lehnte, war vielleicht auch besser so.

KAPITEL 6

[Vorab: Mir ist bewusst, dass ich nerve. Niemand möchte ständiges Genörgel lesen, erst recht nicht von einer für die Produktion derartig unwichtigen Person wie dem Autor. Dennoch sei mir ein Hinweis zum Casting erlaubt. Abermals. Um nicht zu sagen: Aberabermals. Steter Tropfen höhlt den Stein und all das.

Na, jedenfalls: Wir benötigen zwei ausgesprochen (!) charismatische Stimmen für diese Episode von *Chiller Thriller*. LINDA muss gleichermaßen stark wie verletzlich klingen – sie ist keine graue Maus und auch keine *Wonder Woman*, sondern eine »echte« Frau von Mitte vierzig. Jemand, den wir auf der Straße sehen könnten. Im Supermarkt. In der Schlange vor dem Bankschalter. Real, kapiert?

Und RICHARD sollte sonor und ruhig rüberkommen. Versteht mich bitte nicht schon wieder falsch: keine Schlaftablette! Aber eben auch kein Draufgänger. Wir wollen Sympathie für diese Leute wecken und die Hörer nicht abschrecken. Andernfalls funktioniert die ganze Szene nicht.

Ich betone und wiederhole dies so ausdrücklich – abermals und aberabermals –, weil mir, wie ich inzwischen vielfach angemerkt habe, die Besetzung der beiden Hauptrollen in Folge 8, *Die Nacht des Rächers*, entschieden missfallen hat und ich eine Wiederholung dieses Debakels nach Kräften vermeiden möchte. Wir erinnern uns doch noch an die Hörerpost, die damals beim Sender einging, oder? Wir *alle* erinnern uns.

Zumindest hoffe ich es ...

Aber genug der Vorrede, auf geht's ins Skript. Es soll mir nur niemand hinterher vorwerfen, ich hätte im Vorfeld nicht gewarnt.]

BLUTIGE WEIHNACHT
Chiller Thriller, Folge 11
Autor: M. Wellington-Smythe
Geplante Ausstrahlung: 22. Dezember 1989

Szene 1
<u>Innen, Abend.</u> *Weihnachtsmusik erklingt im Hintergrund, ganz leise und atmosphärisch. Dazu hören wir das nicht minder leise Prasseln eines nahen Kaminfeuers. Letzteres wird uns die gesamte Szene über begleiten, wenngleich wir die Weihnachtsmusik während der Dialogpassagen gerne ausblenden dürfen, um den Sprechtext deutlicher wirken zu lassen. Die Atmosphäre der Szene ist heimelig, warm und durch und durch Weihnachten. Der Hörer soll glauben, er sei sicher und geborgen. Dabei wird er sich allerdings irren, genau wie*

LINDA
(murmelnd)
Verflixt, wo ist denn nur wieder dieser ...
(normal)
Ah, da. So, jetzt aber.

Das Geräusch eines herausploppenden Korkens erklingt, dicht gefolgt vom sanften Plätschern eines Weines, der in ein Glas fließt. [All das sollte im Geräuschefundus der BBC mühelos zu bekommen sein. Es soll mir niemand vorwerfen, meine Skripte seien zu teuer in der Produktion! Zumindest jetzt niemand mehr …]

      LINDA
   (schluckt hörbar, seufzt dann wohlig)
  Ah, das ist besser. Und jetzt …

Das Glas wird abgestellt. Ein Telefonhörer wird aufgehoben. Wir hören leises Tuten, dann das Geräusch einer sich drehenden Wählscheibe. Linda tätigt einen Anruf.

      LINDA
… sieben, eins, drei. So. Wehe, das klappt jetzt nicht.

Spätestens jetzt sollte die Weihnachtsmusik im Hintergrund langsam ausgeblendet worden sein. Wir hören nun das gleichmäßige Tuten eines Telefons, das auf die Annahme des begonnenen Anrufs wartet. Dann ein Klicken in der Leitung. Auf das Klicken folgt – Überraschung! – eine unangenehm fröhliche Popmusik.

      LINDA
    (tadelnd, mürrisch)
Na, in Weihnachtsstimmung sind die ja nicht gerade.

MÄNNLICHE STIMME VOM TONBAND
Willkommen bei der *Lonely-Hearts*-Hotline. Vielen Dank für deinen Anruf. Wir verbinden dich schnellstmöglich mit deinem nächsten Gesprächspartner.

LINDA
(*ungeduldig, mürrisch*)
Ja, ja.

Weiter Popmusik aus der Telefonleitung. Linda greift zum Wein, trinkt schlürfend, schluckt hörbar. Sie wartet nicht gern, heute nicht.

LINDA
Nun macht schon, ihr Trottel …

Die Popmusik verstummt einen Sekundenbruchteil vor dem Wort »Trottel«. Zu früh für Linda.

RICHARD
Äh …

LINDA
Ach du Sch… Hallo? Ist da jemand?

RICHARD
Durchaus, ja. Ein Trottel, wie ich höre.

LINDA
Oh, nein, nein. Das … Das tut mir furchtbar leid. Das wollte ich nicht. Du warst nicht gemeint.

RICHARD
(lacht)
Ist schon okay, das weiß ich. Ich ziehe dich nur ein wenig auf. Hi!

LINDA
(lacht)
Hi.

Stille. Wir warten zwei Sekunden, drei, vier. Die Stille wird unangenehm.

LINDA
Äh …

RICHARD
(zeitgleich, lacht)
Sollte jetzt nicht jemand etwas sagen?

LINDA
(lacht)
Gott, ist das peinlich.

RICHARD
Muss es nicht sein. Also noch mal: Hi. Ich bin Richard. Und du?

LINDA
Linda. Hallo. Frohe Weihnachten!

RICHARD
Danke, dir auch. Schön gefeiert?

LINDA
Och, na ja.

RICHARD
Mhm. Dito.
(seufzt)
Single-Leben eben.

LINDA
(beißend ironisch)
Ein Hoch auf den Fernseher.

RICHARD
Ich schwöre dir, bei der nächsten Wiederholung der Ansprache der Queen laufe ich Amok!

LINDA
(lacht)
Echt?

RICHARD
Mhm. Hier bei mir im Wohnzimmer. Dann lebt der Baum gefährlich.

LINDA
Der lebt sowieso nicht mehr. Ist doch gefällt worden.

RICHARD
Auch wieder wahr.

Stille. Dieses Mal ist sie kein bisschen unangenehm, auch wenn sie zwei, drei Augenblicke anhält.

LINDA
(leiser)
Ich ... Ich mag deine Stimme.

RICHARD
Echt? Cool, ich deine auch. Was machst du so, Linda? Also dann, wenn du nicht an Weihnachten bei einer Dating-Hotline anrufst, meine ich.

LINDA
Ich bin Nachtschwester. Im Nottingham Medical und ... Ach, Mist!

RICHARD
Wir sollen keine Ortsangaben machen, richtig? Nicht beim ersten Kennenlernen.

LINDA
Richtig. Wegen der Psychos, die hier dabei sein könnten. Den Leuten wie diesem *Midnight*-Killer, von dem sie ständig in den Nachrichten reden.

RICHARD
Was für ein Freak ... Dass den auch niemand fangen kann!

LINDA
Ja, unheimlich. Und ich Trottel plappere den Namen meiner Arbeitsstelle raus. Mann, das ärgert mich. Ich bin manchmal *so* dumm ...

RICHARD
Ich bin froh, dass du bist, wie du bist. Und ich finde das kein bisschen dumm. Ich wohne nämlich ebenfalls in Nottingham. Praktisch, oder?

LINDA
(ungläubig)
Echt?

RICHARD
Echt. Und ich finde, es gibt kaum einen wichtigeren Beruf als den der Krankenschwester.

LINDA
Na, *das* sieht unser Chefarzt anders …

RICHARD und LINDA
(lachen)

LINDA
Es ist schön, dass dir das gefällt. Ich mach den Job gern.

RICHARD
Und bestimmt auch gut. Du bist eine Heldin, Linda.

LINDA
Das … Das hast du auch schön gesagt.

Die Sympathie, die beide füreinander haben, ist unüberhörbar. Hier fliegen erste Funken, oder zumindest hört es sich so an. [Bitte besetzt die Rollen mit vernünftigen Leuten, die das auch transportieren können! BITTE!]

RICHARD
Vielleicht besuche ich dich ja mal im Nottingham. Ich schlafe nachts ohnehin nur wenig. Zu viel zu tun. Innere Medizin, richtig?

LINDA
(perplex)
Äh ... Habe ich dir auch die Station genannt?

RICHARD
Deine Schicht geht immer so bis fünf, das stimmt doch noch?

Schweigen.

RICHARD
Linda? Stimmt das noch?

Schweigen.

RICHARD
Das wäre doch lustig. Wenn ich plötzlich vor dir stünde, auf dem nachtschlafenden Krankenhausflur. Findest du nicht? Vielleicht bringe ich dir auch ein Geschenk mit. Genau wie der *Midnight*-Killer.

LINDA
Das ist nicht witzig.
(unsicher)
Und ich habe den Stationsnamen *nicht* genannt.

RICHARD
Der *Midnight*-Killer hat immer scharfe Messer dabei, wusstest du das? Die Polizei behält das für sich, der Teil kommt nicht in den Nachrichten. Aber es stimmt.

LINDA
Was ... Was zur Hölle ...

RICHARD
Ob du das wusstest, hab ich gefragt. Gib gefälligst Antwort, Linda.

LINDA
Was ... Was soll das? Das ist nicht witzig! Wer ist da?

RICHARD
Weißt du das immer noch nicht? Jemand, der dich schon lange beobachtet, Linda Cooper. Sehr, sehr lange ...
(lacht)

Die Weihnachtsmusik im Hintergrund wird wieder lauter, das Kaminfeuerknistern auch. Das Kaminfeuerknistern überlagert schließlich die Weihnachtsmusik. Dann verstummt beides, und die Titelmusik von Chiller Thriller setzt ein. Wir sind gestartet.

Dialogbuchpassage aus Chiller Thriller, Folge 11, *Blutige Weihnacht*. Erstveröffentlichung im Rahmen des Fanzines *Chill Club*, Dezember 1997. Mit freundlicher Genehmigung von MWS.

Timothy Smart steckte das Fanclub-Magazin, das er im Wellness-Bereich des Hotels gefunden und in dem er während der letzten Behandlung geblättert hatte, in die Tasche seines Bademantels und verließ den Keller. Was für eine Räuberpistole! Er hatte noch nicht viele Hörspieldrehbücher – nannte man die überhaupt so? – gelesen, aber der Auszug, den die Macher des Clubmagazins da in ihrer alten Ausgabe abgedruckt hatten, klang ganz schön effekthascherisch. Serienkiller, die eine Dating-Hotline missbrauchten? An Weihnachten? Und das gefiel dem Publikum ernsthaft?

Der Inspector war auf dem Weg in sein Zimmer. Bis zum Lunch war noch etwas Zeit übrig, und sein Folterprogramm für diesen Vormittag war bereits beendet. Smart hatte zuletzt noch ein Fußbad, ein Peeling und eine unnötig lange Runde in der Schwitzkammer über sich ergehen lassen müssen, und die ganze Zeit hindurch hatte er nur an das Mittagessen gedacht. Daran, dass der bevorstehende Lunch ihm hoffentlich den Hunger stillte, den das schon viel zu lange zurückliegende Frühstück übrig gelassen hatte.

Und den Lunch-Hunger ebenfalls, ergänzte er und spürte, wie sein darbender Magen knurrte. *Oder ist es der Plan der Middleditchs, ihre Gäste langsam auszuhungern? Vielleicht ja nur diejenigen, die ihren Aufenthalt einem Gewinnspiel verdanken.*

Das wäre dann vermutlich Mord, oder? Er lachte bei der Vorstellung, Chandler könne diese Tötungsmethode in einem seiner Romane verwenden: Mord im Wellness-Hotel, durchgeführt durch tagelange »gesunde« Ernährung. Was die Verleger aus der Fleet Street wohl zu solch einem Plot sagen würden?

Vermutlich das Gleiche wie ich zu einem Chiller Thriller, dachte er schmunzelnd. *In Schimpf und Schande vom Hof würden sie den armen Chandler jagen und …*

Dann stutzte er, denn rechts von ihm wurden Stimmen laut. Eine von ihnen klang ängstlich, die andere drohend.

»Zum hundertsten Mal, Shelley: Ihr bringt mich um!«

»Jetzt stell dich nicht so an! Und vor allem: Fahr mal die Lautstärke runter, ja? Du bist hier nicht zu Hause.«

»Nein, das ganz sicher nicht. Siehst du es mir nicht an? Ich bin am Ende!«

Stimme Nummer eins, deren Besitzer nahezu flehte, erkannte Smart sofort. Das konnte nur Michael Wellington-Smythe sein, der nette Herr von der Hotelbar. Und hatte er die Frau, mit der er da sprach, nicht Shelley genannt?

Das ist dann vermutlich Shelley Brooke, begriff Smart. *Die Event-Managerin, bei der Chandlers Charme verpufft ist. Die mit den angeblichen Haaren auf den Zähnen.*

Worüber diese beiden wohl zu streiten hatten? Smart konnte gar nicht anders: Er horchte auf.

Die Stimmen kamen aus einem versteckten Zimmer im Erdgeschoss, das gleich neben der Kellertreppe lag. Es war klein, kaum mehr als eine Abstellkammer, und seine Tür stand einen Spalt offen. Ehe Smart sich's versah, trat er auch schon einen Schritt auf sie zu.

»Am Ende, pah!« Brooke schnaubte vor Spott. »Hörst du dir eigentlich zu, wenn du jammerst? Als ob du am Ende wärst! Pfff. Ist das eine Berufskrankheit? *Müsst* ihr Kreativen immer die ganz große Drama-Kanone rausholen, wenn ihr loslegt?«

»Ich kann das nicht mehr, Shelley«, beharrte Wellington-Smythe. Er klang nun tatsächlich etwas gefasster, aber nicht weniger entschlossen. Und Smart glaubte noch immer, Angst in seinem Tonfall zu hören. »Diese Leute hier … Diese ständige Nähe, das ist einfach zu viel. Die kennen kein Maß, das wird mit jedem Jahr schlimmer. Sie sprechen mich beim

Essen an, wollen Selfies, wenn ich gerade unterwegs zur Toilette bin, fragen mich die privatesten Dinge, als wären wir dickste Freunde. Heute früh stand sogar einer vor meiner Suite und wollte ein Autogramm. Vor meiner *Suite*, Shelley! Woher zum Donnerwetter wissen die überhaupt, wo ich untergebracht bin?«

»Vermutlich von ihrem gesunden Menschenverstand, Michael«, parierte Brooke unbeeindruckt. »Wie viele Suiten wird es in dieser Klitsche wohl geben, du Schlaumeier? Und wie viel Prominenz ist außer dir gerade in diesem gottverlassenen Kaff im Nichts? Denk doch mal nach, Mann! Für jemanden, der mit gruseligen Detektivgeschichten berühmt geworden ist, fällt es dir echt schwer, zwei und zwei zusammenzuzählen.«

»Das mag ja sein«, sagte der Autor mit einem Hauch von beleidigter Leberwurst, auf den prompt wieder die Angst folgte. »Ich kann das nicht, das alleine zählt. Das ist es, was du wissen sollst. Ich muss hier weg, ja? Sofort. Wir sagen alle Termine für heute und morgen ab, hörst du? Und ich nehme den nächstbesten Zug nach Hause, wo mich dieser ganze Wahnsinn nicht findet!«

»Einen Teufel wirst du tun!«, fuhr die Managerin ihn an. Smart hätte nicht gedacht, dass sie *noch* wütender werden konnte, doch sie bewies es ihm prompt. »Wir haben einen Vertrag miteinander, schon vergessen? Und mit dieser Absteige!«

Smart war inzwischen nah genug, um durch den Spalt in der Tür schauen zu können. Was er sah, passte ins Bild. Wellington-Smythe – kariertes Hemd, etwas zu große Jeans, rote Flecken auf den ansonsten blassen Wangen – stand mit dem Rücken zu einigen Regalen voller Putzutensilien und Vorräten an Toilettenpapier. Ihm gegenüber in dem kleinen Kabuff konnte Smart eine blonde Schönheit in weißem Hosenanzug, mit teuren Ohrringen und rot lackierten Fingernägeln ausmachen, von denen einer – gemeinsam mit dem dazugehörigen Zeigefinger – gerade anklagend auf Wellington-Smythe deutete.

»Und die wirst *du* mir nicht aufkündigen, Michael!«, fuhr sie fort. »Nicht jetzt, wo die Convention gerade so richtig losgeht. Du kannst deine Karriere sehr gerne ins Klo kippen, aber nicht, wenn meine mit dranhängt! Es sind über einhundert Menschen deinetwegen in dieses Nichts gekommen. Zahlende Kundschaft. Kannst du dir vorstellen, was los wäre, wenn du einfach …«

»Ich will das doch auch nicht, Shelley«, unterbrach er sie. »Ich muss. Das ist reiner Selbstschutz!«

Smart fühlte sich an den Fall ›Stringer‹ erinnert, damals in den Wäldern nahe Coventry. Die Witwe Stringer hatte unter Panikattacken gelitten, die ihr das Leben schwermachten. Wellington-Smythe sah aus, wie sie stets ausgesehen hatte, kurz bevor die Panik durchbrach.

Shelley Brooke bemerkte es nicht. Oder sie scherte sich schlicht nicht darum. »Kannst du dir vorstellen«, wiederholte sie unbeirrt und immer herrischer, »was hier los ist, wenn du einfach durch den Hinterausgang verschwindest?«

»Shelley, es gibt auch Conventions ohne mich als Gast. Viele sogar«, erwiderte Wellington-Smythe.

»Die Regressforderungen, die dieser Middleton allein an uns stellen würde, wären mehr, als du im Jahr verdienst«, hielt Brooke dagegen. »Darauf wette ich. Der Kerl mit seinem elenden Schnauzbart wartet doch nur darauf, sich über uns aufregen zu dürfen. Und die Fans? Denk doch an deine Fans, Mensch!«

»Das ist es ja«, klagte Wellington-Smythe. »So leid es mir tut, die sind das Problem.«

Die Managerin blieb hart. »Du hast aus freien Stücken zugesagt, Michael. Niemand hat dich gezwungen, den Vertrag zu unterzeichnen. Niemand verlangt von dir, dich aus deinem Loch zu bewegen und endlich mal wieder an der Welt und dem Leben teilzunehmen.«

Doch, dachte Smart. *Die mauen Finanzen. Das hat er gestern Abend ja schon angedeutet.*

»Doch«, klagte Wellington-Smythe. »Die Rechnungen …«

»Aber du *bist* hier.« Brooke war knallhart und ließ kein Veto zu. »Du *hast* diese Termine, angefangen mit der Fotosession im kleinen Saal um ein Uhr. Und ich schwöre dir bei allem, was so einem jämmerlichen Wicht wie dir heilig sein könnte: Falls du mir hier ein Problem bereitest, dann hetze ich dir die bissigsten Anwälte Englands auf den Hals. Die pfänden dir zur Not noch den Weihnachtsbaum aus dem Wohnzimmer, hörst du? Dann mache ich dich fertig. Du erfüllst den Vertrag, Michael, oder *ich* bin dein Ende!«

Sie war immer lauter geworden. Nun wartete sie nicht einmal mehr auf eine Erwiderung. Stattdessen öffnete sie die Tür und rauschte schnaubend aus der Abstellkammer.

Smart reagierte gerade noch rechtzeitig. Er wich zurück, just als die Tür weiter aufschwang, und bemühte sich, wie ein ahnungslos vorbeischlendernder Hotelgast zu wirken.

Letzteres fiel ihm nicht allzu schwer, denn in Badelatschen und Morgenmantel war er für die Rolle schon perfekt kostümiert. Die Managerin schenkte ihm keinen zweiten Blick und verschwand in Richtung Keller. Die Götter mochten wissen, was sie dort unten wollte – vermutlich nur durchatmen.

Smart wollte ebenfalls weiterziehen, da kam Wellington-Smythe aus der Kammer.

»Ach«, sagte der Autor. Er rang sich ein Lächeln des

Wiedererkennens ab, das ihm merklich Mühe bereitete. »Sie schon wieder. Genießen Sie Ihren Aufenthalt, Mr Smart?«

»So gut ich kann«, antwortete der Inspector ausweichend und ein wenig verschämt. Er hatte gar nicht lauschen wollen, es nur nicht *nicht* getan, und nun war ihm seine Neugierde peinlich. Außerdem empfand er Mitleid mit dem anderen Mann. »Und Sie, Sir? Ist alles in Ordnung?«

Wellington-Smythe schien ihm den Ahnungslosen ebenfalls abzukaufen. Nichts an seiner Mimik ließ vermuten, dass er von Smarts kleinem »Lauschangriff« wusste. »Ich? Nun, ich … Ich bemühe mich. Sagen wir es so: Was nützt es denn auch?«

Smart schluckte. Ja, tatsächlich: Das war Angst. Wellington-Smythe sorgte sich, und zwar nicht wenig. »Kann ich vielleicht helfen?«

Der Mann hinter *Chiller Thriller* hob die Brauen. »Was? Nein, nein. Es ist alles in Ordnung und …«

»Ich bin bei der Polizei«, erinnerte Smart ihn. »Chief Inspector bei Scotland Yard, um genau zu sein. Ich helfe Ihnen gern, so Sie es möchten. Das ist gewissermaßen mein Job.«

Es war ein Angebot, nicht mehr und nicht weniger. Er wollte sich nirgendwo einmischen, erst recht nicht in die Probleme anderer Leute. Aber er spürte auch, wie schlecht sich Wellington-Smythe fühlen musste. Seit der Begegnung an der Bar hatte sich seine Stimmung nicht gerade verbessert. Er bereute es, nach *Ravenhurst* gekommen zu sein. Wenn Smarts Menschenkenntnis nicht trog, fürchtete er sogar um seine Sicherheit.

Was nachvollziehbar ist, bedenkt man diesen Autogrammjäger vor der Tür zu seiner Suite. Smart stellte sich die Szene im Geiste vor. Man musste kein allzu paranoider Mensch sein, um sie als bedrohlich zu empfinden. Welcher Prominente hatte schon gern das Publikum vor der eigenen Haustür? *Ob das Mr Cole vom Fanclub war? Der wirkte auf mich, als ließe er sich von Anstand und Höflichkeit kaum ausbremsen, wenn es um* Chiller Thriller *geht.*

»Danke, Inspector.« Wieder lächelte der Autor, doch sein Lächeln war so unecht wie die Haarfarbe von Smarts Nachbarn. »Ich komme schon zurecht. Haben Sie noch einen schönen Aufenthalt, ja? Und ... Ach herrjeh.«

Der letzte Ausruf war ihm einfach herausgerutscht, das war offenkundig. Und der Grund dafür ragte nach wie vor zusammengerollt aus Smarts Bademanteltasche: das Fanzine.

»Sie auch, hm?«, sagte Wellington-Smythe. Es klang beinahe enttäuscht. »Na, wie dem auch sei. Viel Spaß noch, Inspector.«

Smart wollte etwas erwidern, doch der Autor war schneller. Im Nu verschwand auch er, ging in Richtung Rezeption und Convention-Gelände.

Ich sollte ihm folgen, dachte der Inspector. *Ihm erklären, dass ich keiner seiner Fans bin, sondern es ehrlich meine. Aber im Bademantel?*

Es stand ihm ohnehin nicht zu. Smart unterstützte seine Mitmenschen ausgesprochen gern, wenn sie Probleme hatten oder ein geduldiges Ohr suchten. Das war vielleicht sogar eine Berufskrankheit bei ihm. Aber er wollte und durfte sich auch niemandem aufdrängen. Wellington-Smythe kannte ihn kaum, und gerade aufdringliche Menschen schienen ja der Grund zu sein, aus dem der Autor sich fürchtete.

Ich helfe ihm vielleicht mehr, wenn ich ihn in Ruhe lasse.

Dennoch ging Smart los. Er ließ die Kellertreppe hinter sich und näherte sich der Lobby und der Rezeption. Wellington-Smythe sah er nicht mehr. Fragend schaute er sich um, bis ...

»Au!«

»Oh«, erschrak der Inspector. Vor lauter Suchen schien er nicht aufgepasst zu haben, wohin er ging. Er hatte jemanden inmitten der Lobby angerempelt. »Das ... Das tut mir leid. Haben Sie sich wehgetan?«

Der andere Mann war vielleicht Anfang fünfzig und schlank. Er hatte rotblondes, lockiges Haar, das am Hinterkopf schon sehr dünn wurde, und einen kurzen Bart. Seine Miene war blass, und sein Leib steckte in einem dunklen Anzug, zu dem er ein nicht minder dunkles Hemd mit Priesterkragen trug. Eines seiner Ohren schien vor Jahren einem Unfall zum Opfer gefallen zu sein, denn als er sich umdrehte, erhaschte Smart einen kurzen Blick auf dunkles Narbengewebe, das die rotblonden Locken aber schnell wieder verbargen.

Oder gehört das zu seinem Kostüm? Smart war sich nicht ganz sicher. *Ist das auch so ein Hörspiel-Fan?*

»Nein, nein«, antwortete der Fremde gerade. »Es ist nichts passiert.«

Smart stieg die Schamesröte ins Gesicht. »Wirklich, ich kann mich nur entschuldigen. Ich bin sonst nicht so unaufmerksam.«

»Ist ja nicht weiter wild«, sagte der Mann. Auch er guckte kurz ratlos. »Ich wollte nur ... Wo ist denn ...?«

»Suchen Sie die *Chiller-Thriller*-Convention?«, schlug Smart vor. Die Priesterkluft war ein Kostüm, oder? Und das Ohr war bloß gekonnt aufgetragenes Make-up. »Da müssen Sie dort vorne durch den Gang und ...«

»Wo denken Sie hin, Inspector!«, erklang ein tadelnder Ruf aus Richtung der Empfangstheke. Ihm folgte eine nicht minder streng wirkende Mrs Middleditch. »Das ist doch keiner von diesen seltsamen Hörspielverrückten im Kostüm, die dieser unsägliche Wellington-Smythe uns beschert hat, sondern unser geschätzter Dorfpfarrer – und ganz nebenbei einer der mir liebsten Menschen überhaupt!«

»Oh.« Smart erschrak gleich schon wieder. »Auf Fettnäpfchen scheine ich heute ein Abonnement zu haben. Wie überaus dumm von mir!«

»Ein nachvollziehbarer Fehler, angesichts der Umstände.« Der andere Mann lachte und nickte wissend in Richtung des Magazins in Smarts Tasche. »Bei all den Kostümierten hier im Haus. Wer rechnet da mit einem *echten* Geistlichen? Ich könnte ja genauso gut der titelgebende ›Father Death‹ aus Episode 36 sein – falls es ihn und sie denn gibt.«

Smart lächelte. »Da bin ich überfragt, fürchte ich.«

»Dito«, sagte der Mann und erwiderte das Lächeln.

»Father Atkins hatte einen Termin bei mir«, erklärte Mrs Middleditch. Sie lächelte kein bisschen, sondern schenkte Smart immer noch tadelnde Blicke. »Wie so oft, dankenswerterweise. Mein Mann und ich wollen einen Pavillon im Garten des Hotels errichten, wenn der Frühling kommt. Und da Father Atkins sich freundlicherweise bereit erklärt hat, den Neubau einzusegnen, wenn er fertig ist, will ich ihn und seinen geistlichen Beistand auch in den einzelnen Bau- und Planungsphasen des Unterfangens an unserer Seite wissen.«

»Es ist mir eine Ehre, Mrs Middleditch«, schmeichelte der Gottesmann. »Der Pavillon wird gewiss ein Schmuckstück. Und Ihr Hotel ist ja ohnehin das Herz des gesamten Dorfes, gewissermaßen. Es schlägt fast lauter als meine Kirche.«

Nun lächelte die Hausherrin, stolz und bestätigend. Dann sah sie wieder zu Smart, und das Lächeln verblasste. Sein Aufzug war ihr merklich ein Dorn im Auge, erst recht in Gegenwart des örtlichen Pfarrers. »Und Sie, Inspector? Fertig mit dem Vormittagsprogramm?«

»In der Tat«, bestätigte er. Den Tadel konnte er ihr kaum verübeln, schließlich kam auch er sich mit Bademantel in der Lobby ein wenig seltsam vor. »Ich wollte mich gerade aufs Zimmer zurückziehen und frisch machen, bevor der Lunch beginnt.«

»Na, dann tun Sie das«, sagte Middleditch knapp. »Lassen Sie sich von uns nicht aufhalten. Der gute Father und ich haben ohnehin zu tun. Nicht wahr, Father Atkins?«

»Was immer Sie sagen, verehrte Lilibeth«, säuselte der Geistliche.

Smart nickte und verabschiedete sich von den beiden. Einen kurzen Moment lang war er versucht, Mrs Middleditch zu fragen, was wohl zum Mittagessen serviert werden würde. Doch er unterließ es.

Es gibt keinen Grund, sich den Appetit zu verderben, dachte er, während er ins Obergeschoss ging, wo Mildred sicher schon wartete. *Ich erfahre die Wahrheit noch früh genug. Bis dahin bleibt mir wenigstens die Hoffnung ...*

KAPITEL 7

Ich sehe dich!
Du sitzt da an diesem Tisch im Händlerraum wie ein Häufchen Elend, einmal mehr umringt von dich bewundernden Fans. Uns beide trennen keine fünf Meter. Und doch ... Du hast keinen blassen Schimmer, dass ich hier bin, oder? Du bemerkst mich gar nicht.
Michael Wellington-Smythe. Der ach so talentierte »Meister der Geister« höchstpersönlich. Keine fünf Meter weit entfernt und absolut ahnungslos.
Dabei habe ich dich genau im Blick. Im Visier sozusagen. Ich achte auf jede deiner Regungen, sehe dein falsches Lächeln und das angewiderte Zucken deiner Mundwinkel, wann immer ein Fan ein Selfie mit dir möchte. Mir entgeht nichts, nicht auf die kurze Distanz. Hörst du? Ich sehe alles. Und ich vergesse nichts!
Im Grunde bräuchte ich nur abzudrücken, richtig? Nur eine Waffe ziehen, anlegen, Peng. Und schon wäre der »Meister der Geister« selbst ein Gespenst, oder jedenfalls mausetot. Ganz im Ernst, ich bräuchte es nur zu tun. Niemand würde mich aufhalten. Diese Schafe, die da um dich herumstehen, ahnen doch genauso wenig wie du selbst, was für ein Wolf zwischen ihnen umherschleicht. Sie haben nicht den Hauch einer Ahnung, in welcher Gefahr ihr Idol schwebt, wenn und wann ich es will.
Ich, »Meister«. Nicht du. Was kannst du schon?
Chiller Thriller. Pah!

Das ist alles, um das es ihnen geht. Nicht um dich als Person, sondern nur um dieses verquere Bild, das sie von dir haben. Oder, Michael? Es dreht sich immer nur um den »Künstler« und seine ach so großartigen Werke. Dein Œevre. Dein kleines Stück Unsterblichkeit.

Aber ich weiß mehr. Nicht wahr, Michael? Ich kenne die Wahrheit. Und ich vergesse sie nicht.

Erinnerst du dich auch noch an sie? Liegst du vielleicht nachts wach und denkst darüber nach, genau wie ich es oft tue? Denkst du manchmal an das, was war ... und an das, was daraus wurde?

Es mag gehässig klingen, aber ich wünsche es dir. Wirklich: Ich hoffe, du hast diese schlaflosen Nächte. Denn, bei Gott, du verdienst sie! Für alles, was an dir falsch ist. Und für alles, was das bedeutet.

Aber jetzt ... Jetzt sitzt du da und siehst so harmlos aus wie ein Lebkuchenmännchen. So, als würdest du dich selbst langweilen. Du bist umringt von deiner treudoofen Schafherde und kritzelst ihr deinen Namen auf eine Autogrammkarte nach der anderen. Als wäre es das Normalste von der Welt für dich. Als wäre es richtig so.

Ha. »Richtig.« Was für ein lächerliches Wort. Du weißt schon längst nicht mehr, was richtig ist, oder? Du nicht.

Sieh mich an, Michael! Komm, schau doch einmal in meine Richtung. Gib dir die Chance zu erkennen, wie ich wirklich über dich denke. Vielleicht entkommst du mir dann ja noch, wer weiß? Vielleicht musst du mir nur ins Gesicht sehen – endlich richtig ins Gesicht sehen –, um zu begreifen, was mich umtreibt, wenn ich in deiner Nähe bin. Was ich alles zu tun bereit bin, um der Wahrheit Tribut zu zollen.

Aber du guckst nicht, Michael. Du siehst kaum mal auf von deinen lächerlichen Autogrammkarten. Nicht einmal zu den Schafen, die sie dir gierig aus den alten Händen reißen.

Dabei muss jemandem wie dir eines immer bewusst sein, hörst du? Es gibt nicht nur Schafe da draußen, oh nein! Es gibt auch mich! Und ich bin keine fünf Meter weit von dir entfernt. Ich habe dich im Visier. Und ich kann jederzeit zuschlagen.

Ich muss es nur wollen.

Was glaubst du, Michael? Will ich? Denkst du, es würde mir Freude bereiten, dich leiden zu sehen, bis der letzte Atemzug deinen elenden Körper verlässt? Dich mit der Wahrheit zu konfrontieren, die all diese Schafe nicht kennen, und dich für sie büßen zu lassen, wie du es verdienst? Glaubst du das?

Ja. Ganz bestimmt würdest du das glauben, wenn du nur ein einziges Mal den Kopf heben könntest, um dem Wolf in die Augen zu schauen. Dem hinter den Schafen. Aber selbst dafür bist du dir zu fein, nicht wahr? Einen »Meister der Geister« kann nichts schrecken.

Ha. Von wegen ...

Aber es spielt gar keine Rolle. Denn ich bin der Wolf, nicht du. Ich habe hier die Macht, ob du es nun weißt oder nicht. Und deshalb zählt unterm Strich nur, was ich *glaube.*

Also, mach dich bereit, Michael Wellington-Smythe! Schreib deine letzten Autogramme. Langweile dich ein letztes Mal. Und dann ...

Stirb!

Denn ich bin *hier, keine fünf Meter weit entfernt. Unerkannt direkt neben dir. Und ich werde mich nicht länger zügeln! Nichts und niemand kann den Wolf aufhalten, und seine scharfen Klauen werden jeden zerfetzen, der es versucht.*

Darauf gebe ich dir mein Wort, du ahnungsloser Narr.

Ich sehe dich, klar und wahr und deutlich.

Und schon bald ... bin ich bei dir.

KAPITEL 8

Die Spannung war unerträglich. Timothy Smart begriff das, als ihm just an der intensivsten Stelle jemand von hinten auf die Schulter tippte. Die Berührung ließ den Inspector zusammenfahren, als wäre ihm der Leibhaftige begegnet. Fast schon panisch wirbelte er herum.

Mildred zog die Hand wieder zurück. »Was *ist* denn?«

»Grundgütiger.« Smart keuchte. Sein Puls war in ungeahnte Höhen katapultiert worden und hatte nun Schwierigkeiten, schnell wieder zu landen. »Du bist es bloß, meine Liebe.«

»Wen hast du denn erwartet?«, gab sie tadelnd zurück. »Und was heißt hier ›bloß‹, wenn ich bitten darf? Ich habe dich jetzt schon zwei Mal angesprochen, und du hast nicht reagiert.«

»Wirklich?« Er runzelte die Stirn und sah zu dem Fan-Magazin, in dem er einmal mehr gelesen hatte. »Das hätte ich nicht erwartet. Dieser Wellington-Smythe zieht einen doch mehr in seinen Bann, als man denkt.«

Es war früher Abend im *Ravenhurst Resort*. Das Ehepaar Smart hatte das Wellnessprogramm des ersten Urlaubstages erfolgreich hinter sich gebracht und war nun wieder oben im gemütlich eingerichteten Hotelzimmer.

Smart saß an dem kleinen Schreibtisch neben dem Fenster, von dem aus man eine wunderbare Sicht auf den verschneiten Hotelgarten und den nahen Waldrand hatte. Mildred hatte sich während der vergangenen Minuten im kleinen Bad des Zimmers verdingt, das gleich neben der Flurtür abging. Nun war sie zurück und trug ihr bestes Kleid, wie Smart messerscharf erkannte. Dazu hatte sie die Ohrringe angezogen, die sie zuletzt getragen hatte, als die mittlerweile verstorbene Queen durch ihren Londoner Vorort gereist war. Kurz gesagt hatte Mildred sich so schick gemacht, wie sie nur konnte.

Warum denn das?, wunderte sich Smart.

König Charles würde vermutlich nicht im *Ravenhurst* auftauchen. Und bis zum Weihnachtstag war es noch ein Weilchen hin. Was sollte der Aufwand?

»Und?« Mildred breitete die Arme aus und sah an sich hinab. »Was meinst du? Geht das so?«

»Du siehst bezaubernd aus«, bestätigte er ihr.

Es entsprach der Wahrheit, doch Smart war lange genug verheiratet, um zu wissen, dass er auch im gegenteiligen Fall nichts anderes hätte sagen dürfen. Manche Situationen im ehelichen Alltag hatten feste Rituale, und dies war eines von ihnen.

»Was man allerdings noch nicht von dir sagen kann«, fand Mildred. »Willst du dich nicht umziehen?«

»Äh.« Smart erhob sich von seinem Platz am Schreibtisch und sah auf die Uhr, die auf dem Nachttisch stand. Kurz vor sieben. »Weshalb?«

»Na, wegen des Galadinners!« Mildred klang, als wäre das allgemein bekannt. »Heute Abend ist doch der große Weihnachtsempfang für die Hotelgäste. Das stand im Prospekt, Timmy!«

Das bezweifelte Smart, immerhin hatte er den Wisch gelesen. Andernfalls: Vielleicht hatte er die Information auch wieder verdrängt. Weil er sie – aus reinem Selbstschutz – gar nicht wissen *wollte*.

Ich würde es mir zutrauen, gestand er.

»Das Galadinner«, wiederholte er und hoffte, es klang nicht halb so ahnungslos, wie er sich fühlte. »N...natürlich.«

»Du bist unglaublich, weißt du das?« Mildred ließ sich seufzend auf die Bettkante sinken. »Wie kann man ausgerechnet das vergessen? Das wird der schönste Abend unseres gesamten Urlaubs! Das *Ravenhurst* feiert Weihnachten, Timmy! Mit Büffet und Musik und festlicher Dekoration und ... Aber nein, mein Mann ist so gebannt von seiner Lektüre, dass er sich die wichtigsten Dinge nicht mehr merkt.«

»Ich bitte um Verzeihung und werde mich umgehend in Schale schmeißen«, sagte Smart. Dann stutzte er. »Äh, ich habe doch entsprechende Kleidung dabei, oder?«

Mildred schüttelte den Kopf. »Was wärt ihr Männer nur ohne Frauen ...«

»Arm dran, meine Liebe«, erwiderte Smart, der auch diesen Teil des Rituals aus jahrelanger Erfahrung kannte. »Entsetzlich arm dran.«

Dann ließ er sich zeigen, wo im Schrank sein Anzug hing.

Der Gedanke an ein weihnachtliches Büffet belebte ihn tatsächlich. Ein »Galadinner« klang nicht gerade nach Magerquark und Porridge, oder? Wenn die Middleditchs schon einen besonderen Abend ausriefen, dann würde sich auch die Küche nicht lumpen lassen. Der Anlass verpflichtete ja geradezu.

Smarts Magen knurrte leise, während er mit Mildred in den großen Saal aufbrach. Das Hemd, das er frisch angezogen hatte, zwickte ihn am Kragen, und irrte er sich, oder war der Bund der dunklen Hose seit dem letzten Tragen ein wenig enger geworden?

Ob auch Mr Wellington-Smythe am Galadinner teilnimmt?, ging es ihm durch den Kopf.

Er wusste es nicht, würde aber nach ihm Ausschau halten. Die Sorge, die er in den Zügen des Hörspielmachers gesehen hatte, ließ ihn einfach nicht los. Irgendwie hatte er Mitleid mit dem Mann.

Tatsächlich roch es schon himmlisch, als die Smarts im Erdgeschoss ankamen. Aus Richtung des Speisesaales wehten köstlichste Düfte herüber. War das Christmas Roast mit dunkler Soße? Vielleicht ein saftiger Truthahn, wie er an Weihnachten in vielen britischen Häusern zum guten Ton gehörte?

Smart saß der karge Lunch noch in den Knochen, den er vor Stunden bekommen hatte, und er sehnte sich geradezu nach einer Mahlzeit, die den Namen auch wirklich verdiente. Eine mit Fett und Soße und süßem Nachtisch. Nächste Woche war doch Weihnachten, verdammt. War eine kleine Schüssel Plumpudding da zu viel verlangt?

Er brauchte sich keine Sorgen zu machen. Das wurde ihm klar, sowie er den Saal erreichte, und er atmete hörbar auf.

Das Innere des Speisesaales hatte sich gründlich verwandelt. Die Tische waren noch festlicher gedeckt als ohnehin, und teuer anmutendes Porzellan stand an jedem einzelnen Platz. Smart sah bauchige Weingläser, flackernde Kerzen. Neben jedem Teller lag ein kleines Knallbonbon, die traditionellen *Christmas Cracker*, und die Fülle an Besteck ließ vermuten, dass nicht nur Nach-, sondern auch Vorspeisen gereicht werden würden – im Plural!

In der Saalmitte befand sich ein prächtiger Tannenbaum mit elektrischen Lämpchen an den Zweigen und mit goldenen und roten Kugeln. Rund um seinen Ständer hatte man weißen Stoff ausgebreitet und dabei bewusst kleine Hügel und

Täler geformt, sodass das Material mit ein wenig Fantasie tatsächlich an den Schnee erinnerte, der sich draußen vor den Fenstern türmte.

Die Deckenlampen waren gedimmt, und in der hinteren Ecke des Saales, hinter den langen Büffettischen, standen zwei Männer mit Klavier, Geige und dunklen Anzügen. Sie spielten gerade drauflos, als Smart sie bemerkte, und die ersten Takte von *Oh little town of Bethlehem* wärmten Smarts Gemüt mehr, als jedes Dampfbad es konnte. Es *war* Weihnachten, selbst hier in der Gesundheitshölle des Lake District. Manche Dinge ließen sich schlicht nicht ignorieren.

»Ist das nicht schön?«, hauchte Mildred. Sie war stehen geblieben, ließ die Pracht auf sich wirken.

»Fast wie zu Hause«, erwiderte er leise und drückte ihre Hand.

An vielen der Tische saßen bereits Hausgäste, auch Robin Chandler war unter ihnen. Der Enddreißiger stand auf, als er die Smarts bemerkte, und winkte sie zu sich.

»Dieser Mr Middleditch mag ein ziemlicher Stinkstiefel sein«, sagte er lächelnd. »Aber wenn er sich mal ins Zeug legt, dann richtig.«

Chandler trug einen hellgrauen Zweireiher mit dunklem Einstecktuch und eine teuer wirkende Krawatte. Sein Haar war frisch frisiert, und Smart war, als rieche er wieder das Aftershave an ihm, das Chandler sich »für besondere Anlässe« eigens aus Frankreich liefern ließ.

»Auch Sie scheinen sich ins Zeug gelegt zu haben, alter Knabe«, sagte der Inspector anerkennend.

»Adel verpflichtet.« Chandler zwinkerte fröhlich. »Und Weihnachten auch.«

Sie setzten sich. Smart sah die Middleditchs an einem Tisch ganz in ihrer Nähe, an den auch der anscheinend omnipräsente Father Atkins geladen war. Mrs Middleditch saß direkt neben dem Priester und verwickelte ihn mit sichtlicher Begeisterung in ein Gespräch nach dem anderen. Ihr Gatte saß miesepetrig dabei.

An einem weiteren Tisch entdeckte Smart die junge Frau mit dem roten Pferdeschwanz, der er am Morgen im Händlerraum begegnet war. Sie hatte einen deutlich älteren Mann neben sich, der ihr Vater sein mochte. Er hatte dunkle, leicht ins Grau gehende Locken und einen buschigen Bart. Beide waren dem Anlass entsprechend festlich gekleidet, wenngleich zumindest die Frau auf Smart wirkte, als hätte sie sich in einem informelleren Kontext zehnmal wohler gefühlt.

Jones, richtig?, versuchte er, sich ihres Namens zu entsinnen. *Emma Jones.*

Nur Convention-Teilnehmer sah er nirgends. Ob sie im kleineren Nachbarsaal saßen? Die Middleditchs hatten bestimmt darauf geachtet, sie von den regulären Gästen des Hauses getrennt zu halten – auch am Galaabend des *Ravenhurst*. Das, fand Smart, war wenig weihnachtlich. Und wo war Wellington-Smythe abgeblieben? Ihn und Miss Brooke konnte der Inspector ebenfalls nirgends erblicken.

Die Musik ging weiter. Auf die *Little town of Bethlehem* folgten ein paar Takte von *Ding Dong Merrily on High*, bevor das Instrumentalduo zu weniger altbackenen Stücken wechselte. Smart ertappte sich dabei, dass er mit der Schuhspitze zu *White Christmas* mitwippte, und nickte dankend, als Mr Staunton vom Empfang mit Rotwein an ihren Tisch kam.

»Arbeiten Sie hier auch als Kellner, Staunton?«, wunderte sich Chandler und hielt ihm ebenfalls sein Glas hin.

»Nur zu besonderen Anlässen, Mr Chandler«, erwiderte der nette junge Mann, während er einschenkte. Dann senkte er verschwörerisch die Stimme. »Außerdem schadet es nicht, wenn ich bei Mr Middleditch ein wenig zu Kreuze krieche. Der ist nach wie vor gelaunt, das wollen Sie gar nicht wissen ...« Ein Augenrollen folgte und verriet mehr als tausend Worte.

»Gibt er Ihnen immer noch die Schuld an seiner fehlerhaften Computeranlage?«, wunderte sich Smart.

Aus dem Augenwinkel bemerkte er, dass sich die Tische im Saal immer mehr füllten. Brooke und ihren Star fand er aber nirgendwo. Wenigstens roch der Wein äußerst ansprechend.

»Und ob er das tut«, bestätigte Staunton leise und mit unsicherem Seitenblick zum Tisch der Hotelbesitzer. »Und dafür, dass sie noch immer nicht repariert wurde. Ständig fällt ein anderer Bereich der Haustechnik aus, es ist wie verhext. Aber was soll ich machen, Inspector? Little Puddington ist nicht gerade London, und so kurz vor den Feiertagen sind die meisten Techniker längst im Weihnachtsurlaub.«

»Wer nicht, wer nicht?«, säuselte Mildred und prostete Chandler zu.

Mit einem Mal verstummte die Musik. Im gleichen Augenblick erklang ein gar nicht mal leises Klingelgeräusch, und Smart sah, wie Simon Middleditch sich von seinem Platz erhob. Seine Gattin schlug dazu mit einem Löffel gegen eines ihrer Gläser, daher das Klingeln, während Father Atkins nickte.

»Ladies und Gentlemen«, sagte Mr Middleditch. Er hob kurz die Hände und wartete, bis die letzten Privatgespräche eingestellt worden waren. »Meine Gattin, unser geliebtes Personal und ich, Ihr bescheidener Gastgeber ...«

Staunton schnaubte so leise, dass nur Smart es bemerkte.

»... freuen uns sehr, Sie hier bei uns zu wissen«, fuhr Middleditch fort. »Vor allem jetzt, in dieser so herzlichen und warmen Zeit des Jahres.«

»›Warm‹ ist gut«, murmelte Chandler. »Das ist weit unter null.«

Draußen vor den Fenstern des *Ravenhurst* hatte der Wind zugenommen. Kleine Schneewirbel flogen gegen das Glas, und im Licht der wenigen Laternen, die im Hotelgarten noch brannten, konnte Smart erkennen, dass die Bäume sich bogen.

»Gastlichkeit«, sprach Middleton weiter, »ist für uns hier in Little Puddington das A und O.«

»Hört, hört«, rief der bärtige Mann an Emma Jones' Seite. Er nickte zufrieden, während sie aussah, als wollte sie sich im Boden verkriechen. »Genau so, Simon!«

Staunton wollte gerade weiterziehen, da hielt Smart ihn sanft am Arm fest. »Verzeihen Sie, mein Lieber«, sagte er leise, »aber ich sehe Mr Wellington-Smythe und Miss Brooke nirgends. Sind sie etwa abgereist?«

So, wie MWS es wollte?, ergänzte er in Gedanken.

Der junge Angestellte schüttelte den Kopf. »Nee, die sitzen nur nebenan. Die *Chiller-Thriller*-Leute haben ihre eigene Gala, sehen Sie? Da drüben.«

Smart folgte dem ausgestreckten Zeigefinger des Mannes und fand tatsächlich eine Tür, die ihm noch gar nicht aufgefallen war. Sie schien in den benachbarten Saal zu führen.

»Soweit ich weiß, können die Fans dort mit Mr Wellington-Smythe essen«, erklärte Staunton. »Zumindest diejenigen, die das Dinner zu ihrer Eintrittskarte dazugebucht haben. Und wir armen Angestellten dürfen selbstredend auch dort servieren. Als hätten wir mit *einem* Raum voller Leute nicht schon genug zu tun.«

Interessant, dachte Smart.

Wellington-Smythe war also noch immer nicht »geflohen«. Und mehr als das: Er saß gerade mit einigen seiner größten Fans beim Dinner.

Interessant ... und ein wenig beängstigend.

»Sagen Sie, Staunton«, wandte er sich erneut an den Gelegenheitskellner. »Wäre es vielleicht möglich, einen schnellen Blick in diesen Nebenraum zu werfen?«

»Na sicher.« Der jüngere Mann hob unbekümmert die Schultern. »Die Tür ist nicht abgeschlossen, Inspector. Tun Sie, was immer Sie wollen.« Dann zog er weiter, um neuen Wein an neue Tische bringen.

»Du willst *was*?«, fragte Mildred. Sie schien zumindest einen Teil des kurzen Austauschs mit angehört zu haben. Außerdem war sie offenbar das, was man im Hause Windsor mit »*not amused*« umschrieb.

»Nur für einen Moment«, antwortete Smart leise. »Solange hier Reden geschwungen werden, verpasse ich ohnehin nicht viel. Zum Essen bin ich wieder da.«

Bevor sie Einspruch erheben konnte, erhob er sich und ging in Richtung der Tür zum Nachbarsaal. Tatsächlich war der zweite Raum deutlich kleiner, aber nicht weniger festlich geschmückt. Lichterketten hingen von den Wänden, Mistelzweige an den Fensterscheiben. Aufgelockert wurde das weihnachtliche Idyll von zahlreichen Elementen, die Smart auf *Chiller Thriller* zurückführte – hier ein künstliches Spinnennetz, dort ein zweidimensionaler Colt aus Pappe. Das Logo der Serie prangte dicht unter der Decke an einem Banner, das sich quer durch den Raum spannte. Statt Weihnachtsmusik lief melodisches Gedudel vom Band, das aus dem Soundtrack der Reihe stammen mochte.

Die hiesigen Tische waren kreisrund und mit pechschwarzen Decken bedeckt. Auf diesen hatte das Personal des *Ravenhurst* blutrote Teller angerichtet. Die Getränke wurden in Kelchen gereicht, auf die Graf Dracula neidisch gewesen wäre, und eine kleine Nebelmaschine in der hinteren Zimmerecke verströmte in regelmäßigen Abständen weiße Wölkchen in die Luft, die wohl atmosphärisch wirken sollten.

Jeder Platz war besetzt. Smart sah Männer und Frauen, teils in Kostüm, an den Tischen sitzen, in begeisterte Unterhaltungen vertieft. Cole war darunter, aber auch andere Personen, die ihm auf den Gängen des Hotels bereits aufgefallen waren. Wellington-Smythe selbst hatte am mittlersten Tisch Platz genommen, umringt von einer Traube aus Bewunderern. Der Autor trug ein kariertes Hemd und ein aschfarbenes Sakko, dazu eine Cordhose. Er lächelte, während er ein Selfie nach dem anderen mit sich machen ließ und auf diversen CD-Hüllen unterschrieb. Trotzdem sah er nicht glücklich aus, eher im Gegenteil.

Letzteres lag vielleicht auch an dem Mann. Smart hatte ihn soeben bemerkt und konnte kaum von ihm wegsehen. Der Mann war vielleicht Mitte fünfzig und leicht übergewichtig. Er trug einen dunklen Rollkragenpullover zu einem ebenfalls dunklen Sakko und hatte beide Hände in den Taschen seiner Jeans vergraben. Er stand am Durchgang zur Lobby, als hätte er mit dem Trubel im Saal nichts zu tun. Doch seine Miene war voller Hass, und sein Blick war auf Wellington-Smythe gerichtet.

Wer ist das?, fragte sich Smart.

Er wollte niemandem etwas unterstellen. Aber er war gut darin, Menschen zu »lesen«, und Mimik und Körperhaltung dieses Mannes sprachen Bände.

Und was stört ihn so an MWS?

Smart wollte gerade zu dem Fremden gehen und ihn einfach ansprechen, da wurde er selbst angesprochen – in strengem Ton. »Kann ich Ihnen helfen?«

Er drehte den Kopf zur Seite. Niemand Geringeres als Miss Brooke stand neben ihm.

»Nein, danke«, antwortete er freundlich. »Ich war nur neugierig. Bitte verzeihen Sie.«

»Das ist eine geschlossene Gesellschaft«, sagte die Event-Managerin. Sie hatte sich seit ihrer letzten Begegnung nicht umgezogen. In der linken Hand hielt sie ein Klemmbrett, vermutlich den Ablaufplan des Dinners und die Gästeliste. »Nur für Besucher der *Chiller*-Convention – mit Zusatzticket. Sie habe ich da noch nie gesehen.«

»*Mea maxima culpa*«, erwiderte Smart. Er sah sich wieder nach dem Fremden am Durchgang zur Lobby um, doch der Kerl war fort. Smart fand ihn nirgends mehr. »Ich wollte nur kurz nach Mr Wellington-Smythe schauen. Er wirkte recht angestrengt auf mich, als wir uns in der Hotelbar begegnet sind.«

»Angestrengt?« Sie schnaubte belustigt. »Na, das will ich doch hoffen. Immerhin ist er zum Arbeiten hier.«

Wellington-Smythe war gerade aufgestanden, um weitere Fotos mit seinen Fans zu machen. Smart entging nicht, dass er zusammenzuckte, wann immer ein Bewunderer den Arm um ihn legte. Der ganze Trubel war diesem Mann höchst unangenehm.

Auch Cole hatte sich von seinem Platz an einem Nebentisch erhoben. Der Mann mit dem fragwürdigen Haarschnitt strich hinter Wellington-Smythe und seiner Tischgesellschaft umher wie ein Raubtier, das auf seinen Moment lauerte. Cole trug kein Handy und keinen Fotoapparat bei sich, doch seine Miene wirkte nicht sonderlich friedlich. Immer wieder sah er zu seinem Idol, als wollte er es aus der Traube an Bewunderern herausreißen und für sich haben. *Nur* für sich.

»Glauben Sie«, platzte es aus Smart heraus, »dass er hier sicher ist? So dicht umringt von den Fans?«

»Sicher?« Brooke hob die perfekt geschwungenen Augenbrauen. Ein ungläubiges Schmunzeln hellte ihre Züge auf. »Na, sicher ist der sicher, was denn sonst?«

Cole kam näher. Mit einer Geschwindigkeit, die wirklich etwas Raubtierhaftes an sich hatte, setzte sich der Superfan plötzlich hinter Wellington-Smythe in Bewegung. Er hielt direkt auf den Autor zu, wurde mit jedem Schritt schneller. Dabei griff er in die Tasche seines blauen Anoraks.

Zückt der etwa eine Waffe?

Smart stockte der Atem. Wellington-Smythes Unbehagen in der Nähe seiner Fans war ihm noch gut im Gedächtnis. Nein, *mehr* als gut …

Der Inspector wollte gerade losrennen und sich schützend vor Wellington-Smythe werfen, da zog Cole die Hand auch schon wieder heraus – und präsentierte ein Mobiltelefon. Rücksichtslos drängelte er sich zwischen die anderen Fans, als stünde es ihm zu, und stellte sich direkt neben den Autor. Dann machte er ebenfalls Fotos.

»Nehmen Sie es mir nicht übel, Miss Brooke«, murmelte Smart. »Doch irgendwie bezweifle ich das.«

»Wer sind Sie überhaupt?«, echauffierte sich die Dame. »Kein Ticket, aber kritisieren wollen? Das hab ich gern. Gehen Sie gefälligst zurück in Ihren eigenen Saal, verstanden?«

Smart warf einen letzten Blick zurück zu MWS, dann folgte er der harschen Aufforderung der Managerin.

KAPITEL 9

Der Nebel war überall. Geisterhaft waberte er um die Mauern von Blackwood Castle und an den mannshohen Hecken vorbei, die den Schlossgarten prägten. Wann immer die Sturmwolken am Nachthimmel es zuließen und ein Strahl fahlen Mondlichts zu Boden fiel, schienen die gazeartigen Schwaden regelrecht zu leuchten – fast so, als wären sie zu unheimlichem, un*heiligem* Leben erwacht. Außerdem war es kälter als kalt!

Erbarmungslos zerrte der Wind an Timothy Smarts Haar und an den Schläfen seines regenfeuchten Mantels. Eisige Tropfen fielen auf seinen Kopf, auf die breiten Schultern und in seinen Nacken. Sie rannen in dünnen Bahnen seinen Rücken hinab und fühlten sich dabei an wie die Fingerkuppen von Toten, die Smart von hinterrücks greifen wollten. Greifen und mit sich ziehen – in die finstere Nacht.

»McGregor!«, rief der Inspector und hoffte, es klang mutiger, als er sich fühlte. »Geben Sie auf, McGregor. Das Spiel ist aus. Ich weiß, dass Sie es sind.«

Keine Antwort. Nichts rührte sich inmitten der Schwaden; zumindest nichts, was Smart mit seinen müden Augen ausmachen konnte. Nur der Nebel selbst nahm immer wieder neue Formen an – fast so, als wollte er dem »Würger von Blackwood« damit in die Hände spielen.

Es hatte lange gedauert, bis Smart dem Mann auf die Schliche gekommen war. Zu perfide, zu geschickt waren McGregors Untaten gewesen, als dass der beste Mann von Scotland Yard sie hätte durchschauen können. Mehr noch: Tagelang war Smart nahezu überzeugt gewesen, es mit mehr als einem einzigen Täter zu tun zu haben. Der tote Schlossherr im Turmzimmer war *eine* Sache gewesen. Aber die Haushälterin des Dorfpfarrers unten im Ort? Der Köhler in seiner Waldhütte und der Fischer unten in der Bucht? Wie gingen all diese unterschiedlichen Morde zusammen? Wie konnte es einen gemeinsamen Nenner für sie alle geben, wenn die Opfer doch so entsetzlich verschieden waren?

Smart hatte lange überlegt und lange falschgelegen. Fast zu lange. Erst jetzt, in dieser gottverlassenen Nacht der Nebel, hatte er die Wahrheit endlich erkannt. Nun wusste er, was er die ganze Zeit übersehen hatte. Es war tatsächlich so einfach.

»Hören Sie, McGregor?«, rief er wieder. Dabei ging er vorsichtig weiter, an den Schlossmauern vorbei und auf den Garten zu. »Ich weiß Bescheid. Sie brauchen sich nicht zu verstecken, denn es ist vorbei. Ich kenne Ihr Geheimnis. Ich weiß, wie Sie die Morde begangen haben – und warum. McGregor, verdammt, zeigen Sie sich! Ich kann Ihnen helfen!«

Der Würger schien keine Hilfe zu wollen, erst recht keine Erlösung. Noch immer trat er nicht aus den Nebelschwaden oder hinter einer der dunklen Hecken hervor. Der Erdboden schien ihn verschluckt zu haben, oder die Nacht selbst.

Smart umfasste den Griff seiner Dienstpistole fester. Sein Hals war plötzlich trockener als die Wüste Gobi, und die vermeintlichen Gespensterfinger, die regenfeucht über seinen Rücken strichen, erschienen ihm von Sekunde zu Sekunde eisiger. Alles an ihm war klamm, selbst seine Innereien kamen ihm so vor. Klamm … und modrig.

Weil auch ich hier sterben werde, behauptete der Teil seines Verstandes, in dem die Angst regierte. *Hier auf Blackwood Castle, ganz so wie Lord Manderlay. Weil ich zu viel weiß.*

Smart schüttelte den Kopf, verweigerte sich der Angst. Sein Verstand umfasste auch noch andere Teile, verdammt. Und er half niemandem, wenn er nur auf die Angst hörte. Sich selbst am allerwenigsten.

»Ergeben Sie sich, McGregor!«, rief er den grauen Schwaden entgegen. Er hatte den Garten beinahe erreicht, und die Hecken kamen ihm plötzlich vor wie mythische Schreckgestalten, die sich jeden Augenblick in Bewegung setzen und ihn packen würden. »Beenden wir dieses unwürdige Schauspiel. Verflucht noch mal, beenden *Sie* es – wie ein Mann!«

Den letzten Satz hatte er regelrecht geschrien, halb vor Frust und halb – das musste er sich eingestehen – auch vor Angst. Und genau dieser Satz machte den Unterschied.

»Bravo, Bridges«, erklang Connor McGregors Stimme plötzlich ganz dicht an Smarts Ohr. »Das war der erste vernünftige Satz, den Sie heute Nacht von sich gegeben haben. Beenden wir es wie Männer.«

Smart hatte kaum Zeit, sich über die falsche Anrede zu wundern – Bridges? Wer zur Hölle war Bridges? –, da trat der Würger von Blackwood auch schon hinter einer der Hecken hervor. Mondlicht erhellte seinen Auftritt so passgenau, als hätten die Wolken noch sehnlicher auf ihn gewartet als der Inspector. McGregor sah aus wie am Tage – schwarze, modische Kleidung, schwarze Handschuhe – und präsentierte Smart das Lächeln, mit dem er schon Sherry Hollister um den Finger gewickelt hatte, seine bezaubernde Assistentin.

Was?, zuckte es Smart durch den Kopf, ganz kurz nur, und verschwand sofort wieder. *Hollister? Auch den Namen habe ich noch nie gehört. Ich* habe *gar keine Assistentin.*

»Sprechen Sie Ihr letztes Gebet, Bridges«, knurrte McGregor. Schon streckte er die behandschuhten Finger nach Smart aus. »Denn jetzt werden Sie sterben.«

Smart riss die Waffenhand in die Höhe ... und erstarrte, als er sah, dass sich gar keine Waffe darin befand. Jetzt nicht mehr. Stattdessen deutete er mit dem Mundstück einer hölzernen Pfeife auf den Würger.

Ich rauche doch gar nicht!, erschrak er.

McGregor lachte hämisch. »Sie und Ihre Pfeifen, Bridges. Sie hätten auf Hollister hören sollen: Die Dinger sind eines Tages Ihr Tod.«

Dann legte der Würger von Blackwood die Hände um Smarts Hals, und ein lautes Pochen drang von rechts an Smarts Ohren. Das Pochen wiederholte sich umgehend, und der Würger, der Nebel sowie das alte Schloss verschwanden im Takt, den es vorgab.

Timothy Smart öffnete die Augen. Statt der Weiten Schottlands sah er nur die Umrisse von Möbeln vor sich, halb versteckt in nächtlicher Finsternis. Ein Kleiderschrank, ein kleiner Schreibtisch, ein Fenster mit dicken Vorhängen. Erst jetzt begriff er, dass er in einem durchaus bequemen Bett lag. Und das da neben ihm war Mildred, die noch immer selig schlummerte.

Sofort beruhigte sich sein Herz, das wild gepocht hatte. Smart spürte, wie der Schweiß auf seiner Stirn langsam trocknete. Es war alles nur ein Traum gewesen, was sonst?

»Bridges und Hollister, hm?«, murmelte er.

Sein anklagender Blick fiel auf das MWS-Fan-Magazin auf seinem Nachttisch. Nach dem weihnachtlichen Galadinner hatte er noch einige Seiten gelesen. Insbesondere der Skriptauszug aus der *Chiller-Thriller*-Episode 22, *Der Würger von Blackwood*, hatte ihn – ganz offensichtlich – nachhaltig beeindruckt.

»Oder lag das am Plumpudding?«, fragte er flüsternd in das stille Zimmer. »Am Nachtisch von vorhin?«

Er hatte ordentlich zugeschlagen. Das konnte er nicht abstreiten. Vielleicht war sein Magen diese Fülle an Köstlichkeiten einfach nicht mehr gewohnt, nach einem Tag in den Händen der Middleditchs. Vielleicht ...

»Wasnlos?«

Mildred lag auf ihrer Seite des Doppelbettes, noch immer halb schlafend. Sie rührte sich nicht, und in der Dunkelheit konnte Smart ihren Körper nur als schemenhaften Umriss erkennen.

»Es ist alles in Ordnung, meine Liebe«, sagte er leise. »Schlaf einfach weiter, ja?«

Sie erwiderte noch etwas, das größtenteils unverständliches Genuschel war, dann drehte sie sich um. Smart mochte sich irren, aber ihm war es vorgekommen, als wäre das Wort »Plumpudding« ein Bestandteil ihres Gemurmels gewesen. Und bildete er es sich nur ein, oder hatte sie dabei anklagend geklungen?

Falls ja, dachte er, *hat sie vermutlich recht. Ich ...*

Abermals kam er nicht dazu, den Gedanken zu beenden. Ein sanftes Klopfen an der Zimmertür unterbrach ihn nämlich.

Nanu? Verwundert sah der Inspector in das dunkle Zimmer. *War das bei uns?*

Das Klopfen wiederholte sich – immer noch leise, aber nun unmissverständlich. Es war tatsächlich ihre Tür.

Smart runzelte die Stirn und sah zum Nachttisch. Gleich ein Uhr. Wer in aller Welt wollte denn jetzt etwas von Mildred und ihm?

Vermutlich kommt da ein Nachzügler von der Hotelbar zurück, dachte er, *und irrt sich im Zimmer.*

Er schwang die Beine über die Bettkante, griff nach seinem Morgenmantel und erhob sich – hauptsächlich, damit das Klopfen nicht beendete, was er unabsichtlich begonnen hatte, und Mildred aufweckte. In seinen alten Hausschuhen schlurfte er durchs Hotelzimmer und öffnete die Tür einen vorsichtigen Spalt.

Draußen im Gang brannte das Licht der Deckenlampen. Es erhellte den schnauzbärtigen Mr Middleditch, der direkt vor Smarts Schwelle stand.

Middleditch trug noch die Kleidung vom Weihnachts-Dinner, einen dunklen Anzug und Lackschuhe. Erst jetzt bemerkte Smart die Einstecknadel auf seiner dunkelblauen Krawatte. Doch die Sorge auf seinen faltigen Zügen war neu.

»Mr Middleditch?«, flüsterte Smart. »Kann ich Ihnen helfen?« Dann erst ahnte er plötzlich, was vorgefallen sein musste. Die Erkenntnis traf ihn wie eine eiskalte Schneelawine.

»Chief Inspector Smart«, sagte der Hotelbesitzer. »Ich bedaure, Sie stören zu müssen. Aber es geht um eine ausgesprochen bedauerliche Angelegenheit aus Ihrem ureigenen Kompetenzbereich. Könnten Sie mir vielleicht ins Obergeschoss folgen?«

»Zu seiner Suite, oder?«, hörte Smart sich fragen. Er wusste nicht, wie sein Mund dazu kam, diese Worte auszusprechen. Sie waren einfach da, ganz wie die dunkle Vorahnung, die mit ihnen einherging. Die trübe Gewissheit. »Zu Wellington-Smythe.«

Der Mann mit dem Schnäuzer antwortete nicht. Stattdessen trat Middleditch auffordernd zur Seite. »Hier entlang, Inspector. Bitte!«

Smart warf einen letzten Blick zurück zur fest schlafenden Mildred. Dann folgte er der Aufforderung.

KAPITEL 10

Die Zelle sah aus wie eine Endstation. Nacktes Mauerwerk, kalte Gitterstäbe und ein staubiger Boden. An der hinteren Wand befand sich eine schmale Pritsche mit dünner Wolldecke und Kissen, dicht daneben eine rostfrei silbrige Kombination aus Waschbecken und WC. Mehr konnte – oder wollte – die Polizeiwache von Little Puddington ihren Gefängnisinsassen nicht bieten. Der Raum hatte nicht einmal ein Fenster, außerdem war er bitterkalt.

Robin Chandler saß auf der Pritsche, als Smart eintraf. Der jüngere Mann trug einen weinroten Morgenmantel zu seinem Nadelstreifenpyjama, außerdem Hausschuhe. Sein sonst so gepflegtes Haar war zerzaust, sein Gesicht ungewöhnlich bleich. Ringe lagen unter seinen Augen.

»Grundgütiger, Chandler!«, platzte es aus Smart heraus. »Sie sehen ja furchtbar aus.«

Erst jetzt bemerkte Chandler den eintreffenden Gast jenseits der Gitterstäbe. Fast schon erschrocken erhob er sich und trat näher. »Smart? Was machen Sie denn hier?«

»Na, Sie stellen vielleicht Fragen. Nach Ihnen sehen, was denn sonst? Irgendjemand muss Sie ja schließlich hier herausholen.«

»Das wird schon alles«, winkte Chandler ab – mit einer Gelassenheit, die Smart ihm keine Sekunde lang abkaufte. »Ist bloß ein Missverständnis, das klärt sich wieder.«

»Mhm«, brummte der Inspector. »Das klingt bei unserem Freund Shepard anders.«

»Ach, der Constable ...« Chandlers Blick ging kurz ins Leere. »Ich fürchte, unser hiesiger Gesetzeshüter ist ein wenig überambitioniert. Erst recht angesichts der Tatsache, dass er mit mir eine völlig falsche Fährte verfolgt. Ich habe mit dem Mord genauso wenig zu tun wie er oder seine reizende Kollegin, die junge Miss Jones.«

Einmal mehr schüttelte Smart innerlich den Kopf bei dem Gedanken, dass er Shepard tatsächlich für den Vater der netten jungen rothaarigen Frau aus dem Händlerraum gehalten hatte. Er war vielmehr ihr Vorgesetzter, und er wirkte nicht halb so aufgeweckt wie sie.

»Das steht außer Frage, mein Lieber«, sagte Smart. »Die Polizei hat den Falschen hinter Schloss und Riegel. Ich bin mehr als gewillt, den Richtigen zu finden. Allerdings muss ich dafür wissen, was genau sich zugetragen hat. Ich war vorhin bereits in der Suite von Wellington-Smythe, auf Drängen von Mr Middleditch ...«

»Da haben Sie mir etwas voraus«, kommentierte sein Gegenüber mit hörbarem Galgenhumor.

»Aber ich wüsste zu gern«, fuhr Smart fort, »wie Ihr Bericht dieser Nacht ausfällt. Man sagt mir, Sie hätten die Mordwaffe gehalten?«

Chandler seufzte. Für einen kurzen Augenblick brach die Fassade des Unbekümmerten, die er um sich herum aufgebaut hatte. Dahinter kam ein Mann zum Vorschein, der bis in sein Innerstes erschüttert war und nicht mehr weiterwusste. Der Eindruck verging so schnell, wie er gekommen war, doch er blieb Smart im Gedächtnis. Und er schmerzte.

»Ich hatte ein Geräusch gehört«, begann Chandler. »Draußen im Hotelflur. Zumindest glaube ich das, vielleicht habe ich es aber auch nur geträumt. Jedenfalls war es genug, um mich aufzuwecken.«

Smart nickte und schlang die Arme um den fröstelnden Oberkörper. Obwohl er sich seit der nächtlichen Begegnung mit dem Toten angezogen hatte und in Anzug, Mantel und sogar Hut vor Chandlers Gitterstäben stand, war ihm noch immer kalt. Er wollte gar nicht wissen, wie es seinem Freund im Morgenmantel da ging.

»Also bin ich aufgestanden«, fuhr Chandler fort. »Ich hatte bis dahin eher unruhig geschlafen, Gott weiß, warum, und schon darüber nachgedacht, mir im Hotel ein wenig die Beine zu vertreten. Dieser Moment schien mir da den letzten Antrieb zu geben. Ich habe also den Morgenmantel übergezogen und die Tür geöffnet ... und da lag dann das Messer.«

Smart horchte auf. Shepard hatte die Art der Tatwaffe noch mit keinem Wort erwähnt, sondern nur, dass er sie sichergestellt hätte. Ein Messer passte aber tatsächlich zu der Wunde, die der Inspector in Wellington-Smythes Brustkorb gesehen hatte.

»Fragen Sie mich nicht, warum ich Idiot es aufgehoben habe«, sagte Chandler. Er klang, als tadelte er sich selbst dafür. »Aus Reflex? Weil mein verschlafener Kopf noch nicht ganz zurechnungsfähig war? Alles ist möglich, und unterm Strich spielt es auch keine Rolle, denn das Ergebnis zählt. Ich habe das Messer vom Boden aufgehoben. Erst dann habe ich begriffen, dass Blut an ihm klebte, Smart. Wirklich, das hatte ich zuvor gar nicht gemerkt.«

»Machen Sie sich keine Vorwürfe, alter Knabe. Sie waren nur halb wach, da sind wir alle noch nicht ganz zurechnungsfähig.«

»Aber hätte ich es nicht getan«, murmelte Chandler, »wären wir jetzt nicht *hier*.«

Dem wusste Smart nichts zu entgegnen. Es war auch gar nicht nötig, denn Chandler sprach sofort weiter.

»Jedenfalls stand ich noch keine zwei Sekunden da im Flur, mit diesem blutigen Ding in der Hand, da kam auch schon Constable Shepard um die Ecke. Middleditch hatte ihn im Schlepptau, und die beiden Gentlemen waren offenbar auf dem Weg zum Tatort.«

Chandler zog die Brauen zusammen. »Erwähnte ich bereits, dass mein Zimmer ans Treppenhaus des *Ravenhurst Resort* grenzt? Sie kamen die Treppe hinauf, als sie mich sahen. Und als wäre das noch nicht genug der unglücklichen Zufälle, zählte Mr Shepard sofort zwei und zwei zusammen. Letzteres kann ich ihm eigentlich kaum übel nehmen. Wie viele blutige Messer wird es in dieser Nacht wohl im *Ravenhurst* geben?«

»Er hat Sie umgehend verhaftet?«, fragte Smart. »Noch bevor er die Leiche überhaupt sehen konnte?«

Chandler nickte. »Auf der Basis von Simon Middleditchs Aussagen allein, korrekt. Er wollte sich den Täter wohl nicht entgehen lassen, immerhin hatte er ihn seiner Ansicht nach auf frischer Tat ertappt.«

»Das ist wirklich ein Zufall«, sagte Smart leise. »Ein höchst unwahrscheinlicher. Ihr Zimmer liegt auf einer ganz anderen Etage als die Suite des Verstorbenen. Denkt unser Freund Shepard etwa, Sie wären im Morgenmantel zur Tat geschritten? Mit vom Schlaf zerzausten Haaren und müden Augen?«

»Was der denkt«, murmelte Chandler, »will ich gar nicht wissen, geschweige denn vermuten. So oder so haben mich seine Gedanken in diese missliche Lage gebracht. Ich fürchte, bis zur Klärung der ganzen Angelegenheit werde ich meinen Wellness-Urlaub unterbrechen müssen. Knast statt Whirlpool, Gitterstäbe statt Massagen. Nein, Smart, so hatte ich mir die Tage vor dem Fest nun wirklich nicht vorgestellt.«

»Um noch mal auf das Geräusch zurückzukommen«, sagte Smart. »Das, was Sie geweckt hat. Können Sie sich an irgendwelche Details erinnern? War es laut oder leise, kurz oder lang, dumpf oder schrill …? Jede Information mag sich als hilfreich erweisen, Chandler.«

Der Angesprochene lachte humorlos. »Sie denken an den Mörder, hm? Daran, dass der an meinem Zimmer vorbeikam, als er sich aus dem Staub machte, und das Messer fallen ließ – absichtlich oder unabsichtlich. Die Theorie habe ich auch schon aufgestellt, und bislang ist mir noch keine bessere eingefallen.«

»Aber?«, hakte der Inspector nach.

»Aber ich weiß nicht, ob sie uns nennenswert weiterbringt. Ich erinnere mich nicht genauer an dieses Geräusch; ich weiß ja nicht einmal mit völliger Sicherheit, ob ich es nicht geträumt habe.«

»Sie haben eben einen eher unruhigen Schlaf erwähnt«, betonte Smart.

»Und doch habe ich geschlafen«, betonte Chandler. »Wenigstens phasenweise. Ich bin aufgewacht, weil ich dachte, ich hätte etwas gehört. Das stimmt. Alles andere wäre aber pure Spekulation meinerseits. Ich stand aus dem Bett auf, ging zur Tür, und da lag dann das Messer.«

»Direkt vor Ihrer Schwelle? Buchstäblich davor?«

»Nicht wie eine Tageszeitung oder so«, widersprach Chandler. »Nicht wie etwas, das gezielt dort abgelegt wurde, falls Sie das meinen. Sondern eher … Na ja, wie ein Gegenstand, der … der eben unterwegs fallen gelassen worden ist. Tut mir leid, aber besser kann ich es nicht beschreiben.«

»Das müssen Sie auch nicht, alter Knabe«, versicherte Smart ihm. »Sie machen das schon ganz wunderbar. Jede einzelne Information hilft, und sei sie …«

»Und sei sie auch noch so belanglos«, beendete Chandler den Satz. »Ja, ja, ich kenne die Sprüche zur Genüge. Und ich weiß, wie wahr sie sind. Insbesondere am Anfang einer Ermittlung. Trotzdem fällt es mir schwer, irgendeine Bedeutung hinter meinen Beschreibungen zu erkennen. Ich habe einfach nur das Messer gesehen und es dummerweise aufgehoben. Das ist alles.«

»Kommt Zeit, kommt Rat«, versprach Smart ihm.

Chandler seufzte. »Gibt es denn keine Überwachungskameras im *Ravenhurst*, die etwas aufgezeichnet haben könnten? Den wahren Täter, beispielsweise?«

»Die gibt es durchaus«, wusste Smart, der diese Frage vorhin an Simon Middleditch gerichtet hatte. »Doch Sie erinnern sich bestimmt an die Probleme mit der EDV bei unserer Ankunft, oder? Wie Mr Middleditch mir bedauernd mitteilte, hängt auch die Sicherheitsanlage des Anwesens an dieser Haustechnik mit dran – und die Technik streikt nach wie vor. Nicht überall, da macht der wackere Staunton allmählich Fortschritte. Aber die Überwachungskameras können wir für den fraglichen Zeitraum vermutlich abschreiben.«

Abermals seufzte der Jüngere. »Ist vielleicht auch besser so. Wir wissen ohnehin nicht, ob sie uns groß geholfen hätten. Nachher sieht man da auch bloß, wie ich mir verschlafen die Augen reibe und eine Mordwaffe in die Hand nehme, als wäre ich der letzte Dorftrottel.«

»Wir werden Ihre Unschuld schon beweisen, Chandler. Darauf gebe ich Ihnen mein Wort.«

Smarts Gegenüber zuckte mit den Schultern. »Ich fürchte nur, ich werde Ihnen diesmal keine große Hilfe sein. Von hier drinnen aus sucht es sich ausgesprochen schlecht nach einem Mörder.«

»Keine Angst«, sagte Smart entschlossen. »Sie bleiben keine Sekunde länger hier als unbedingt nötig. Dafür werde ich sorgen.«

Dann verabschiedete er sich von Chandler und ging zurück in den vorderen Bereich der Dienststelle.

Die Wache von Little Puddington lag im schneebedeckten Kern des Dorfes, flankiert von einer Bäckerei und einem eingeschossigen Wohnhaus, das aussah, als hätte man seine Grundmauern unter der Regentschaft von König George III. errichtet – wenn nicht noch früher. Abgesehen von dem kleinen und fensterlosen Zellentrakt bestand es aus zwei Büros, dem Verhörzimmer und einem größeren Raum, der zugleich auch der Eingangsbereich war. In diesem standen mehrere Tische, die unter Bergen von Kladden und Papieren begraben waren, ein kleines Regal mit einem Wasserkocher, einigen Tassen und angebrochenen Keksschachteln und ein altmodisch anmutender Garderobenständer.

An der rechten Wand hing ein Monatskalender mit dem Wappen der Grafschaft Cumbria. An der linken prangten eine Dartscheibe und ein gerahmtes Porträtfoto des Premierministers, dessen Zustand Grund zu der Annahme gab, man habe es schon oft mit Ersterer verwechselt. Vor den Fenstern herrschte nach wie vor Dunkelheit, der Sonnenaufgang ließ auf sich warten.

Emma Jones stand noch sichtlich müde am Wasserkocher und brühte sich Tee auf. Ihr Vorgesetzter war deutlich munterer und begrüßte Smart mit einem breiten Grinsen und Stolz in der Stimme.

»Na, Inspector?«, fragte Constable Barton Shepard. »Was sagen Sie? Haben wir unseren Mann, oder haben wir unseren Mann? In Rekordzeit, möchte ich anfügen. Es ist das reinste Weihnachtswunder!«

»Sie haben *einen* Mann«, betonte Smart. »Ich bezweifle allerdings, dass es sich um den richtigen handelt.«

Shepard riss die Augen auf. »Wie bitte? Bei allem Respekt vor Scotland Yard – Mr Chandler hatte die Mordwaffe in der Hand. Mit Blut an der Klinge!«

»Ja, das ist in der Tat bedauerlich«, stimmte er zu. »Dennoch lege ich für Robin Chandler *meine* Hand ins Feuer, Constable Shepard. Ich bin seit Jahren mit ihm befreundet und …«

Shepard ließ ihn gar nicht erst ausreden. »Das wusste ich nicht, aber es macht auch keinen Unterschied, Inspector. Würden Verbrechen nur von Menschen begangen, denen wir es zutrauen, dann hätten Sie, ich und unsere verschlafene Miss Jones da drüben herzlich wenig zu tun. Finden Sie nicht auch? Nein, es besteht absolut kein Zweifel daran: Wir haben den Täter.«

»Welches Motiv sollte Chandler denn haben, Ihrer Meinung nach?« Smart verschränkte die Arme vor der Brust. »Welche Verbindung hat es zwischen ihm und Wellington-Smythe gegeben? Ich versichere Ihnen nämlich eines, Shepard. Die beiden Herren haben sich hier im *Ravenhurst* das erste Mal gesehen, keinen Tag früher.«

»Ja, das ist es doch«, beharrte sein Gegenüber. »Sie waren zur gleichen Zeit im gleichen Hotel.«

»Sogar im selben«, murmelte Emma Jones.

Es klang spöttisch … und ganz schön müde. Shepard sah sie verständnislos an, doch sie nippte nur an ihrem Tee, der weißwolkig aus der Tasse dampfte.

Smart überlegte gerade, ob er sie um eine weitere Tasse bitten konnte, da setzte Shepard seine kleine Ansprache fort. Der Leiter der Wache ließ sich schlicht nicht vom Weg abbringen.

»Die Gelegenheit war also da, Smart. Zwei Männer, beide hier im *Ravenhurst Resort*. Wer weiß? Vielleicht ist Mr Chandlers Groll auf den Toten erst hier bei uns entstanden? Oder Chandler hat den Mann weitaus länger gekannt, als Sie denken. Man sagte mir, dieser Wellington-Smith ...«

»Smythe«, korrigierten Smart und Jones in perfektem Einklang.

Shepard blieb auch davon unbeirrt. »... dieser Kerl sei eine kleine Berühmtheit gewesen, zumindest in Anorak-Kreisen. Da kann das doch sein. Dass Chandler ihn schon eine ganze Weile lang auf dem Radar hatte. Und nun, da er ihn zufällig persönlich getroffen hat, ist es mit ihm durchgegangen. Da wurde der ... was weiß ich, der Fan eben zum Psychopathen.«

»Ich garantiere Ihnen, Shepard«, versuchte Smart noch einmal, an seine Vernunft zu appellieren. »Mr Chandler war und ist kein Fan von *Chiller Thriller*. Ich bezweifle, dass er vor dem gestrigen Tage überhaupt je von dieser Serie gehört hat, genau wie ich selbst. Und ich versichere Ihnen noch eines, Sir: Er ist kein Anorak!«

Smart mochte diesen Ausdruck nicht. Er war ausgesprochen umgangssprachlich und ganz schön abwertend. »Anoraks« waren Menschen – meist Männer – mit argen Mängeln in der sozialen Kompetenz. Männer, die noch in mittlerem Alter bei ihren Müttern lebten und ihre Freizeit mit obskuren Hobbys füllten. Männer, die stundenlang auf Eisenbahnbrücken ausharrten, um vorbeifahrende Züge zu fotografieren, oder die sämtliche Kommandanten, Unteroffiziere und Smutjes des fiktiven Raumschiffs Enterprise im Schlaf aufsagen konnten. Hatte die Enterprise überhaupt Smutjes? Ein »Anorak« hieß »Anorak«, weil er im Klischeebild derer, die ihn so bezeichneten, stets einen solchen trug – und zwar zugeschnürt bis zum Kinn.

Warum muss ich plötzlich an Mr Cole denken?, fragte sich Smart.

»Na ja«, erwiderte Shepard. »Nichts für ungut, Inspector. Aber falls unser Mr Chandler ein Psycho-Fan dieses toten Autors war, dann *ist* er ein Anorak. Oder nennen wir ihn ›Nerd‹, falls das Wort für Sie unverfänglicher klingt. Schauen Sie sich nur die Idioten an, die den ganzen Tag im *Ravenhurst* herumlungern, um sich Autogramme abzuholen. Das ist ein trauriger Haufen ... wenn ich je einen gesehen habe.«

Emma Jones verschluckte sich an ihrem Tee und hustete. Es klang pikiert.

»Chandler ist ein Nerd«, fuhr Shepard fort, wobei er ihr tadelnde Blicke zuwarf. »Und zwar einer von der Sorte, die meint, es besser zu wissen als ihr Idol. Es mag Ihnen nie aufgefallen sein, Inspector, aber das war dann sicherlich Mr Chandlers Absicht. Vielleicht dachte er, Sie würden über ihn lachen. Verständlich wär's. Jedenfalls hat Chandler irgendetwas von dem, was Wellington-Smith in seinen Hörspielen so schrieb, in den falschen Hals bekommen. Es ärgerte ihn – vielleicht sogar über einen langen Zeitraum hinweg.« Er überlegte einen Moment und zuckte dann mit den Schultern. »Hieß es nicht, dass unser Toter seine große Zeit schon vor einigen Jahrzehnten hatte? Das ist viel Zeit, um einen Groll zu hegen und zu pflegen. Viel Zeit, um es sich in seiner Rolle als beleidigte Leberwurst gemütlich zu machen. Um sich einzureden, man sei im Recht und der andere ein Schuft.«

»Constable, das trifft alles nicht auf Chandler zu«, beharrte Smart. »Er ...«

Doch der Dorfpolizist war in seinem Element. Mit sichtlicher Freude fabulierte er weiter und ließ sich von nichts und niemandem stören. »Chandler hat sein verletztes Ego jahrein, jahraus gestreichelt. So sehr, dass aus seiner einstigen Fan-

Liebe ein regelrechter Hass geworden ist. Hass auf Michael Wellington-Smith. Und dann, als er hier ankam und dem Mann Auge in Auge gegenüberstand? Dann sind die Pferde mit ihm durchgegangen. Dann hat er bis in die tiefste Nacht gewartet, sich ein Messer genommen ...«

»Das er woher hatte?«, warf Smart ein.

Es nützte nichts. Shepard achtete gar nicht auf ihn.

»Und mit dem Messer ist er dann in die Suite seines ehemaligen Idols geschlichen. Wussten Sie, dass die Tür nicht mehr richtig schließt? Ich habe es vorhin selbst ausprobiert, Smart. Die Tür zu Wellington-Smiths Zimmer hat eine Fehlfunktion.«

Wie so ziemlich alle Türen im Ravenhurst, dachte Smart. Mildred hatte ihn ausgelacht, als er vorhin einen Stuhl unter ihre Klinke hatte stellen wollen – nur zur Sicherheit. *Weil die EDV spinnt, haben die alle eine Art Wackelkontakt. Mal arbeiten die Schlösser tadellos und mal überhaupt nicht. Das ist nichts Neues, Shepard, und erst recht nichts Besonderes.*

»Gelegenheit, Inspector«, wiederholte Shepard lächelnd. »Gelegenheit, wo man nur hinsieht. Chandler war hier in unserem beschaulichen Dorf seinem Hassobjekt begegnet, und die Tür des Hassobjekts schloss nicht mehr richtig. Was sollte der Kerl da tun, hm? Das Schicksal spielte ihm ja regelrecht in die Hände? Er *musste* einfach morden, verstehen Sie? Die Chance war schlicht zu gut.«

»Mr Chandler hat mir bei diversen Ermittlungen treu zur Seite gestanden, Mann!«, wagte Smart einen letzten Versuch, an dessen Erfolg er selbst nicht mehr glaubte. »Wenn überhaupt, dann versteht er sich auf die Aufklärung von Morden, nicht auf deren Durchführung!«

»Umso besser«, sagte Shepard schulterzuckend. »Dann weiß er also, was er tun muss, um seine Spuren zu verwischen. Er weiß, wie die Polizei arbeitet. Es klingt jetzt sicher hart, Inspector, aber haben Sie sich mal gefragt, ob all die gemeinsamen Fälle vielleicht eine Art Ausbildung für den Mörder in Mr Chandler gewesen sein könnten? Ob er an Ihrer Seite gelernt haben mag, was er tun muss, um damit durchzukommen? Wir haben bislang keinerlei Hinweise am Tatort entdeckt ...«

»Wenn überhaupt«, grollte Smart, »dann hätte er *nichts* gelernt. Denn er sitzt in Ihrer Zelle, Shepard. ›Durchkommen‹ sieht für mich anders aus.«

Der Bärtige lachte. »Da haben Sie recht, Inspector. Ja, wirklich. Vollkommen recht.«

Sie unterhielten sich noch einen Augenblick weiter, doch die Atmosphäre im Raum war anders als zuvor. Shepard wich nicht von seinem Standpunkt ab, und nichts, was Smart an Argumenten vorbrachte, überzeugte ihn von Chandlers Unschuld. Nach nur wenigen Minuten verließ der Inspector die kleine Wache wieder – ohne den geringsten Erfolg verbucht zu haben.

Armer Chandler, dachte er, während er auf die schneebedeckte Straße trat, auf der sich um die frühe Stunde noch kein anderer Mensch, kein Auto und nicht mehr als die allerersten Sonnenstrahlen des Tages zeigten. *Fürs Erste wird er tatsächlich in dieser Zelle ausharren müssen. Es sei denn ...*

»Es sei denn«, murmelte er und hob den Kopf, »jemand präsentiert diesem Shepard den *wahren* Mörder.«

Mit einem Mal wusste Smart, was zu tun war. Er würde das Verbrechen selbst aufklären und seinen Freund aus dem Gefängnis befreien. Shepard mochte glauben, was immer er wollte, aber gegen eindeutige Gegenbeweise würde auch er machtlos sein. Die Wahrheit übertrumpfte alles.

Smart schlug den Kragen seines Mantels höher. Seine Fingerkuppen kribbelten, und in seinem Inneren breitete sich wohlige Erleichterung aus – wie immer, wenn er einen neuen Fall begann.

Ich glaube, dachte er, *dieser Weihnachtsurlaub wird allmählich erträglich. Man muss nur die Sauna gegen die Spurensuche tauschen.*

Er lachte leise, rieb sich die frierenden Hände und sah sich dann – vergeblich – nach einem Taxi um.

KAPITEL 11

»Inspector?« Die Stimme war hell und viel klarer als der beginnende Morgen. Außerdem klang sie besorgt. »Inspector Smart?«

Smart blieb stehen und drehte sich fragend um. Er hatte die Suche nach dem Taxi gerade aufgegeben und sich innerlich auf eine Winterwanderung zurück zum *Ravenhurst* eingestellt. Nun sah er Emma Jones, die aus Richtung der Polizeiwache auf ihn zulief – mit großen Augen und von der Kälte geröteten Wangen.

»Miss Jones«, grüßte er sie, während ein sanfter Schneefall einsetzte, vereinzelte Flocken, die langsam zu Boden rieselten. »Ist noch etwas? Ich war doch gerade bei Ihnen.«

Die junge Polizistin blieb vor ihm stehen. Dünne Atemwölkchen tanzten vor ihrem Mund. »Ich ... Sir, ich wollte Ihnen nur sagen, dass nicht jeder auf der Wache von Mr Chandlers Schuld überzeugt ist.«

Smart hob eine Braue. »Ach ja?«

»Constable Shepard ist kein schlechter Beamter, wenn Sie mir die Offenheit gestatten«, druckste Jones herum. Sie schien sich vor dem Mann von Scotland Yard erklären, fast schon rechtfertigen zu wollen. Andererseits schien sie sich auch vor der Courage zu fürchten, die dazu notwendig war. Beides machte sie irgendwie sympathisch. »Den Kleinkram, der normalerweise hier anfällt, den hat er im Griff. Sie wissen schon:

Falschparker, Jagdunfälle, hin und wieder mal ein Ladendiebstahl ...«

»Ohne jeden Zweifel«, stimmte Smart ihr zu, mehr aus Höflichkeit denn aus Überzeugung.

»Aber Mord, Sir?« Jones straffte die Schultern. »Mord ist eine andere Hausnummer. Und auch wenn er mich achtkantig hinauswerfen würde, wenn er wüsste, dass ich das sage: Mit Mord ist Constable Shepard hoffnungslos überfordert. Erst recht jetzt, wo Sie hier sind, Sir.«

»Ich?« Smarts Mundwinkel zuckten amüsiert. Die junge Dame hatte Chuzpe, das musste man ihr lassen. »Inwiefern denn das?«

»Er will Ihnen imponieren«, antwortete sie prompt. »Sie beeindrucken oder vielleicht sogar übertrumpfen. Er will Ihnen beweisen, dass sich die Provinzpolizei nicht hinter Scotland Yard verstecken muss.«

»Ich hoffe, ich habe nie signalisiert, sie müsste es.«

»Nein, nein«, wehrte Jones ab. »Das ist es nicht. Niemand muss ihm das signalisieren. Constable Shepard macht das von sich aus so. Er will sich beweisen, erst recht Ihnen gegenüber. Beweisen und ... Na ja, und behaupten.«

Smart nickte langsam. »Ich danke Ihnen, Miss Jones. Das war sehr aufschlussreich. Und sehr mutig. Ich ahne, dass es Ihnen nicht leichtgefallen ist, sich mir mitzuteilen.«

Das Rot ihrer Wangen wurde noch eine Spur intensiver. Dabei lächelte sie. »Wie gesagt, Sir. Nicht alle auf unserer Wache denken so wie Mr Shepard.«

»Ich habe Sie auf der Convention gesehen, richtig? Sie mögen *Chiller Thriller*.«

Nun war Emma Jones es, die nickte. »Das kann ich nicht abstreiten. Ich liebe die Hörspiele, schon seit Jahren. Als ich erfahren habe, dass die Con ausgerechnet hier bei uns stattfinden würde, bin ich fast durchgedreht vor Begeisterung. Normalerweise findet nie etwas hier statt, zumindest nichts Cooles. Aber jetzt ...«

»Aber jetzt ist jemand gestorben«, beendete er den Satz für sie. »Jemand, den Sie mochten?«

»Na ja, ich bin Fan«, gestand sie. »Über MWS selbst wusste ich nie allzu viel. Der hat mich auch nie sonderlich interessiert. Doch seine Geschichten, Inspector, seine Fantasie? Das ist schon *ziemlich* toll. Atmosphärisch, verstehen Sie? Gruselig, auf eine ganz angenehm heimelige Art. Solche Storys findet man selten.«

Einmal mehr musste Smart an den Würger von Blackwood denken. An Richard und Linda von der Lonely-Hearts-Hotline und an all die anderen Figuren, denen er gestern bereits begegnet war, sei es bei der Lektüre des Fan-Magazins oder auf den Titelbildern der CDs, die die Händlertische im *Ravenhurst Resort* säumten.

Er wusste wenig von fiktiven Welten und ihren Qualitäten, war immer mehr ein Mann der Tat gewesen. Sein Beruf konnte stressig sein, von gefährlich ganz zu schweigen, und wenn er endlich wieder Freizeit hatte, dann füllte er sie selten mit einem guten Buch oder gar einem Hörspiel. Aber Michael Wellington-Smythe war ihm sympathisch gewesen, und Emma Jones war es auch. Er glaubte ihr.

»Robin Chandler hat nichts mit dem Mord an Wellington-Smythe zu tun«, sagte er. »Die Tatwaffe lag vor seiner Zimmertür, und bedauerlicherweise hat er sie aufgehoben, als Ihr Vorgesetzter des Weges kam. Das ist alles.«

Emma Jones nickte. »Ich weiß, Sir. Aber Sie sind hier, richtig? Sie suchen den *wahren* Täter. Ich kenne Sie und Mr Chandler aus den Büchern, die er über Sie schreibt. Sie verstehen sich auf schwierige Fälle, Sie werden das schon meistern.«

»Ihr Wort in Gottes Ohr, Miss Jones«, sagte Smart.

Dann lächelte er freundlich, dankte der jungen Kollegin für ihre Offenheit und schickte sie zurück in die Wache. Damit Constable Shepard im besten Fall gar nicht erst merkte, dass sie weg gewesen war. Erst danach fiel ihm ein, dass er sie nach einem Taxiunternehmen hätte fragen können. Doch Jones war bereits wieder verschwunden.

Ein schöner Meister bin ich, tadelte er sich stumm. *Wie soll ich einen Mörder finden, wenn ich nicht einmal an die einfachsten Dinge denke?*

Also blieb es wohl bei dem Fußmarsch zurück ins Hotel. Smart sah auf die Taschenuhr, die an einer silbernen Kette in seiner Jacketttasche ruhte. Wie weit war es noch gleich bis ins Hotel? Und wie hoch lag dieser elende Schnee inzwischen auf der Landstraße außerhalb des Dorfes? Wenn er Glück hatte, schaffte er die Strecke vielleicht gerade noch so, bis die Middleditchs das Frühstücksbüffet abräumen ließen.

Die Nacht war erschreckend kurz gewesen, und auch wenn er am Vorabend fürstlich geschlemmt hatte, konnte Smart ein leichtes Hungergefühl nicht verleugnen.

Ein Königreich für einen Earl Grey, dachte er. *Zur Not auch für eine Schüssel Porridge ...*

Der Ortskern von Little Puddington war mit »übersichtlich« mehr als ausreichend beschrieben. Rund um eine längliche Kirche mit Bruchsteinmauern und hohem Turm gruppierten sich mehrere Geschäfte und Wohnhäuser.

Smart sah einen winzigen Supermarkt, hinter dessen Fenstern noch alles dunkel war, und einen nicht minder verlassen wirkenden Friseursalon namens *Chic and Shave*. Ein Zeitungskiosk, vor dem ein knallbunter Pappaufsteller die *National Lottery* bewarb, fungierte zudem als Postannahmestelle und hatte Öffnungszeiten, die vermuten ließen, der Betreiber sei parallel noch an drei weiteren Arbeitsstellen beschäftigt. Ein kleiner Brunnen, winterlich still und trocken, stand neben einem gut zweieinhalb Meter messenden Tannenbaum, an dem weiß lackierte Sperrholzengel und blassgoldene XXL-Kugeln hingen, als wetteiferten sie um den Titel des hässlichsten Baumschmucks.

Viele der Wohnhäuser hatten kleine Leuchten in den Fenstern, rot bemützte Weihnachtsmänner oder winzige Krippen nebst dem üblichen Personal. Die Gehwege waren noch nicht geräumt worden, genauso wenig wie die Straßen, und Smart kam sich schon nach wenigen Schritten ortsauswärts so vor, als frören ihm gleich die Zehen ab.

Dann passierte er die Kirche.

»Nanu?« Father Atkins trat gerade aus der Eingangspforte. Verwundert sah er Smart an. »Wollen Sie zu mir? Um die frühe Uhrzeit?«

Smart trat näher. »Guten Morgen, Father Atkins. Nein, keine Sorge. Ich bin gewissermaßen auf der Durchreise. Auf der Suche nach einem wärmenden Hafen ... und einem kleinen Imbiss.«

Atkins lachte. »Na, den Hafen kann ich Ihnen bieten. Kommen Sie gerne herein, und wärmen Sie sich auf.«

Smart folgte der Aufforderung erfreut und ging hinter dem Gottesmann in die Kirche. Diese war ebenso klein wie angenehm pittoresk. Mit ihren dicken Mauern, den hohen und gerundeten Fenstern und dem schmalen Uhrenturm passte sie zu dem Dorf. Ihr Inneres wurde von mehreren Holzbänken bestimmt, von einem wenig prunkvollen Altar und von dem gewaltigen Kreuz, das über diesem von der Decke hing.

Kerzen flackerten an einem rechts an der Wand installierten Mariendenkmal, und auf der gegenüberliegenden Seite stand ein ebenso alt wie alt*modisch* anmutender Beichtstuhl aus dunklem Holz und mit schwarzen Vorhängen. Den Boden der Kirche bedeckten glatte Steinplatten, und in der Luft, die tatsächlich angenehm warm war, hing ein sanfter Hauch von Weihrauch.

»Ich bin eigentlich kein Morgenmensch«, plauderte Atkins. Er trug ein schwarzes Hemd mit Priesterkragen zu einem dunklen Anzug. Seine Miene und das leicht zerzauste Haar machten deutlich, dass er eben erst aufgestanden sein musste, doch sein Blick war wach und seine Freundlichkeit echt.

»Aber es ist Sonntag, nicht wahr?«, fuhr Father Atkins fort. »Noch dazu im Advent. Da ist meine Kirche stets angenehm voll, wenn es zur Messe läutet. Und da ich nicht möchte, dass die Schäfchen bei mir frieren, quäle ich mich eben früh aus den Federn und heize vor. Zum Glück liegt meine Wohnung direkt neben der Kirche, da habe ich es nicht weit. Und Sie? Was machen Sie um diese Zeit schon auf den Beinen, Inspector? Noch dazu hier im Dorf und nicht drüben bei Simon und der lieben Lil.«

»Ich fürchte, ich arbeite«, antwortete Smart.

»Im Urlaub?« Verwundert sah Atkins ihn an, dann deutete er auf eine der Kirchenbänke – eine stumme Einladung. »Sie sollen sich hier doch erholen.«

»Das war der Plan.« Smart nickte und nahm Platz. »Aber das Böse schläft nie, Father Atkins. Leider.«

Nachdenklich sah der andere ihn an. »Sie sagen es«, brummte er dabei. »Was ist das nur für eine Welt, in der wir leben? Und trotz allem ist und bleibt es die beste *aller* Welten. Wir dürfen den Glauben daran nur nie verlieren.«

Wenn Sie das sagen, dachte Smart, verkniff es sich aber, den spöttischen Kommentar laut auszusprechen. Atkins hatte ihm nichts getan, und Smart gönnte ihm seine Zuversicht von Herzen.

»Was Ihren Imbiss angeht«, wechselte der Geistliche das Thema. »Da würde ich Ihnen unser Café empfehlen. Es liegt nicht weit von hier und ... Ach, was rede ich? In Little Puddington ist nichts weit von hier. Na, jedenfalls öffnet es immer recht früh. Wenn Sie Glück haben, sind die Damen dort bereits aktiv, und das Teewasser kocht.«

»Klingt gut«, fand Smart und merkte, wie sein Magen dabei leicht knurrte. »Begleiten Sie mich auf ein paar Scones oder so?«

»Scones zum Frühstück.« Atkins faltete die Hände im Schoß. »Das klingt ausgesprochen verlockend. Die besten Scones weit und breit erhalten Sie in unserem Café, Inspector – aber lassen Sie die gute Lil nicht wissen, dass ich das gesagt habe.«

Smart versprach es lächelnd. »Dann darf ich auf Ihre Gesellschaft hoffen?«

Der Priester schüttelte den Kopf. »Ich fürchte, ich muss bei meinem ursprünglichen Plan bleiben und das Kircheninnere fegen. Die Gemeinde nähme es mir doch sehr übel, wenn nicht. Insbesondere die älteren Semester hier im Ort haben eine gewisse Anspruchshaltung, wenn es um das sonntägliche Hochamt geht.«

Smart spürte, wie die Wärme zurück in seine Glieder kehrte, und das Gefühl war ausgesprochen angenehm. »Klingt nach meiner eigenen Nachbarschaft, daheim in London. Manche Dinge ändern sich wohl nie, ganz egal, wie weit man reist. Leben Sie schon lange in Little Puddington?«

»Erst einige Jahre«, antwortete sein Gastgeber. Es klang freundlich, aber auch ein wenig ausweichend. »Sie werden lachen: Ich stamme ursprünglich aus London.«

»Sie machen Witze.«

Father Atkins schüttelte den Kopf. »Uxbridge, geboren und aufgewachsen. Ich weiß, für manche Londoner sind die Randbezirke gar nicht mehr Teil der Stadt. Ich selbst habe mich dort aber immer sehr zugehörig gefühlt.«

»Uxbridge«, staunte Smart. »Das kenne ich. Liegt gleich neben den Filmstudios, richtig? Da war ich im letzten Herbst wegen eines Mordfalls unterwegs.«

»Korrekt, die *Pinewood Studios*. Die sind nur einen Katzensprung entfernt. Als Jugendlicher habe ich mir in den dortigen Kantinen ein paar Pfund dazuverdient, als Küchenhilfe. Ich habe sogar einmal Roger Moore ein Sandwich gemacht, James Bond höchstpersönlich.«

»Ich bin beeindruckt«, sagte Smart und meinte es auch so.

Sein Gegenüber winkte ab. »Das ist so lange her, es fühlt sich fast an wie aus einem anderen Leben. Zum Glück, möchte ich anfügen. Uxbridge war einmal, und das mit dem Kochen auch. Das liegt lange hinter mir. Heute bin ich hier zu Hause, Inspector. Und ich garantiere Ihnen, es gibt deutlich schlechtere Fleckchen im Königreich als unser beschauliches Little Puddington.«

»Das glaube ich gern«, erwiderte Smart. »Erst recht, wenn sich das mit den frischen Scones bewahrheiten sollte, von denen ich Mrs Middleditch gegenüber kein Wort fallen lassen werde. Wo, sagten Sie noch gleich, geht es zu diesem Café der Köstlichkeiten? Bevor ich mich auf den Weg zurück zu ihr ins *Ravenhurst* mache, tut mir eine Stärkung sicher gut.«

Erst recht nach der langen Nacht, fügte er in Gedanken an und war einmal mehr froh, dass sich die Kunde vom Mord an Michael Wellington-Smythe offenbar noch nicht bis zu den unschuldigen Bürgern Little Puddingtons herumgesprochen hatte.

Der Weg war tatsächlich nur einen Katzensprung weit. Smart bog um eine Hausecke, überquerte eine menschenleere Straße, bog abermals ab und rutschte beinahe auf einem gefrorenen Stück Bürgersteig aus. Dann sah er das Café.

Tea & Home stand verheißungsvoll auf dem Schild über der Tür, und hinter dem breiten Fenster, das zur Straße hinausging, brannte schon warmes, einladendes Licht.

Smart trat näher und sah mehrere Tische hinter der Fensterscheibe, deckenhohe Bücherregale und eine lange Theke voller köstlicher Backwaren und Süßspeisen. Zwei Frauen in weißen Schürzen eilten zwischen den Tischen umher, wischten hier und rückten dort Stühle an ihre Plätze.

»*Tea & Home*«, murmelte Smart mit erneut leicht bibbernden Lippen. Eine wohlige Erleichterung breitete sich in seiner Magengrube aus. »Ja. Genau das brauche ich jetzt.«

Er betrat das Gebäude zum sanften Klingeln des Glöckchens über der Tür. Sofort schlug ihm eine Wand aus herrlicher Wärme entgegen, dicht gefolgt vom Geruch frischen Brotes und gerade aufgebrühten Tees.

»Guten Morgen«, grüßte eine der beiden Angestellten. Sie war um die fünfzig und hatte blondes, leicht angegrautes Haar und blaue Augen. »Willkommen im *Tea & Home*. Sie sind der Erste für heute.«

»Haben Sie denn schon geöffnet?«, fragte Smart hoffnungsvoll. »Father Atkins war sich nicht ganz sicher, als er mir Ihre Scones anpries.«

Über der Ladentheke des Cafés hing ebenfalls eine Uhr, und ihr Stundenzeiger näherte sich nur ganz langsam der Sieben. Es war tatsächlich noch sehr früh.

»Eigentlich erst in zehn Minuten«, antwortete die zweite Frau. Ihr Haar war schwarz, was zu ihrer Ofenrohrstimme passte, und auch sie lächelte herzlich. »Aber für Sie machen wir mal eine Ausnahme. Nur Scones kann ich noch nicht anbieten, die brauchen eine Weile. Darf's etwas anderes sein, Sir? Frühstück?«

»Mit Rührei, Bohnen und Würstchen?«, schlug die Kollegin vor. »Dauert keine Viertelstunde.«

»Meine Damen«, freute sich Smart. Eigentlich hatte er Scones im Sinn gehabt, doch der Gedanke an etwas Herzhaftes überlagerte sie schnell. »Sie schickt der Himmel.«

Dankbar ließ er sich an einem Fensterplatz nieder und lauschte der Weihnachtsmusik, die sanft aus verborgenen Lautsprechern drang. Während die dunkelhaarige Angestellte in der Küche verschwand, um mit Töpfen und Pfannen zu hantieren, brühte ihre blondgraue Kollegin frischen Tee für Smart auf.

»Sie sind nicht von hier, hm?«, fragte sie ihn. »Besuchen Sie Ihre Verwandtschaft zum Fest? Vielleicht die Kinder oder Enkel?«

Gott bewahre, dachte Smart, der zeitlebens nie den Wunsch nach Nachwuchs verspürt hatte.

»Ich komme aus London«, antwortete er, während seine Fingerkuppen anerkennend über die Tischdekoration strichen – ein kleines Tellerchen voller Nüsse, Kastanien und Tannenzweige. »Und ich bin beruflich hier.«

Es war keine Lüge, zumindest jetzt nicht mehr. Der Mordfall Wellington-Smythe und die Sache mit dem bedauernswerten Chandler wogen weitaus schwerer als jedes Gewinnspiel und jedes Dampfbad. Vor allem: Sie faszinierten ihn weitaus mehr.

»Ach ja?« Die Angestellte brachte den Tee in einer bauchigen Tasse. Auf dem Unterteller lagen zwei Zuckerstückchen und ein Keks. Dazu gab es ein kleines Kännchen Milch und etwas Zitrone. »Was arbeiten Sie denn hier draußen im Nirgendwo? Zählen Sie Schneeflocken?«

Smart lachte. »Zugegeben: Davon gibt es hier mehr als bei uns zu Hause. Aber ich bin Ermittler. Scotland Yard und so.«

Die Frau hob beide Brauen. »Scotland Yard? Wie dieser Smart aus den Büchern?«

Er unterließ es, sich zu erkennen zu geben. Die gute Dame schien Inspector Smart für eine fiktive Figur zu halten, und das war ihm ganz recht so. Er wollte frühstücken, keine Autogrammstunde abhalten.

»Sagen Sie nicht, hier ist jemand ums Leben gekommen«, fuhr die Angestellte fort.

Smart nickte. »Drüben im *Ravenhurst Resort*, leider.«

Er hatte noch einmal nachgedacht. Eigentlich hatte es keinen Sinn, die Neuigkeit geheim zu halten. Dazu bestand keinerlei Anlass, das wusste sicherlich auch Constable Shepard, und spätestens wenn mehr Dörfler wach wurden und vor die Häuser kamen, würde sie sich ohnehin herumsprechen. Das war immer so.

Jahrzehnte an ermittlerischer Erfahrung bewiesen Smart außerdem, dass es nie schaden konnte, die Einheimischen einzuweihen. Sie sahen nicht selten mehr als die Profis von außerhalb. Manchmal musste man ihnen nur die richtigen Fragen stellen.

»Bei den Middleditchs, hm?« Die Dame verzog das Gesicht. »Na, das musste ja irgendwann so kommen.«

Verdutzt hob er den Blick. »Inwiefern?«

Die Weihnachtsmusik aus den Lautsprechern war verstummt, als wollte sie die Worte der Kellnerin noch unterstreichen. Nun setzte ein neues Stück ein, Gary Glitter mit seinem unsäglichen *Rock and Roll Christmas*, und der Moment verging.

Schnell winkte die Frau ab. »Ach, nein. Das war nur so dahergesagt. Tut mir leid.«

»Aber?«

Sie seufzte. »Na ja, die Lil und ihr Mann sind nicht allzu beliebt in Little Puddington. Deswegen ist mir das rausgerutscht, weil die kaum jemand leiden kann. Außer vielleicht Father Atkins.«

Smart roch Bohnen in Tomatensoße und den unverkennbaren Duft von gebutterten Toastscheiben. Das Wasser lief ihm im Mund zusammen, und er schluckte. »Worauf beruht diese Antipathie, wenn ich fragen darf, Miss …?«

»Davison«, antwortete sie. »Rose Davison, und meine Partnerin heißt Clara Troughton. Uns gehört das *Tea & Home*.«

»Sehr erfreut.« Smart lächelte, nippte an seinem Tee und lächelte dann noch mehr. »Wirklich.«

»Worauf beruht das, puh.« Miss Davison stemmte die Hände in die Hüfte und atmete durch. »Lil … Das ist Lilibeth Middleditch, wissen Sie … Lil stammt ja von hier. Die ist in Little Puddington aufgewachsen, damals hieß sie noch Smith. Aber schon in ihrer Jugend hat die sich für etwas Besseres gehalten. Und als sie dann Simon kennengelernt hat … Da hatten sich echt zwei gefunden, verstehen Sie? Simon stammt aus Carlisle. Für die Leute hier ist das quasi eine Großstadt, und genauso hat sich Simon auch benommen.«

Smart kannte Carlisle dem Namen nach. Wenn ihn die Erinnerung nicht trog, hatte das Städtchen knappe siebzigtausend Einwohner – aber nur, wenn man die umliegenden Dörfer mitzählte.

»Simon wollte hoch hinaus«, fuhr Rose Davison fort. »Das *Ravenhurst* war sein Traum, von Anfang an. Gott allein weiß, wo er die Geldgeber damals aufgetrieben hat. Und Lil, die fühlte sich ja ohnehin immer schon für Höheres geboren. Wie ich schon sagte: Da hatten sich die zwei Richtigen gefunden. Und Sie wissen vielleicht, wie das in kleinen Dörfern so ist,

Sir. Wer sich da für etwas Besseres hält, der eckt an. Freunde macht der sich damit nicht gerade.«

Smart nickte nachdenklich. »Das ist interessant«, gestand er. »Gibt es Menschen hier, die den Middleditchs Böses wünschen würden? Die ihnen offen gedroht haben, beispielsweise?«

»Pfff, nein.« Das Kopfschütteln war eindeutig. »So weit geht das nicht. Wir Dörfler lassen die natürlich gewähren. Auch wenn Lil manchmal so wirkt, als könnte sie, ohne mit der Wimper zu zucken, über Leichen gehen. Das ist ja alles deren Sache. Das ist Ehrgeiz, schätze ich. Aber gefallen muss es uns nicht, verstehen Sie? Wir ... Nun ja, wie soll ich das erklären? Wir mögen die Middleditchs nicht sonderlich. Das war früher schon so, und seit sie dieses Hotel betreiben und tun, als wäre es das *Ritz Carlton* ... Seitdem ist es nicht besser geworden mit der Antipathie.«

»Die beruht allerdings auf Gegenseitigkeit«, schaltete sich Clara Troughton ein. Sie kam gerade aus der Küche, in der einen Hand einen dampfenden Teller, in der anderen einen kleinen Brotkorb. »Auch die Middleditchs scheren sich nicht sonderlich um das Dorf und seine Bewohner. Die leben auf einem ganz anderen Planeten als wir. Little Puddington und seine Bewohner sind für die nur Kulisse, von der ihr Hotel profitiert. Nur pittoreskes Bild, kein bisschen wichtig. Und wehe, wir stören ihre Kreise!«

Sie stellte die Speisen vor Smart auf den Tisch. Smarts Blick fiel auf drei Scheiben frisch gebräunten Toast, auf einen kleinen Berg aus Rührei mit Speck, einen kräftigen Klacks Bohnen und zwei Würstchen. Garniert wurde das Ganze mit Tomatenscheiben, die Clara Troughton leicht angebraten und ordentlich gepfeffert hatte. Es waren keine Scones, aber es war purer Genuss.

»Zufrieden?«, fragte die Köchin. Sein Gesichtsausdruck schien Bände zu sprechen.

»Mehr als das«, antwortete Smart und griff zum Besteck. »Sie schickt der Himmel.«

Miss Davison lachte. »Das sagten Sie bereits.«

»Manche Wahrheiten kann man gar nicht oft genug sagen«, erwiderte Smart und aß.

»Aber was interessieren Sie sich so für Lil und Simon?«, fragte Troughton. Sie schien in der Küche alles mitangehört zu haben. »Sagen Sie nicht, die beiden stehen unter Verdacht. Das wäre nämlich definitiv ein Knaller!«

»So weit würde ich nicht gehen«, erwiderte er zwischen zwei herrlich schmeckenden Bissen. »Die Ermittlungen haben gerade erst begonnen, da ist im Grunde jeder gleichermaßen verdächtig und nicht verdächtig. Die Spreu muss sich erst vom Weizen trennen, wissen Sie?«

»Und wer ist gestorben?«, wollte ihre Kollegin wissen.

»Ein Verfasser von Radio-Hörspielen«, antwortete Smart. »Sein Name lautete Wellington-Smythe. Er war Stargast auf ...«

»Auf dieser Convention!«, unterbrach Davison ihn. Sie riss die Augen weit auf und sah ihre Partnerin an. »Du meine Güte, Clara. Das ist der von diesem Typen gestern!«

Smart horchte auf. »Von diesem Typen?«

»Da war so ein Mann hier im Café«, erklärte Troughton. »Gestern, am späteren Nachmittag. Er trug eine Stofftasche mit dem Logo dieser Hörspiele mit sich und war ziemlich unheimlich.«

»›Aggressiv‹ trifft's wohl eher«, sagte die Köchin. Sie rollte mit den Augen. »Der hat regelrecht herumgepöbelt, als wir ihm nicht weiterhelfen konnten. Ich hatte ehrlich Sorge um unsere Möbel.«

Smart horchte auf. »Können Sie diesen Mann beschreiben? Und was war es, was ihn aggressiv hat werden lassen?«

»Puh, wie beschreibt man den?«, murmelte Miss Davison. »Blond, schräger Scheitel, ein weißes Hemd, das bis zum Hals zugeknöpft war ...«

Adrian Cole, dachte Smart. *Wusste ich's doch.*

Mit einem Mal kribbelten seine Fingerkuppen wieder. Der alte Jagdinstinkt erwachte.

»Er wollte unser Café mieten«, erinnerte sich Troughton. »Für ein ›privates Treffen mit einem Star‹. Das sollte gestern stattfinden, quasi wenige Stunden später. Aber so kurzfristig geht das nicht. Wir hatten ja schon Tischreservierungen für den Nachmittag, und außerdem kam mir dieser Kerl seltsam vor. *Zu* seltsam, um ihn als Kunden haben zu wollen.«

»Wir haben dankend abgelehnt«, fuhr ihre Kollegin fort. »Und da ist er dann pampig geworden. Er hat uns beschimpft, als gäbe es kein Morgen mehr. Danach ist er gegangen. Glauben Sie, dieser Star, von dem er gesprochen hat, war der Mann, der jetzt tot ist?«

Smart hatte die Gabel sinken lassen. Nun nahm er sie wieder auf. »Da bin ich mir sogar ausgesprochen sicher, meine Liebe.«

»Du meine Güte, Clara«, murmelte Davison. Erschrocken blickte sie zu ihrer Kollegin. »Was, wenn das der Mörder war?«

Ja, dachte Smart und biss in eine Scheibe Toastbrot. *Was dann?*

Es war kurz nach halb neun, als Timothy Smart die Lobby des *Ravenhurst Resort* betrat. Der Rückweg war ihm deutlich leichter gefallen als befürchtet, woran das herrliche Frühstück im *Tea & Home* gewiss nicht unschuldig gewesen war, und er fühlte sich geradezu erfrischt.

Die klare Luft im Wald, das Knirschen von Neuschnee unter seinen Schuhsohlen und die himmlische Ruhe hatten ihn belebt, seine Schritte beschleunigt und die weihnachtliche Stimmung in ihm neu geweckt. Er hatte sich sogar dabei ertappt, dass er *How Far Is It to Bethlehem* vor sich hin summte – ganz ohne es zu merken.

Die Lobby hatte sich seit dem gestrigen Abend nicht sonderlich verändert. Das Feuer im Kamin prasselte und verströmte eine sehr willkommene Wärme. Zwei ältere Herren saßen auf Sesseln und blätterten in der *Times*, leise Musik drang dazu aus verborgenen Lautsprechern. Die Treppe ins Obergeschoss war verwaist, ebenso die kleine Bar. Doch am Rezeptionsschalter, den man seit gestern mit einer tannengrünen Girlande verziert hatte, stand der junge James Staunton und kämpfte mit dem Computer.

»Guten Morgen, Staunton«, grüßte Smart und trat näher. »Immer noch kein Glück mit der Technik?«

»Ach, Inspector.« Sein Gegenüber seufzte. »Es ist wirklich wie verhext. Wenn ich es nicht besser wüsste, dann würde ich sagen, das elende Ding *will* gar nicht funktionieren.«

»Der Neffe meines Nachbarn kennt sich gut mit Computern aus«, schlug Smart vor. »Soll ich ihn mal für Sie anrufen?«

Staunton winkte ab. »Nett von Ihnen. Aber das wird hoffentlich nicht nötig sein. Ich bekomme wohl bald einen Fachmann aus der Nähe organisiert.« Dann senkte er die Stimme ein wenig. »Alles andere würde Simon mir sicher übel nehmen. Dass Hausgäste uns bei der EDV helfen? Unvorstellbar!«

»Es wäre bloß der Neffe eines Nachbarn«, warf Smart ein. »Nicht der Hausgast selbst. Ich kenne mich noch weniger mit diesen Apparaten aus als meine geschätzte Gattin, das gebe ich gerne zu. Und die liebe Mildred ist auch nicht gerade mit Router und Keyboard geboren worden, wenn Sie verstehen.«

Staunton lachte kurz, dann sah er von seinen Anstrengungen auf und wurde ernst. »Haben Sie schon von Mr Wellington-Smythe gehört, Inspector?«

»Und ob. Ich versuche mich sogar bereits an einer Mordermittlung, mein Lieber. Bislang verläuft sie allerdings so vielversprechend wie Ihr Kampf gegen die Technik.«

»Das ist heftig, oder?« Staunton schluckte hörbar. »Ein Mord, hier im Hotel. Noch dazu jetzt, so kurz vor Weihnachten. Das nimmt einem irgendwie den Wind aus den Segeln.«

Smart nickte. »Es *ist* heftig. Mord hat vor nichts und niemandem Respekt, junger Freund. Auch nicht vor dem Fest der Feste.«

»U...und Sie wissen nicht, wer es war? Der muss ja noch immer frei herumlaufen, Inspector.«

»Bedaure, Staunton«, antwortete Smart. »Für derartige Rückschlüsse ist es leider noch zu früh.« Er runzelte die Stirn. Irrte er sich, oder war der junge Staunton sehr angespannt?

»Dieser Mr Chandler, den der Constable verhaftet hat«, sagte der Rezeptionist. Dabei leckte er sich tatsächlich nervös über die Lippen. »Kann er es gewesen sein? Ich hörte, er hätte ein Messer gehabt.«

»Für Robin Chandler verbürge ich mich«, widersprach Smart. »Den trifft keinerlei Schuld an dieser Misere, darauf gebe ich Ihnen mein Wort.«

Staunton brummte bestätigend. Dennoch sah er nicht aus, als erleichterte ihn diese Garantie, eher im Gegenteil. Sein rechtes Augenlid hatte zu zittern begonnen, und seine Hände strichen nicht minder unruhig über die Empfangstheke. Als einer der Gentlemen mit den Zeitungen plötzlich laut hustete – zweifellos des Kamins wegen –, erschrak Staunton so sehr, dass sein ganzer Körper kurz zusammenzuckte.

»Ist alles in Ordnung, Staunton?«, fragte Smart. Er stutzte und nahm sein Gegenüber genau in Augenschein. »Sie wirken angespannt, wenn Sie die Bemerkung gestatten.«

»N…na ja, Sir.« Der Junge hob die Schultern. »Es läuft ein Mörder im *Ravenhurst* herum. Die Polizei war in der Nacht hier und hat sich für später erneut angekündigt. Bis dahin sollen wir die Suite verriegelt lassen und jemanden abstellen, der dafür sorgt, dass niemand sie betritt. Constable Shepard hat sogar gefragt, ob heute schon Personen abreisen würden. Falls ja, sollen wir ihm Bescheid geben.«

Interessant, dachte Smart. Shepard mochte selbstbewusst tun, aber auf Nummer sicher ging er offenbar trotzdem.

»Und?«, fragte der Inspector. »Reist jemand ab?«

»Nicht, dass ich wüsste, Sir«, antwortete Staunton. »Alle aktiven Buchungen gelten noch mindestens für zwei Tage.« Er seufzte. »All dieser Trubel, Inspector, und das wegen eines waschechten Mordes! Da wird man schon nervös.«

Smart nickte. »Natürlich.«

Stauntons Begründung klang plausibel, doch er glaubte sie nicht. Was immer den Jungen so schreckhaft wirken ließ, hatte nichts mit dem zu tun, was er da sagte.

Da ist noch mehr, oder?, ahnte Smart. *Sie verheimlichen etwas, Mr Staunton. Darauf würde ich Miss Troughtons köstliche Bohnen verwetten. Und mir scheint, als hinge es mit dem bedauernswerten Wellington-Smythe zusammen.*

»Wo waren Sie eigentlich vergangene Nacht, mein Lieber?«, hakte Smart nach und versuchte, es so unschuldig und belanglos klingen zu lassen, wie er nur konnte. »So gegen ein Uhr? Noch immer im Dienst?«

»Das nicht«, antwortete sein Gegenüber. Verdutzt sah er

Smart an. »Die Veranstaltungen gingen beide nur bis kurz nach Mitternacht. Wir haben dann nur rasch das Gröbste aufgeräumt, und danach war Feierabend.«

»Also waren Sie auf Ihrem Zimmer«, vermutete der Inspector. »Drüben im Trakt der Angestellten, richtig?«

Nun war Staunton es, der nickte. »Ganz genau. Da wohne ich. Auch Simon und Lil haben dort ihre Wohnung, aber sie ist natürlich viel größer als die kleinen Apartments von uns Normalsterblichen.«

»Können die Middleditchs Ihre Anwesenheit denn bezeugen? Oder sonst jemand vom Personal?«

»Was?« Stauntons Lachen klang so nervös, wie er aussah. »Bezeugen? Das hört sich ja fast so an, als fänden Sie *mich* verdächtig, Inspector!«

»Aber nicht doch«, flunkerte Smart. »Ich will nur gründlich vorgehen und alles ausschließen, was auszuschließen ist. Also?«

»Nein, bezeugen kann das niemand«, antwortete der Rezeptionist. »Ich bin aufs Zimmer gegangen und habe geschlafen bis kurz vor Dienstbeginn. Da ist mir kein Mensch begegnet.« Er zögerte. »I...ist das schlimm?«

»Mitnichten, mein Lieber«, erwiderte Smart, auch wenn er sich gar nicht so sicher war. »Wie schon gesagt: Ich will nur gründlich sein. Sagen Sie ...«

Er kam nicht dazu, die nächste Frage zu formulieren, denn Mr und Mrs Middleditch traten gerade aus dem Durchgang zur Hotelbar und fielen ihm mit völliger Selbstverständlichkeit ins Wort.

»Ah, James, da bist du ja«, bemerkte Simon Middleditch. Es klang anklagend. »Wir suchen dich schon überall.«

Er hatte den Anzug vom Vorabend gegen ein helleres Modell eingetauscht, in dem er aber kein bisschen weniger förmlich und steif wirkte. Seine Gattin trug ein geblümtes Kleid in dezenten Farben, dazu ein weißes Tuch über den Schultern.

»Äh«, machte Staunton. »Suchen? Aber ich bin doch immer hier, wenn ich zum Empfangsdienst eingeteilt bin.«

»Jetzt werde nicht spitzfindig, Bursche«, wehrte Middleditch ihn schroff ab. »Sag mir lieber, wie weit du bist. Läuft meine Haustechnik wieder?«

»Na ja, laufen tut sie schon«, antwortete der Junge. Dabei sah er wieder zum Computermonitor, und seine Miene verfinsterte sich. »Zumindest so grob, genau wie gestern. Sie hat nur nach wie vor diese unerklärlichen Aussetzer, Mr Middleditch. Und dann geht gar nichts mehr. Mal ganz abgesehen von diesen Bereichen auf der Festplatte, auf die ich nicht zugreifen kann ...«

»Papperlapapp.« Der Hotelier schien nicht mehr hören zu wollen. Das wenige missfiel ihm sichtlich. »Wie lange dauert das denn noch, James? Ich habe hier ein Unternehmen zu führen, verdammt! Derartige Ausfälle sind Gift für das *Ravenhurst*, verstehst du das nicht?«

»Doch, schon, Sir. Ich kann nur nicht zaubern.«

»Jetzt werd bloß nicht frech!«, warnte Middleditch. Er trat nun ebenfalls hinter die Empfangstheke und drängte seinen Angestellten zur Seite. »Hier, lass mich mal an den Apparat. Das *muss* doch lösbar sein.«

Während sich Simon Middleditch – mit zweifellos noch weniger Ahnung als Staunton – am Computer versuchte, trat seine Gattin zu Smart.

»Guten Morgen, Inspector«, grüßte sie. Es lagen Ringe unter ihren Augen, und ihr Tonfall war alles andere als fröhlich. »Wobei: ›Gut‹ kann man den sicher nicht nennen. Der arme Mr Wellington-Smythe ...«

»In der Tat. Eine äußerst betrübliche Entwicklung.«

»Weiß man schon mehr?«, fragte Lil. »Sie sind doch von der Polizei, Sie sind da bestimmt informiert.«

»Ich fürchte, es ist zu früh für verlässliche Aussagen«, gab er zurück. »Die Ermittlungen laufen aber.« Dann runzelte er die Stirn. »Mrs Middleditch, können Sie mir sagen, was jetzt aus der *Chiller-Thriller*-Convention wird? Unser lieber Staunton signalisierte mir soeben, es habe noch niemand frühzeitig ausgecheckt. Findet das Event denn nach wie vor statt, trotz des tragischen Vorfalls von letzter Nacht?«

»Das will ich doch sehr hoffen!«, antwortete die Dame. »Wir haben zahlreiche Hausgäste von dieser Veranstaltung, und die haben alle bis übermorgen gebucht. Außerdem hat Miss Brooke unseren Konferenzbereich gemietet. Ich sehe keinen Grund, dass wir nun Abstand von diesen Buchungen nehmen sollten. Was in Mr Wellington-Smythes Suite geschehen ist, darf sich nicht negativ auf das *Ravenhurst Resort* auswirken!«

Zumindest war sie ehrlich. Smart hielt wenig von ihrem Geschäftssinn, den sie sich fraglos mit ihrem Gatten teilte, aber er schätzte die Offenheit, mit der Mrs Middleditch ihn kommunizierte. Sie machte keinen Hehl daraus, dass es ihr um den Umsatz ging, nicht um den Toten.

»Haben Sie Miss Brooke heute schon gesehen?«, fragte er. »Ich würde ausgesprochen gern mit ihr sprechen. Und mit Mr Cole, falls er Ihnen begegnet ist.«

Aus dem Augenwinkel bemerkte er, dass James Staunton kurz aufgeschaut hatte. Irgendetwas an der Erwähnung der zwei Personen schien ihn zu erschrecken. Doch bevor Smart nachhaken konnte, setzte Mrs Middleditch zu einer Antwort an.

»Die Brooke? Ja, Inspector, die habe ich gesehen. Gerade eben erst.« Die Gastgeberin deutete hinter sich. »Draußen im

Schnee. Sie stand hinter dem Haus im Hotelgarten, als mein Simon und ich durch die Bar zur Lobby gegangen sind. Keine Ahnung, was sie da treibt – noch dazu bei dieser Kälte. Ah, da sind Sie ja, mein lieber Freund!«

Der letzte Satz war ein regelrechter Jubel gewesen. Er galt der Person, die hinter Smart gerade das Hotel betrat. Middleditch schien sie sehnlichst zu erwarten. Smart selbst staunte nicht schlecht, als er sah, wer da hereinkam.

»Sie kennen Father Atkins bereits, oder?«, sagte Mrs Middleditch gerade und trat mit weit ausgebreiteten Armen auf denselben zu. »Und Sie, Father, erinnern sich an unseren Inspector? Gut, sehr gut.«

Atkins sah noch immer müde aus. Die frühe Stunde schien wirklich nicht sein Fall zu sein. Doch sein Lächeln war genauso herzlich und sein Händedruck genauso fest wie vorhin. »Selbstverständlich, Mrs Middleditch. So sieht man sich wieder, Inspector Smart, was? Ich hoffe, das Café hat Ihnen gutgetan.«

»Ich kann nicht klagen«, antwortete Smart. Dann stutzte er. »Wollten Sie nicht die Kirche vorbereiten? Für den Gottesdienst?«

»Ich habe Father Atkins hergebeten«, gestand Mrs Middleditch. »Mit Nachdruck, wie ich zugeben muss. Wegen des Mordes, verstehen Sie? Weil das alles so grässlich ist. Der Gottesdienst ist ja auch erst in einer guten Stunde …«

Erst jetzt bemerkte Smart das kleine Köfferchen, das der Geistliche bei sich trug. Es war schwarz, genau wie sein Mantel.

»Ich soll die Suite neu einsegnen«, verriet Atkins, dem Smarts Blick nicht entgangen war. »Nach der Tat, sozusagen. Als spiritueller Neustart für die Räumlichkeiten. Und das ist natürlich ein Notfall.« Beim letzten Satz sah er fast schon untertänig zu Mrs Middleditch. Er schien ihr keinen Gefallen abschlagen zu können, auch wenn es seinen Zeitplan sprengte.

»Wir könnten die Suite natürlich auch renovieren lassen«, erklärte die Hausherrin. »Aber was würde das ändern? Der Makel läge nach wie vor auf ihr, da ändern auch frische Teppiche nichts. Also habe ich mir gedacht: Lil, spar dir das Geld. Du lässt da die Putzkolonne rein, wenn die Polizei fertig ist, und du rufst Father Atkins für den neuen Segen. Dann ist an alles gedacht.«

Und an allen Ecken und Enden gespart, ergänzte Smart in Gedanken.

Dann verabschiedeten sich die beiden. Lilibeth Middleditch nahm den Dorfpfarrer am Arm und führte ihn zur Treppe.

»Wenn Sie mal wieder frieren sollten, Inspector«, sagte Atkins noch, »dann zögern Sie nicht. Meine Kirche steht Ihnen jederzeit offen. Hier auf dem Land brauchen wir Vandalismus nicht zu fürchten, wissen Sie? Von daher lasse ich ihre Pforten rund um die Uhr unverschlossen. Sehen Sie in ihr einfach einen rettenden Hafen, das tue ich auch. Seit Jahren schon.«

Smart winkte dankbar und warf einen letzten Blick zurück zum Empfang, wo Mrs Middleditchs Gatte noch immer mit Staunton und dem Computer beschäftigt war. Beide machten dabei keine gute Figur. Dann beschloss er, Miss Brooke suchen zu gehen.

KAPITEL 12

Der Tannenbaum strahlte.

Groß und imposant stand er inmitten der weißen Pracht, die schneebedeckten Äste voller leuchtender Lämpchen. Er stellte gewissermaßen das Zentrum des Hotelgartens dar und war aus allen Richtungen deutlich zu erkennen. Shelley Brooke stand direkt davor.

»Miss Brooke«, rief Smart. Schnee knirschte unter seinen Sohlen, als er auf sie zuhielt, und bei jeder Silbe waberten neue Atemwölkchen vor ihm durch die Luft. »Hätten Sie einen Augenblick Zeit für mich?«

Die Event-Managerin drehte sich fragend um. Sie trug ein Kostüm in Eierschalenfarben, goldene Ohrringe und eine teure Uhr am Handgelenk. Dazu hatte sie sich einen Pelzmantel über die Schultern gelegt, der die Arme aussparte. Erst jetzt sah Smart, dass sie eine schlanke Zigarette zwischen den Fingern hielt. Die Spitze des Glimmstängels leuchtete wie die Weihnachtsbaumkerzen, und ein dünner Rauchfaden stieg von ihr auf.

»Mr ... Smart?«, fragte sie stirnrunzelnd.

»Ganz genau.« Inspector Smart blieb neben ihr stehen und atmete durch. Schnelle Schritte durch dichten Schnee waren der reinste Sport und absolut nicht sein Fall. »Darf ich kurz stören? Ich habe ein paar Fragen, bei deren Beantwortung Sie mir sicher eine große Hilfe wären.«

Der Hotelgarten war menschenleer bis auf sie beide, zumindest soweit Smart es erkennen konnte. Das Gelände – etwa so groß wie die Fläche seines Hauses und die seiner beiden Nachbarn daheim in London – war flach und eben. Mehrere Bäume und Büsche ragten aus dem Schnee, der es lückenlos bedeckte, und hier und da standen verwaiste Parkbänke im Weiß. Es gab eine Pergola, an der in wärmeren Monaten vermutlich blühende Kletterpflanzen wuchsen, einen kleinen Zierteich, dessen Oberfläche gefroren war, und mehrere Wege, die sich mal hierhin und mal dorthin wanden.

Eine besonders breite Fläche, die gleich an das Haupthaus des Resorts grenzte, diente zweifellos als Außenbereich für Veranstaltungen und – wie Smart insgeheim befürchtete – als Trainingsgelände für sportliche Aktivitäten an der frischen Luft. Einmal mehr dankte er seinen Schutzengeln dafür, dass ihm derartige Einsätze bislang erspart geblieben waren. Was die Wellness-Truppe des Hotels wohl gerade machte? Suchte sie ihn schon?

»Ich wüsste nicht, wobei ich Ihnen helfen könnte«, erwiderte Brooke. Sie zog an ihrer Zigarette und atmete seufzend aus.

»Es geht um Mr Wellington-Smythe«, sagte Smart. »Ich bin mir nicht sicher, ob ich es bereits erwähnt habe, aber ich bin Inspector bei Scotland Yard und ermittle in diesem Fall.«

Das war nicht ganz korrekt, denn formell gesehen war Constable Shepard der zuständige Beamte. Doch Smart ermittelte ebenfalls, auf eigene Faust und auf eigenen Auftrag hin. Von daher war die Aussage auch keine Lüge, zumindest nicht direkt.

»Mein aufrichtiges Beileid, übrigens«, fügte er an. »Ich bedaure Ihren Verlust sehr.«

»Pfff.« Brooke warf den Rest ihrer Zigarette achtlos in den Schnee. Dann trat sie mit ihrem kirschroten Stöckelschuh darauf, obwohl es kein bisschen nötig war. »Dann gebührt das Beileid Ihnen, Inspector, nicht mir.«

Smart hob eine Braue.

»Verstehen Sie mich nicht falsch«, fuhr Brooke fort. Sie schlang die Arme um den Oberkörper und zog den Pelzmantel enger an sich. »Was da passiert ist, war eine himmelschreiende Schande und so weiter. Das wünscht man niemandem.«

Er musste erneut an den Anblick der Leiche denken, an den blutigen Pyjama und die erstarrten Gesichtszüge. »Aber?«

»Aber Leid ... Nein, Leid empfinde ich deswegen nicht. Das gebe ich offen zu.« Sie sah ihn an, lächelte wie bei einer Erinnerung. »Haben Sie mich nicht noch gewarnt? Davor, dass Michael die Nähe zu seinen Fans nicht guttun könnte? Sieht aus, als hätten Sie recht behalten, was?«

Es schien sie nicht sonderlich zu kümmern, erst recht nicht zu *be*kümmern. Smart fand das unanständig, auch wenn er ihr keinen Vorwurf machen wollte. Zumindest jetzt noch nicht.

»Wann und wie haben Sie von dem Mord erfahren, Miss Brooke?«

Sie schnaubte wieder. »Gesprochen wie ein wahrer Inspector. Lernt man das bei Scotland Yard, diesen Tonfall? Ich fand das immer albern, diese Ermittlerfiguren in Michaels Hörspielen. Die klangen alle gleich, alle genauso wie Sie gerade. Aber jetzt scheint es mir, als wäre das exakt richtig. Als hätte der alte Misanthrop den Tonfall völlig korrekt beschrieben – und lebensecht!« Nun winkte sie ab. »Verzeihen Sie, ich will Sie nicht beleidigen. Es ist mir nur aufgefallen, weiter nichts.«

Sie zuckte mit den Schultern. »Wann ich davon gehört habe?

Vorhin, als ich zum Frühstück runterkam. Das war vor vielleicht vierzig Minuten. Der Junge hat es mir mitgeteilt, dieser Staunton. Er schien sich regelrecht zu schämen dafür, Gott weiß, warum? Hat ständig herumgedruckst und mir kaum mal ins Gesicht sehen können. Kleiner Wurm. Na, jedenfalls hat er es mir gesagt. Er hat wohl gedacht, die Nachricht würde mich umhauen, aber da war er schief gewickelt. Sie zählen nicht lange zu den erfolgreichsten Event-Managerinnen des Landes, wenn Sie sich von derartigen Schlaglöchern aus den Schuhen hauen lassen.«

»Schlaglöchern«, wiederholte Smart, und nun lag tatsächlich so etwas wie Anklage in seinem Ton. »Ein Mann ist tot, Miss Brooke.«

»Und nichts bringt ihn mehr wieder.« Sie nickte gelassen. »Erst recht nicht meine Wortwahl. Ja, richtig gehört, Inspector: Schlaglöcher. Das ist nur ein Loch auf dem Weg, weiter nichts. Zumindest aus unternehmerischer Sicht. Ist Michaels Schicksal tragisch? Ohne jeden Zweifel. Ist es aber eine finanzielle Katastrophe? Auf gar keinen Fall. Der *Chiller-Thriller*-Kult wird weitergehen, mit oder ohne den ›Meister der Geister‹.« Sie winkte ab. »Die Leute werden nach wie vor die Streams kaufen, die CD-Sammlungen und auch die Bücher mit den alten Skripten. Wussten Sie, dass wir die gerade für eine groß beworbene Neuauflage vorbereiten? Ich hatte Michael schon für eine Lesereise eingeplant, nächsten Sommer. Zehn Städte in zwölf Tagen, überall mit Signierstunde und Pressegespräch. *Den* Teil kann ich mir jetzt in die Haare schmieren, aber verkaufen werden sich die Bücher trotzdem. Vielleicht sogar jetzt mehr denn je. Und das gilt auch für alles andere, auf dem *Chiller Thriller* draufsteht. Michael hat ja seit Ewigkeiten nichts Neues mehr produziert. Von daher wird der Fan-Kult auch ohne ihn weitergehen, da mache ich mir keine Sorgen. Und solange es den Fan-Kult gibt, gibt es auch Bedarf an Fan-Veranstaltungen.«

»Das klingt sehr pragmatisch«, kommentierte er.

»Wie denn auch sonst?« Brooke zuckte mit den Schultern. »Ich brauche MWS nicht persönlich, um die Marke MWS am Leben zu erhalten. Klar war er wichtig für Events wie dieses, aber auch die Conventions können ohne ihn existieren. Er ist ja ohnehin nur selten hingefahren.«

Der Schnee hatte wieder eingesetzt. Erste Flocken fielen vom Himmel, leicht und leise. Smart schlug den Kragen seines Mantels höher und sah sehnsuchtsvoll hinter sich zum Hotel, doch Brooke machte keinerlei Anstalten aufzubrechen.

»Sie mochten ihn nicht sonderlich, Miss Brooke«, erwiderte Smart. »Da liege ich doch richtig, oder?«

Sie lachte kurz. »Respekt, Inspector. Sie kommen zum Punkt, das muss man Ihnen lassen.«

»Irre ich mich denn?«

Ein Kopfschütteln, nicht minder knapp und mit nur dem vagen Anflug von Scham. »Nee, das stimmt schon. Michael war ... schwierig. Einerseits ein friedlicher Kerl, mit dem man umgehen konnte, andererseits aber auch sehr eigenbrötlerisch. Er wollte nie unter Leuten sein, nie im Mittelpunkt stehen. Dieser ganze Trubel um seine Person war ihm suspekt, vom ersten Tag an. Kennen Sie diese Typen? Diese Künstler, die lieber zu Hause im stillen Kämmerlein vor sich hin leiden, als am Leben teilzunehmen, das vor ihrer Haustür wartet? So einer war der. Neurotisch, wehleidig, aber eben auch talentiert.«

»Wohlhabend?«, fragte Smart.

»Wegen *Chiller Thriller*?« Sie winkte ab. »Na, geht so. Die Reihe war sein größter Wurf, das schon. Aber Michael war nie Unternehmer genug, um das auszunutzen. Die ersten Hörspiele sind ja damals noch für die BBC entstanden, also fürs Radio. Die Rechte an diesen Skripten haben Michael nie gehört, und auch an den späteren Veröffentlichungen auf CD, bei Spotify und Konsorten verdiente er keinen müden Penny – leider. Als später das Revival kam, sich die CDs wie blöd verkauften und der Verlag der Tonträger bei ihm um eine zweite Staffel mit neuen Hörspielen nachgefragt hat ... Da hat Michael dann die Rechte bei sich behalten. Für diese Titel bekam er also Jahr für Jahr Verkaufstantiemen und auch ein Stück vom Merchandise-Kuchen ab. Den ganzen alten BBC-Kram aber, immerhin die ersten fünfzehn Folgen von *Chiller Thriller*, an dem hat er nie mehr etwas verdient.«

»Wem gehören die Rechte heute, wissen Sie das?«, fragte Smart geradeheraus. »Wer profitiert von Mr Wellington-Smythes Tod? Sie etwa?«

Brooke betrachtete ihn amüsiert und mit etwas, was Anerkennung sein mochte. Oder war das Verachtung?

»Sie sind witzig, wissen Sie das?«, sagte sie. »Ich bin Event-Managerin, Inspector. Ich bin weder verwandt noch in irgendeiner anderen Weise mit dem Erbe verbunden. Was immer da an Rechten übertragen werden muss, hat mit mir nichts zu tun.«

»Aber Sie sagten gerade selbst, dass Ihr Verdienst durch Mr Wellington-Smythes Tod nicht nennenswert geschmälert wird.«

»Nicht in den Worten, aber ja. Das stimmt. Weil ich auch weiterhin an ihm verdienen werde – nicht mit seinen Verkaufstantiemen und Lizenzen, die mich nie betroffen haben, sondern mit Veranstaltungen über ihn und sein Werk. Was das Erbe angeht, werden Sie wohl oder übel mit seinen Anwälten sprechen müssen, Smart. Damit habe ich nichts zu tun.«

Das ergab natürlich Sinn. Smart ärgerte sich, dass er nicht von allein darauf gekommen war. Doch irgendetwas an Brookes Art machte ihn zornig. War es der mangelnde Respekt für Wellington-Smythe, den er bei ihr zu spüren glaubte?

»Hatte er denn Familie? Menschen, die seine unmittelbaren Erben sein könnten?«

»Nicht, dass ich wüsste«, gab sie zurück. »Auch das ist meiner Erfahrung nach nicht untypisch für die Sorte Mensch. Eigenbrötler eben. Michael war am liebsten allein in seinen eigenen vier Wänden, glaube ich. Ohne lästige Störungen.«

»Und das hier«, Smart breitete die Arme aus, »hat er als Störung betrachtet.«

Brooke rollte mit den Augen. »Mindestens. Erst gestern drohte er mir damit abzureisen. Ich konnte es ihm gerade noch ausreden.«

»Wäre er gestern abgereist«, konnte Smart sich nicht verkneifen, »wäre er jetzt noch am Leben.«

»Wer weiß, wer weiß?« Abermals winkte sie ab. »Es ist müßig, über vergossene Milch zu trauern, Inspector. Sie mögen das anders sehen und mich herzlos finden, doch so denke ich nun einmal. Was passiert ist, ist passiert und muss akzeptiert werden – ohne Wenn und Aber. Und erst recht ohne Konjunktiv. Hätte und wäre ändern nichts an dem, was ist, und nur das Ist zählt in meinen Augen. Wir machen weiter, ganz einfach. Mit oder eben ohne Michael Wellington-Smythe.«

Das saß. Smart wusste nicht, ob er sie für ihre pragmatische Art bewundern oder für ihre Nüchternheit kritisieren sollte. Brooke war eiskalt, zumindest wirkte sie so … und schämte sich nicht dafür. Im Gegenteil, sie kokettierte regelrecht damit. Weil sie ahnte, wie sehr es Smart reizte?

Mit einem Mal musste der Inspector an den Fall »Barnacle« denken. Er lag schon Jahrzehnte zurück und zählte zu den ersten Einsätzen, die Chandler seinerzeit zu Papier gebracht hatte.

Der Bankier Thomas Barnacle war in seinem Haus in Cardiff überfallen und ermordet worden. Smart hatte von Anfang an den Nachbarn in Verdacht gehabt, einen pensionierten Postbeamten namens Collins, ihm aber nichts nachweisen können. Tagelang hatte er darauf gewartet, dass Collins sich irgendwie verriet, und Collins hatte es gemerkt ... und sich königlich amüsiert. Immer wieder hatte er Smart mit subtilen, aber unmissverständlichen Signalen zu provozieren versucht – fest in der Überzeugung, der Inspector sei keine Gefahr für ihn.

Shelley Brooke hatte etwas von Eric Collins, fand Smart. Sie hätten Verwandte sein können.

»Wo waren Sie eigentlich zur Tatzeit, Miss Brooke?«, fragte Smart. »Letzte Nacht, so gegen ein Uhr? Hier im *Ravenhurst Resort*?«

Brooke hob die perfekt geschwungenen Brauen. »Na, jetzt werden Sie aber unverschämt.«

»Beantworten Sie einfach die Frage, bitte.«

»Wo soll ich Ihrer Ansicht nach denn gewesen sein, hm?«, gab sie schnippisch zurück. »In Michaels Zimmer, mit einem Messer in der Hand? Gucken Sie nicht so triumphierend, Smart: Staunton hat mir gesagt, dass MWS erstochen wurde. Das ist also kein Geheimnis. Aber wissen Sie, was? Ich werde Ihnen antworten. Schon allein, um Ihnen den Triumph zu verderben: Ich war hier, oh ja. Allerdings nicht bei Michael in der Suite, sondern in meinem eigenen Zimmer. Nummer dreiundzwanzig, wenn Sie's genau wollen. Allein!«

»Dann haben Sie also geschlafen«, vermutete er.

Brookes Mundwinkel zuckten spöttisch. »Ich wüsste nicht, was Sie das angeht, Inspector. Haben Sie noch einen schönen Tag, ja?«

Mit diesen Worten machte sie auf dem Absatz kehrt und stöckelte zurück ins Hotel. Smart sah ihr nach und fragte sich nicht zum ersten Mal, warum man sich mit derartigem Schuhwerk überhaupt in den Schnee vorwagte. Und warum manche Menschen so schwierig waren.

Ein Mann ist tot, dachte er. *Ein Mann, mit dem Sie lange gearbeitet haben, an dem Sie verdient haben. Und alles, was Sie mir hier bieten, sind schnippische Antworten und ein abfälliges Lächeln.*

Wie konnte er sie da nicht für verdächtig halten? Nein, es blieb dabei: Shelley Brooke und Eric Collins waren zwei vom gleichen Schlag. Doch das allein war natürlich noch kein Beweis.

Smart sah den Schneeflocken zu, die langsam zu Boden trudelten, und hörte, wie der Wind durch die Wipfel des nahen Waldes pfiff. Mit einem Mal musste er an Chandler denken, allein in Shepards Zelle. An den seltsamen Ausdruck in James Stauntons Blick von vorhin und an Miss Davison, die von einem aggressiv wirkenden Mann im *Tea & Home* gesprochen hatte. Einem Mann, der nur Adrian Cole gewesen sein konnte.

Der Fall »MWS« war noch lange nicht gelöst, das stand fest. Aber Smart spürte, dass Bewegung in ihn gekommen war. Wo er auch hinsah, fand er mögliche Fährten. Er musste ihnen nur nachgehen.

»Inspector? Sind Sie hier irgendwo?«

Die Stimme war hell und klar, anders als der Himmel an diesem Vormittag. Smart, der noch immer neben dem Tannenbaum im Hotelgarten stand, sah sich fragend um.

Emma Jones kam um die Ecke des Hauptgebäudes gestapft. Die junge Dorfpolizistin trug eine Wollmütze auf dem roten Haar und blaue Handschuhe. Über ihre Dienstkleidung hatte sie sich einen wärmenden Mantel angezogen.

»Miss Jones?«, wunderte er sich. »Was führt Sie denn schon wieder hierher?«

»Lil am Empfang sagte mir, dass ich Sie hier finde«, antwortete sie und blieb ebenfalls vor dem prächtigen Baum stehen. Ihre Wangen waren rosig vor Kälte, doch ihre Miene war freundlich. »Ich habe neue Informationen, die Sie vielleicht interessieren.«

»Das halte ich für ausgesprochen wahrscheinlich, meine Liebe«, stimmte er ihr zu.

Sie gingen ins Haus, flohen vor dem immer stärker werdenden Wind. Im Frühstückssaal, der sich allmählich leerte, fanden sie einen freien Tisch, an dem sie Platz nehmen und trotzdem von niemandem belauscht werden konnten.

Smart ging zum Büffet und kam mit ein wenig Gebäck, zwei Tassen und einer kleinen Kanne Tee zurück.

Emma Jones lächelte dankbar und griff beherzt zu.

»Also dann, Miss Jones«, sagte der Inspector, als er sich gesetzt und einen Schluck des wärmenden Getränks genossen hatte. »Schießen Sie los.«

Vergebens sah er sich nach Mildred um, sie hatte vermutlich längst mit dem Wellness-Programm des Tages begonnen. Ob sie wütend auf ihn war, weil er fehlte?

»Der Constable weiß nicht, dass ich hier bin«, gestand Emma Jones. »Er meint, ich wäre bei meiner Mutter. Familiärer Notfall und so. Aber ich finde, Sie sollten das erfahren. Wir haben die Mordwaffe untersucht, also das Messer. Es haben sich keinerlei Fingerabdrücke darauf gefunden, außer die von Mr Chandler. Und bei dem Blut an der Klinge handelt es sich eindeutig und ohne den geringsten Zweifel um das von MWS.«

Smart beugte sich vor. »Das hatte ich bereits vermutet, ja. Bedauerlich ist es dennoch, zumindest für den armen Chandler.«

»Die Leiche geht heute in die Gerichtsmedizin«, fuhr sie fort. »Hier auf dem Land dauert das immer ein wenig, anders als bei Ihnen in London. Der Tote muss dafür nach ...«

Er winkte ab. »Ich verstehe schon, Miss Jones. Ich bin in den unterschiedlichsten Gegenden des Landes im Einsatz, glauben Sie mir. In den Metropolen ebenso wie in den verlassensten Kuhkäffern. Da gibt es kein Tempo, das mir fremd wäre.«

»Na dann.« Sie grinste. »Dann wissen Sie ja, dass wir warten müssen.«

»Und auch dort werden keine Überraschungen auf uns lauern«, vermutete er. »Die medizinische Untersuchung des Toten wird bestätigen, was wir bereits wissen – nicht mehr und nicht weniger. Michael Wellington-Smythe starb gegen ein Uhr nachts, durch wiederholte Messerstiche in den Brustkorb. Wer auch immer ihn auf dem Gewissen hat, wusste genau, was er zu tun hatte, damit es ein schneller und lautlos vonstattengehender Tod wird. Kein unwillkommener Schrei, keinerlei Gegenwehr. Ich gehe davon aus, dass das Opfer den Mörder weder kommen sah, noch dass es von dem ganzen Geschehen allzu viel mitbekommen hat. Das ist zumindest ein kleiner Trost in all der Tragik. Er hat nicht lange gelitten.«

Ihr Blick ging kurz zu Boden. Dann straffte sie die Schultern. »Er tut mir leid«, gestand sie. »Aber das darf er nicht. Wir müssen nüchtern und sachlich bleiben, richtig? Nur so meistert man eine Ermittlung.«

Nun war Smart es, der lächelte. »So lernt man es in der Ausbildung, hm?«

Ein Nicken, knapp und zögernd. Ihre Ausbildung konnte noch nicht lange zurückliegen, schätzte der Inspector. Maximal zwei bis drei Jahre. Dies war vermutlich ihr allererster Mordfall.

»Wissen Sie, Miss Jones«, sagte er. »Nicht alles, was uns die Ausbildung lehrt, ist in der Praxis von Nutzen. Ich will Ihren Lehrern in keiner Weise widersprechen, aber meiner Erfahrung nach schadet es nicht, wenn wir uns einem Fall emotional verbunden fühlen. Es kann uns ein Antrieb sein, eine Motivation. Es hilft uns durchzuhalten, auch wenn vieles dagegenspricht. Und es erinnert uns daran, dass wir da sind, um einem Menschen Gerechtigkeit widerfahren zu lassen, der selbst nicht mehr für sich eintreten kann. Wir *helfen*, wenn wir mitfühlen. Wir dürfen uns nur nicht in dem Gefühl verlieren.«

»I…ich mochte MWS«, gestand sie stockend. Es war ihr unangenehm, das sah er ihr an, doch sie wollte ehrlich sein. »Aus der Ferne, verstehen Sie? Ich war … bin Fan.«

»Ich weiß«, sagte er sanft. »Und ich mochte ihn auch.«

Einen Moment lang schwiegen sie, vereint in dem Gefühl. Dann stellte Miss Jones ihre dampfende Teetasse zurück auf den Tisch. »Was haben Sie jetzt vor, Inspector? Wenn Sie mir die Frage gestatten. Der Constable rechnet die nächsten Stunden vermutlich nicht mit mir. Falls ich Ihnen helfen kann, sagen Sie es einfach. Ich würde mich freuen.«

Smart nickte. »Es wäre mir eine Ehre, Miss Jones.«

Wenige Minuten später standen sie gemeinsam am Empfang. Von Staunton fehlte jede Spur, doch Simon Middleditch persönlich kümmerte sich um den Betrieb in der Lobby, der um diese Stunde recht übersichtlich ausfiel. Smart sah niemanden auf den Sitzmöbeln, und der Durchgang zur Bar war ohnehin geschlossen.

»Verzeihen Sie, mein lieber Middleditch«, wandte sich der Inspector an den Hotelier. »Könnten Sie uns vielleicht eine Auskunft geben?«

»Kommt ganz drauf an«, erwiderte dieser. Die Enden seines Schnauzbarts zuckten bei jeder Silbe nach unten. Es wirkte äußerst missbilligend. »Was wollen Sie denn wissen? Den Weg zum See? Das Wetter von morgen? Die besten Restaurants in der Umgebung?«

»Eine Zimmernummer«, antwortete Smart. »Wir würden uns gern mit einem Ihrer Hausgäste unterhalten, einem Adrian Cole.«

»Ist er noch oben auf dem Zimmer?«, ergänzte Emma Jones. »Oder hat die Convention wieder angefangen, und er treibt sich dort herum?«

Simon Middleditch warf einen Blick auf seine Armbanduhr, dann schüttelte er den Kopf. »Die Veranstaltung beginnt heute erst gegen elf, soweit ich weiß. Da wurde wohl spontan ein wenig umgeplant wegen … Na, Sie wissen schon. Mr Cole dürfte sich also in seinem Zimmer aufhalten. Sie können es gar nicht verfehlen, Inspector. Nummer …« Middleditch unterbrach sich und hob neben dem Blick auch die Stimme. »Ah, nein. Da kommt er gerade. Mr Cole? Die Herrschaften hätten Sie gern kurz gesprochen.«

Smart drehte den Kopf zur Seite und fand Adrian Cole auf der Treppe, die von den oberen Etagen zur Lobby führte. Der Mittdreißiger mit der schwarz umrandeten Brille trug ein frisches Hemd mit Karomuster und eine dunkle Hose. In der rechten Hand hielt er eine Mappe. »Mich?«, fragte er verwundert.

»Unter vier Augen, wenn das geht«, sagte Smart. Dann fiel ihm Emma Jones wieder ein. »Oder besser ausgedrückt: unter sechs. Können wir die Bar kurz nutzen?«

Middleditch gewährte es. Smart führte Miss Jones und Cole in den Schankraum, der verlassen und still dalag. Vor den Fenstern erstreckte sich der verschneite Garten. Die Bäume am Waldrand bogen sich ganz schön, der Wind hatte zugenommen. Auch dem prächtigen Tannenbaum auf dem Hotelgelände schien die Verschlechterung des Wetters nicht zu gefallen. Erste Lämpchen hingen ihm lose von den Ästen herab, gehalten von dünnen Stromkabeln.

»Ich wüsste nicht, was wir zu besprechen hätten«, sagte Cole. »Ich muss dringend zu Vortragsraum zwei, mich auf mein erstes Panel von heute vorbereiten.«

»Ich verspreche, dass wir Sie nicht länger aufhalten als unbedingt nötig.« Smart deutete einladend auf die Barhocker, an denen er zwei Abende zuvor noch mit dem Verstorbenen gesessen hatte. »Bitte, setzen Sie sich.«

Emma Jones nahm Platz, Cole nur zögernd. Smart erhaschte einen Blick auf die Mappe, als Adrian Cole sie auf den Tresen legte, und konnte den Vortragstitel lesen:

Chiller Thriller ohne MWS – Neue Chancen, neue Hoffnung

Schau an, dachte er und machte sich eine mentale Notiz.

Doch auch Jones hatte das Deckblatt der Mappe bemerkt. »Sie sind schnell«, sagte sie und deutete darauf. »Ohne MWS? Das haben Sie doch sicher erst hier im *Ravenhurst* geschrieben, oder?«

»Na, selbstverständlich.« Cole griff nach der Mappe, als wollte er so wenig Einblick wie nur möglich in sie gewähren, und hielt sie sich mit beiden Armen dicht an die Brust. »Was denken Sie denn? Hellsehen konnte nicht einmal Madame Beddington.«

Smart sah verwundert zu der jungen Kollegin.

»Eine Betrügerin«, erklärte Jones bereitwillig. »Aus Folge 22 von *Chiller Thriller*. Sie hat vorgegeben, medial begabt zu sein, und sich Geld von der High Society erschlichen.«

»So, so«, murmelte der Inspector. Dann sah er zu Cole. »Dennoch ist es bemerkenswert, wie schnell Sie einen neuen Vortrag aus dem Ärmel zaubern, Mr Cole. Einen, der zumindest dem Namen nach klingt, als wäre er maßgeschneidert auf die Situation *nach* Wellington-Smythe.«

»Das ist er ja auch!«, erklärte der andere Mann. Stolz lag in seiner Stimme, seine Körperhaltung blieb aber defensiv ... und vorsichtig. »Ich habe die letzten paar Stunden nichts anderes getan, als ihn zu schreiben. Eigentlich hätte ich heute über Michaels Umgang mit Stereotypen sprechen sollen, doch angesichts der Umstände erschien mir das unangemessen. Es ist *CT*-Convention, Inspector Smart. Da sollte man tagesaktuell sein.«

»In der Tat.« Smart schlug die Beine übereinander. »Wann haben Sie vom Tod Ihres Idols erfahren, Mr Cole?«

»Idol, pfff.« Der Jüngere schnaubte leise. »Wie das klingt! Wir sind kritisch denkende Fans, Inspector. Keine Schulmädchen. Wir haben *Interessen*. Das ist etwas ganz anderes.«

»Und wann haben Sie vom Tod Ihres Interessensgebiets erfahren?«, parierte Smart.

»Um exakt ein Uhr dreiundfünfzig«, antwortete Adrian Cole. »Wenn Sie's unbedingt wissen wollen. Keine Minute später.«

Jones riss die Augen auf. »Wie bitte?«

Auch Smart traute seinen Ohren kaum. »Ich fürchte, das müssen Sie mir näher erläutern.«

Die Kunde von Wellington-Smythes Tod war seit dem Morgen kein Geheimnis mehr, das war ihm klar. Dass Unbeteiligte aber schon kurz nach dem nächtlichen Eintreffen der Polizei im Bilde gewesen sein sollten, hörte er zum ersten Mal.

Cole zückte sein Handy. »Wer sein Hobby mit Leidenschaft betreibt, Inspector, der ist immer gut informiert. Eine Kollegin aus dem Club hat gesehen, wie die Polizei vorgefahren ist, und eine Nachricht in unseren Chat geschrieben. Ein anderes Mitglied sah den Constable ins Obergeschoss eilen, auf die Suite von MWS zu – mit Simon Middleditch im Schlepptau. Auch das hat die Person prompt in den Chat geschrieben. Und den Rest konnten wir uns dann beinahe schon denken.«

Er hielt das Handy vor sich, sodass Smart das Display sehen konnte. Der Chat-Verlauf sagte dem Inspector auf die Schnelle nicht viel, war aber bestimmt einen zweiten Blick wert, später und in Ruhe.

»Wie gesagt, Inspector«, fuhr er fort. »Wir Experten sind immer informiert.«

»Und seitdem schreiben Sie an einem neuen Vortrag?«, wollte Miss Jones wissen.

»So ungefähr«, antwortete er. »Ein bisschen geschlafen habe ich auch. Aber nicht mehr viel. MWS hat seinen letzten Abend mit uns verbracht, diese Erkenntnis hat mich einfach nicht mehr zur Ruhe kommen lassen. Seinen allerletzten Abend auf der Welt.«

Es lag wieder Stolz in seiner Stimme. Fast so, als sähe er darin eine Auszeichnung. Einen Bonus für seine Treue als Fan. Smart schluckte eine Erwiderung hinunter, die der Situation nicht geholfen hätte, und wechselte das Thema.

»Wer sind Sie, Mr Cole«, begann er, »wenn Sie *nicht* auf CT-Conventions fahren? Wie sieht Ihr Alltag aus, und wo findet er statt?«

Der Fan runzelte die Stirn. »Warum wollen Sie das denn wissen?«

»Ich mache mir immer gern ein komplexes Bild von meinen Gesprächspartnern«, antwortete Smart. »Eines mit allen Details, die ich finden kann. Auch Ihr Hintergrund interessiert mich brennend. Sie sind Mitte dreißig, richtig?«

»Fünfunddreißig«, bestätigte er. »Und ich lebe in Bath.«

»Ah, an der Küste.« Miss Jones strahlte. »Da hab ich als Kind oft Urlaub gemacht.«

»Dann waren Sie vielleicht bei uns«, sagte Cole. »Meine Familie hat dort ein Bed & Breakfast betrieben. Es ist seit dem Tod meiner Eltern geschlossen. Aber das Haus steht nach wie vor. Ich wohne heute darin.«

Smart beugte sich vor. »Und was arbeiten Sie, wenn ich fragen darf? Dieses Hobby frisst doch bestimmt viel Zeit.«

»Tut es.« Cole nickte. »Erst recht die Arbeit für den Club. Ich bin wohl das, was man ›Privatier‹ nennt, Mr Smart. Ich habe mein kleines Erbe und bekomme monatlich einen Obolus vom Staat. Wegen Arbeitsunfähigkeit. Gesundheitliche Gründe, wenn Sie verstehen.«

Sonderlich krank sah Cole nicht aus, doch Smart beließ es dabei. Die relevante Information war die, dass der Mann alle Zeit der Welt hatte, sich seiner Faszination für *Chiller Thriller* zu widmen. Ihr ... und seiner Kritik an Wellington-Smythe.

»Wie standen Sie zu Mr Wellington-Smythe?«, fragte der Inspector geradeheraus. »Sie mochten die Hörspiele, das ist klar. Aber zu ihrem Autor hatten Sie ein eher ambivalentes Verhältnis, richtig?«

Cole legte die Hände auf den Tresen. Sein Barhocker quietschte bei der Bewegung leise. »MWS war nicht unfehlbar, das stimmt. Ich habe schon 2008 einen Con-Vortrag darüber gehalten, wie repetitiv seine Themen sein konnten, wie klischeebeladen so manche seiner Figuren. Außerdem ...«

Er stockte, wollte nicht weitersprechen. Doch Jones hakte umgehend nach.

»Außerdem?«, fragte sie und legte dabei kurz eine Hand auf die seinen. »Sie können offen sprechen, Mr Cole. Nur keine Scheu.«

Gutes Mädchen, lobte Smart sie innerlich.

Die Geste wirkte. »Außerdem war er faul«, fuhr Cole fort. »Zumindest in meinen Augen. Es gibt siebzig Episoden von *Chiller Thriller*, Inspector. Insgesamt. Siebzig Stück, keine einzige mehr. Aber MWS, der hätte mühelos noch weitere schreiben können. Warum denn auch nicht? Die letzte Folge kam 2001 erstmals auf CD heraus. Das ist über zwanzig Jahre her! Zwanzig Jahre, in denen er locker weitere hätte schreiben können. Für sein Publikum. Für uns, die wir regelrecht danach gelechzt haben. Aber nein, der feine Herr hatte keine Lust mehr.«

»Vielleicht waren die Verkaufszahlen auch nicht mehr so gut«, schlug Jones vor.

»Ach, papperlapapp.« Cole ließ kein Gegenargument zu. »Er hätte immer noch CDs verkauft. Vielleicht nicht so viele wie in der Hochzeit, aber immer noch mehr als sonst. Wer nichts veröffentlicht, verkauft *gar* nichts.«

Und das war jetzt verletzter Stolz, dachte Smart. *Mr Cole findet, dass ihm weitere Episoden zugestanden hätten. Und dass Wellington-Smythe sie ihm absichtlich vorenthalten hat?*

»Haben Sie ihn mal darauf angesprochen?«, vermutete der Inspector. »Bei einem Treffen, beispielsweise auf den Conventions? Sie sind ihm ja bestimmt mehrmals beggnet und nicht erst hier im *Ravenhurst*.«

»Und ob ich das bin!« Cole nickte kräftig. »Fünf Mal, insgesamt gesehen. Die erste Begegnung war 2007 auf der Con in Glasgow, dann auch einmal bei ihm zu Hause und …«

»Pardon«, unterbrach Smart ihn blinzelnd. »Sie waren bei ihm zu Hause?«

»In Calverton, natürlich«, bestätigte Cole. »Das ist ein Kaff nahe Nottingham, da hat MWS gewohnt. Ich wusste das durch den Club. Eines unserer damaligen Mitglieder hatte ein paar alte Unterlagen der BBC zu *Chiller Thriller* in die Hände bekommen; das muss so um 2015 gewesen sein. Und auf denen stand die Privatanschrift, die MWS hatte, als er die ersten Folgen für die BBC geschrieben hat. Ich dachte mir, vielleicht wohnt er da ja immer noch, und bin einfach mal hingefahren.«

»Und er wohnte tatsächlich noch da«, schlussfolgerte Emma Jones. Ihr kritischer Blick sprach Bände.

»Absolut«, sagte Cole, der sich sichtlich freute. »Ich stand vor seiner Haustür und hab geklingelt. Ich habe sogar Fotos gemacht, für die Club-Zeitschrift. Von dem Haus, dem kleinen Garten … Das sah alles erstaunlich normal aus für einen Künstler dieses Kalibers, fast schon zu normal. Ich hätte gedacht, MWS würde deutlich luxuriöser leben als in einem Reihenhaus in Calverton.«

»Und?«, fragte Smart. Er konnte sich gut vorstellen, wie Wellington-Smythe auf diesen Einbruch in seine Privatsphäre reagiert hatte, wollte es aber von Cole hören. »War Mr Wellington-Smythe zu Hause, als Sie kamen?«

»War er.« Coles Blick ging kurz ins Leere; er hing den Erinnerungen nach. »Er kam auch zu mir raus, irgendwann. Wirkte ziemlich angefressen, wenn ich ehrlich sein soll. Aber er hat mit mir geredet, wenigstens für ein paar Minuten. Dann wollte er, dass ich gehe, und das habe ich auch gemacht. Ich hatte ja alles erreicht, was ich wollte.«

Herzlichen Glückwunsch, dachte Smart grimmig. Cole hatte Züge von einem Stalker und merkte es gar nicht. Kein Wunder, dass Wellington-Smythe mit seinen Fans gefremdelt hatte. Wenn manche von ihnen von Coles Schlag waren, war das vollkommen verständlich.

»Und zur Tatzeit?«, kam Jones auf das Hier und Jetzt zurück. »Da waren Sie auf Ihrem Zimmer, ja?«

»Ich war hier.« Cole nickte. »Im *Ravenhurst*, korrekt. Nach dem Galadinner mit MWS habe auch ich mich zurückgezogen.«

Smart kniff die Lider enger zusammen und betrachtete den anderen Mann. »Kann das jemand bestätigen? Dass Sie dort waren und nicht, beispielsweise, wieder bei Mr Wellington-Smythe?«

»In seiner Suite, meinen Sie?« Coles Mundwinkel zuckten, als fände er den Gedanken absurd. »Nein, bestätigen kann das niemand. Ich war allein, heute Nacht. Aber ich gebe Ihnen mein Wort, falls das für Sie reicht. Ich war letzte Nacht nicht in MWS' Suite, versprochen.«

Dann sah er auf die Uhr, als liefe ihm allmählich die Zeit davon. Tatsächlich stand der Beginn des Tagesprogramms auf der *Chiller-Thriller*-Convention kurz bevor.

Und das soll ich Ihnen jetzt einfach glauben, hm?, knurrte Smart innerlich. *Dass Sie dieses Mal nicht übergriffig waren. Ich weiß nicht, ob mir das gelingt ...*

»Es wird genügen«, sagte er trotzdem. »Wenigstens für den Moment.«

»Hervorragend!« Cole stand auf und griff nach seiner Mappe. »Dann haben wir das also aus der Welt geschafft. Ich wünsche Ihnen viel Erfolg mit Ihren Ermittlungen, Inspector, und widme mich jetzt wieder meinen eigenen Aufgaben. Guten Tag.«

An der Tür zur Lobby angekommen, blieb der Mittdreißiger noch einmal stehen und sah zurück zu Smart und Jones. Eine spontane Eingebung schien ihn gepackt zu haben, die ihn merklich begeisterte.

»Ach, eins noch, Inspector«, sagte er. »Wenn Sie gestatten. Sie kommen doch aus London, richtig? Kennen Sie dort zufällig einen Verlag? Für Bücher, meine ich. *Erfolgreiche* Bücher.«

»Äh ...«, machte Smart, für den Augenblick vollkommen überrumpelt. »Bücher?«

»Für meine Biografie von MWS«, erklärte Cole. »Ich habe mir überlegt, sie um ein Kapitel zu erweitern – einen Text über dieses Wochenende und seinen Tod. Über den letzten Abend, den er mit uns Fans verbracht hat, als wollte er sich zum Abschied mit allen versöhnen. Und da Sie aus London kommen, wo ja alle großen Verlage angesiedelt sind, dachte ich, Sie hätten da vielleicht Kontakte, die mir nutzen könnten. Ich will's anders machen als MWS, verstehen Sie? Ich will *von Anfang an* gut an meiner Schreibe verdienen.«

Und Sie lassen keine Gelegenheit aus, ihm noch einen einzuschenken, dachte Smart. *Auch posthum.*

»Ich werde mal darüber nachdenken«, antwortete er. Doch er meinte es nicht ernst. »Wir sehen uns ja sicher noch.«

»Tun Sie das«, freute sich Cole.

Dann verließ er die Bar.

Smart und Emma Jones blieben allein zurück.

»Wow«, sagte die Polizistin leise.

»In der Tat.«

Smart erhob sich ebenfalls. Vor den Fenstern fiel der Schnee nun heftiger, und der Himmel war ein einziges Grau. Er konnte den Waldrand schon gar nicht mehr sehen, und auch der Hotelgarten verschwand immer mehr im Dickicht der fallenden Flocken.

»Es gibt solche Fans und solche«, erklärte Jones. »Manche wissen sich zu benehmen, und andere ... Allein auf die Idee zu kommen, bei MWS zu klingeln, Inspector! Das hätte ich mich nie getraut und nie für okay gehalten.«

»Ich bin sicher, auch er fand es nicht gerade angemessen«, erwiderte Smart. »Aber trauen Sie Mr Cole deswegen einen Mord zu?«

Emma Jones stutzte. Einen Moment lang schien sie die richtigen Worte zu suchen, dann erst setzte sie zu einer Antwort an. »Er schreibt ein Buch«, antwortete sie. »Über MWS und *Chiller Thriller*. Er betrachtet es als persönlichen Gewinn, MWS' letzten Abend miterlebt zu haben. Nicht als Ehre, Inspector, sondern als Gewinn für sich – und für sein Buch. Er freut sich darauf, Profit daraus zu schlagen, verstehen Sie?«

Smart nickte. »Voll und ganz, meine Liebe.«

»Von daher: Ja, schon«, sagte sie schließlich. »Ich weiß nicht, ob er es getan hat. Aber ich kann ihn mir durchaus als Täter vorstellen.«

Ein Fan, der das Objekt seiner Begeisterung aus dem Leben riss. Der tötete, um Teil des Lebens seines Idols zu sein. Es gab solche Menschen, das wusste Smart. Kranke, fehlgeleitete Menschen. Sah man denen an, wie gefährlich sie waren? Vermutlich nicht, andernfalls konnten sie niemandem gefährlich werden. War Adrian Cole eine tickende Zeitbombe für Michael Wellington-Smythe gewesen, die in der vergangenen Nacht detonierte? Weil die Gelegenheit so günstig war?

Das waren pure Spekulationen, dessen war Smart sich bewusst. Nichts und niemand bewies Coles Schuld, und solange es keine Beweise gab, durfte man dem Mann auch nichts vorwerfen. Zumindest nicht den Mord als solchen. Aber Adrian Cole war eine schwierige Person, das blieb eine Tatsache.

Und nichts von dem, was er gesagt hatte, änderte es. Ganz im Gegenteil.

Ich kann das nicht mehr, Shelley, hörte Smart plötzlich wieder die Stimme des toten Autors in seinem Kopf. *Diese Leute hier ... Diese ständige Nähe, das ist einfach zu viel. Die kennen kein Maß, das wird mit jedem Jahr schlimmer.*

Wellington-Smythe hatte das vor gerade einmal vierundzwanzig Stunden gesagt, hier im Hotel und zu Shelley Brooke. Die Managerin hatte ihm daraufhin mit Klage gedroht und ihm die Abreisepläne wieder ausgeredet. Jetzt war er tot, und die Worte hallten in Smarts Erinnerung wider wie ein mahnendes Echo.

Ich kann das nicht mehr. Die kennen kein Maß. Das wird mit jedem Jahr schlimmer.

Shelley Brooke hätte auf ihn hören sollen. Das stand fest. Denn nicht jeder Fan war so anständig wie Emma Jones. Manche von ihnen konnten auch wie Adrian Cole sein ...

»Wissen Sie, was, Miss Jones«, sagte Timothy Smart. »Ich mir auch.«

KAPITEL 13

Die Fähre war schon wieder zu spät. Aldous Baxter saß am Fenster seines Studierzimmers, das zum Hafen von Brodick hinauswies, und lachte leise. Wann in der vergangenen Woche war das elende Ding überhaupt mal pünktlich gekommen? Die Zeiten, die an einer Tafel neben dem Pier standen, konnte man inzwischen getrost als Fiktion abtun. Nichts an ihnen hielt der Wirklichkeit noch stand.

»Und das liegt nicht nur am Wetter!«, murmelte der Einundneunzigjährige.

Die Fährbetreiber behaupteten das gerne, schoben die eigene Unfähigkeit auf die Witterungsbedingungen, die hohen Preise für Treibstoff und Co. und so weiter. Vermutlich würden sie auch der Reisernte in China oder dem Balzverhalten der australischen Kängurus die Schuld geben, wenn es ihnen helfen würde. Baxter kannte das Pack zur Genüge.

Er schüttelte den Kopf. »Zu meiner Zeit hat es das nicht gegeben.« Er redete oft mit sich selbst, und es störte ihn kein bisschen. So widersprach ihm auch niemand. »Aber die jungen Leute heute ... Die lassen ja alles verkommen.«

Es fing mit den Abfahrtzeiten der Fähre an und endete in den höchsten Kammern des Parlamentsgebäudes. Überall sah man nur noch Pfusch und Faulheit, nur ...

Das Klingeln des Telefons unterbrach ihn in seinen lauten Gedanken. Baxter sah verärgert zum Schreibtisch, auf dem der Apparat ruhte. Seit Stunden hatte er niemanden gesehen oder gesprochen, abgesehen von der törichten Haushaltshilfe unten in der Küche. Wer störte ihn denn jetzt?

»Ja, doch«, schimpfte er, während er seinen Rollstuhl vom Fenster weg und in Richtung Tisch schob. »Ein alter Mann ist kein Schnellzug, verstanden? Ich komme doch schon.«

Beim fünften Klingeln hob er ab – mit einer ruckartigen Geste, die seine Stimmung genauso spiegelte, wie es sein schroffer Tonfall tat. »Ja? Sie stören!«

Stille am anderen Ende der Leitung. Erst nach einer kleinen Schrecksekunde meldete sich jemand. Eine Männerstimme, tief und irgendwie füllig. Sie war Baxter vollkommen fremd.

»Äh, Verzeihung«, sagte der Fremde zögernd. »Bin ich da richtig auf der Isle of Arran?«

»Na, Sie sind schon mal nicht in Narnia«, blaffte Aldous Baxter ihn an. »Wer spricht da?«

Er lebte schon seit über zwanzig Jahren auf der Insel im Firth of Clyde, und wenn es nach ihm ginge, würde er sie auch nie wieder verlassen. Hier draußen war es wenigstens ruhiger als anderswo. Hier hatten die Menschen noch Manieren. Jedenfalls manche von ihnen.

»Mein Name ist Timothy Smart«, kam die Antwort aus dem Telefonhörer. »Ich bin Chief Inspector bei Scotland Yard ...«

»Meinen Glückwunsch«, ätzte Baxter. Sein rechtes Knie tat wieder weh, was seine Laune nicht gerade verbesserte. »Das beeindruckt mich kein bisschen.«

Der Fremde sprach einfach weiter. »... und auf der Suche nach Sir Aldous Baxter, dem ehemaligen Programmplaner bei Radio 4. Man sagt mir, ich erreiche ihn seit seiner Verrentung unter dieser Nummer.«

»Wer sagt das?«, schimpfte Baxter. »Wer ist so frech, einfach private Daten weiterzugeben?«

»D...die British Broadcasting Corporation«, antwortete Smart. »Wie gesagt: Ich komme von Scotland Yard, Sir. Es ist wichtig. Ihr einstiger Arbeitgeber gab mir da recht.«

»Ihnen vielleicht.« Baxter schnaubte leise. »Was mir wichtig ist, entscheide immer noch ich.«

»Sir Aldous«, erwiderte Smart geduldiger, als er sich fühlte. »Darf ich Ihnen vielleicht dennoch zwei oder drei Fragen stellen? Es geht um einen Mordfall, an dem ich gerade arbeite.«

»Und da kommen Sie zu mir?« Baxter lachte spöttisch. »Wer bin ich, Mr Smart? Endeavour Morse? Miss Marple? Mord, ha!«

»Es geht um Michael Wellington-Smythe.«

Mit einem Mal stutzte Aldous Baxter. »MWS?«

Smarts Tonfall wurde schärfer, wenn auch kaum merklich. »Sie erinnern sich an den Namen, höre ich das richtig heraus?«

Baxter schluckte trocken. »MWS hat jemanden ermordet? Dass ich nicht lache, Inspector! Niemals!«

Sein Gesprächspartner räusperte sich. »Ich fürchte, Sie missverstehen mich, Sir Aldous. Mr Wellington-Smythe ist nicht der Täter in diesem Fall, sondern das Opfer.«

Für einen Moment schwieg Baxter. Die knotigen Hände ruhten auf der karierten Decke, die die törichte Haushaltshilfe über seinen Beinen ausgebreitet hatte, als sie ihm vorhin in den Rollstuhl geholfen hatte. Sein Blick ging ins Leere. »MWS ist ... tot?«, murmelte er dann.

»Bedauerlicherweise«, bestätigte Smart am anderen Ende der Verbindung. Sein Ton war wieder sanfter. Einem normalen Hörer wäre der Unterschied vermutlich gar nicht aufgefallen, doch Baxter hatte jahrzehntelang Hörspiele fürs Radio produziert. Nuancen waren sein täglich Brot gewesen. »Es tut mir leid, Ihnen diese Kunde überbringen zu müssen.«

»MWS ist tot ...«, wiederholte Baxter.

Sein Blick ging zurück zum Fenster, und er starrte in den wintergrauen Himmel. Dichte Wolken zogen sich über der Inselküste zusammen, und sie spiegelten seine Laune. Zum ersten Mal seit dem Frühstück stand ihm der Sinn nicht mehr danach, über etwas zu schimpfen. Selbst die Fähre war ihm plötzlich schnurzegal geworden. Die Nachricht dieses Inspectors hatte ihn kalt erwischt. Michael war tot.

»Man sagte mir, Sie hätten ihn lange Zeit betreut«, fuhr Smart fort. »Als Redakteur beim Radio. Es heißt, Sie hätten *Chiller Thriller* damals auf den Sender gebracht und Wellington-Smythe als Autor eingestellt.«

»Das stimmt. Ich ...« Baxter zuckte zusammen, als sich die Tür seines Studierzimmers plötzlich öffnete. Die Haushaltshilfe, die einmal am Tag bei ihm vorbeikam, stand auf der Schwelle, den Kochlöffel in der Hand. Sie winkte mit dem Löffel, und er winkte abwehrend zurück.

»Jetzt nicht, Heather«, fuhr er das junge Ding an. Er befürchtete, sie könne ihm seine Trauer ansehen, und das wollte er nicht. Also wurde er laut. »Siehst du nicht, dass ich beschäftigt bin?«

»Aber das Mittagessen, Sir Aldous«, erwiderte sie. Ihr flachsblondes Haar passte zu dem tumben Ausdruck auf ihren Zügen und zu der grässlich breiten Hüfte. »Ich habe alles fertig und ...«

»Und ich habe keine Zeit«, beharrte er ebenso fest wie giftig. Nur Narren wurden weicher, wenn es auf die Feiertage zuging. »Verschwinde gefälligst und warte, bis ich so weit bin, verdammt!«

Die Hilfe zog sich zurück wie ein getretener Hund. Sie schloss sogar die Tür wieder hinter sich. Das hatte gesessen.

»Verzeihung, Inspector«, sagte Baxter in den Telefonhörer. »Ich war kurz abgelenkt von ... Na ja, unwichtig.« Er leckte sich über die trockenen Lippen, doch es half wenig. »Um Ihre Frage zu beantworten: Ja, ich habe Michael damals unter Vertrag genommen.«

»Wie kam es dazu? Kannten Sie ihn schon von früher?«

»So ungefähr. Er hatte schon einige kleinere Arbeiten für meine Redaktion erledigt, Kurztexte und Überarbeitungen. Von daher kannte ich ihn als verlässlichen Arbeiter. Als wir neue Programminhalte suchten, legte er mir plötzlich das Konzept von *Chiller Thriller* auf den Tisch.«

»Es war sein Konzept?«, hakte Smart nach. »Seine eigene Idee?«

»Korrekt.« Baxter nickte, obwohl der Inspector es nicht sehen konnte. Als er dieses Mal aus dem Fenster blickte, bemerkte er die Fähre, die soeben anlegte – zehn Minuten zu spät. Doch sie interessierte ihn nicht mehr. »Das kam alles von ihm, es war keine Auftragsarbeit. Aber es gefiel mir, sehr zu meiner Überraschung.«

»Inwiefern Überraschung? Ich dachte, Wellington-Smythes Qualität sei Ihnen bewusst gewesen.«

»Sein Talent als solider Handwerker, ja«, gestand Baxter. »Als jemand, der Aufträge ausführte. Aber nie im Leben hätte ich gedacht, dass kreative Energie in ihm schlummerte. Noch dazu Energie, die sich in wirklich guten Ideen ausdrückte. Diese Mischung aus Kriminal- und Horrorelementen, die er uns da pitchte, dieses *Chiller Thriller* ... Das war etwas, was wir so noch nicht auf dem Sender hatten. Also versuchte ich es mit Michael.«

»Und Mr Wellington-Smythe schrieb alle Bücher der Reihe selbst, ja? Es gab keine Ghostwriter, die ihm zugearbeitet haben und ihm vielleicht im Nachhinein den Ruhm geneidet hätten?«

»Nein, das war immer nur er allein«, betonte der Alte. »Der ließ niemanden sonst an seine Texte. Gott allein weiß, woher er all die Ideen nahm. Er sagte mir mal, manche seien von realen Ereignissen inspiriert, andere frei erfunden. Na ja, er bat sogar um Mitspracherecht beim Casting!« Baxter lachte leise bei der Erinnerung. »Immer wieder beschwerte er sich, wenn ihm ein Schauspieler nicht gefiel. Das ging bis ins kleinste Detail. Er meinte, manchen Schauspielern höre man an, dass sie den Bösen spielen und so weiter. Ich hielt das für Unfug, aber Michael beharrte auf seiner Ansicht und ließ sich nicht umstimmen. Also gab ich ihm irgendwann dieses Mitspracherecht. Fortan hörte er sich Sprechproben der Personen an, die für uns infrage kamen, und wählte daraus diejenigen aus, die ihm zusagten.«

»Eine Besonderheit, nehme ich an«, erwiderte Smart.

»Und ob! Kein anderer Autor hatte zu meiner Zeit derartigen Einfluss auf die Produktion. Normalerweise geben diese Schmierfinken ihre Skripte ab, kassieren ihr Honorar und Feierabend. Michael war … anstrengender.«

»Womit er sich sicherlich nicht nur Freunde machte, oder?«, fragte Smart.

Baxter schnaubte. »Das ist noch untertrieben. Wir haben den alle verflucht beim Sender. Aber er arbeitete gut, recherchierte gewissenhaft.«

»Das genügte?«

Baxter lächelte wissend. Es tat gut, mal wieder über den alten Beruf zu sprechen. So lebendig wie im Moment hatte er sich mindestens seit Beginn des Herbstes nicht mehr gefühlt, der hier draußen im Firth ganz schön rau sein konnte. Und jetzt war es fast schon Weihnachten!

»Kennen Sie die alte Regel?«, fragte der Programmmacher zurück. »Es gibt drei Aspekte, die einen erfolgreichen Autor ausmachen, Inspector. Er sollte pünktlich abgeben, gut schreiben und ein umgänglicher Kerl sein. Aber: Wenn er nur zwei von diesen drei Punkten erfüllt, reicht das immer noch aus. Ganz egal, um welche zwei es sich handelt.«

»Das halte ich für übertrieben.«

»Ist es aber nicht«, beharrte Baxter. »Schauen Sie sich doch an, was alles auf den Sender geht. Da ist viel, viel Quatsch dabei. Doch es stört niemanden. Der Quatsch wurde pünktlich geliefert, und die Autoren waren umgänglich. Das reicht völlig.«

»Wenn Sie das sagen ...«, murmelte Smart. Er klang noch immer nicht überzeugt.

»Michael war ein Künstlertyp, Mr Smart. Empfindlich, eigen, schnell mal beleidigt ... Aber er gab pünktlich ab, komme, was immer wolle. Das allein unterschied ihn von so ziemlich allen anderen Autoren, mit denen ich je arbeiten durfte ... oder musste. Und seine Schreibe sucht sowieso ihresgleichen. Da fielen die Schwierigkeiten im Umgang mit ihm viel weniger ins Gewicht, also seine Neurosen und Launen und all das. Die störten uns kaum. Wir *wollten* mit ihm arbeiten.«

»Bis Sie es nicht mehr wollten«, betonte Smart. »Man sagte mir, nach fünfzehn Episoden habe die BBC die Reihe vom Sender genommen.«

Baxter verzog das faltige Gesicht. Mit einem Mal spürte er die Gicht in seinen Knien wieder. Oder lag das am Zorn, der erneut in ihm aufstieg? »Ach, die alte Legende!«, schimpfte er. »Messen Sie der nicht zu viel Bedeutung bei, Inspector. An der ist kein Wort wahr.«

»Inwiefern?«

»Sie kennen die Historie von *Chiller Thriller*, oder?«, begann Baxter. »Sie wissen, dass die Hörspiele einige Jahre nach der Radioausstrahlung eine zweite Blüte auf CD erlebten und auf CD auch von Michael fortgesetzt wurden.«

»Auf Drängen des CD-Verlages, korrekt. Die BBC hatte damit nichts mehr zu tun.«

»Ganz genau.« Baxter rieb sich eine knotige Hand über das Knie. Es half kaum. »Als die CDs kamen, war die Reihe auf einmal ein richtiges Kultobjekt, zumindest für eine kleine Weile. Sie traf den Nerv der Zeit, glaube ich. Und das war damals, als wir sie im Radio ausstrahlten, noch nicht der Fall. Nicht in diesem Ausmaß.«

»Ich befinde mich gerade auf einem Fan-Treffen von *Chiller Thriller*«, gestand Smart. »Hier werden die CDs hoch gehandelt.«

Baxter nickte. »Sie waren plötzlich das, was die jungen Leute als ›angesagt‹ bezeichnen würden. Meines Wissens erreichten die ersten Folgen der CD-Veröffentlichung ähnliche Auflagenhöhen wie die Alben von beliebten Popgruppen der Zeit. Ich erinnere mich an eine Woche, da stand die *Chiller-Thriller*-CD auf der Bestsellerliste gleich unter einem Album von Take That. Können Sie sich das vorstellen? Der Nachdruck eines alten Radiohörspiels, auf Augenhöhe mit Barlow, Williams und Konsorten.«

»Und Ihr Sender verdiente daran mit, richtig?«

»Natürlich!«, antwortete Baxter. »Die ersten fünfzehn Folgen waren und sind Eigentum der BBC. Die hatten wir für diese CD-Aktion ja eigens freigegeben. Ohne unsere Zustimmung hätte man die nie auf Scheibe pressen können. Mit den Dutzenden von späteren Episoden, die Michael dann direkt für die CDs schrieb, hatte der Sender aber nichts zu tun. Die waren allein seine Sache und liefen völlig ohne unseren Input.«

Einmal mehr musste Baxter an Wellington-Smythe denken. Die Nachricht von seinem Tod lastete erstaunlich schwer auf ihm, wenn er bedachte, dass er den Mann seit Jahrzehnten nicht gesehen und nicht gesprochen hatte. Vielleicht, fand Baxter, lag das an ihrer Zeit damals beim Sender. An den gemeinsamen Zielen. So etwas verband, oder etwa nicht? Sie hatten zusammen von erfolgreichen Projekten geträumt – zu einer Zeit, als sie beide noch jung und naiv genug gewesen waren, an Träume zu glauben.

Er zumindest, dachte Baxter. *Er war jünger als ich.* Deutlich jünger. *Aber ich ... Ich habe mich jung gefühlt, wenn ich seine Skripte las. Da war ein Zauber in ihnen, der im Alter verloren geht.*

Wellington-Smythe war ein guter Künstler gewesen. Das war es, schlicht und ergreifend. Jemand, mit dem man arbeiten konnte. Ein solches Schicksal hatte er nicht verdient.

Baxter fragte sich, ob er nach Details über seinen Tod fragen sollte. Dieser Smart würde ihm vermutlich Auskunft geben, wenigstens soweit es die Ermittlungen zuließen. Doch wollte er das überhaupt wissen?

Details ändern nichts, beschloss er. *Nicht für mich.*

»Sie sagten, er sei stets pünktlich und qualitativ überzeugend gewesen«, setzte Smart gerade neu an. »Wissen Sie, wo er seine Inspiration gefunden hat? Woher er all die vielen Ideen nahm?«

»Von überall, denke ich«, antwortete Baxter. Sein Magen begann zu knurren, was ihn nicht wenig überraschte. Der elende alte Körper schlug sich offenbar auf die Seite dieses Dummchens Heather und forderte ein pünktliches Mittagessen ein. »Ich erinnere mich dunkel an ein paar Geschichten, die direkt aus seinem Leben stammten.«

Baxter dachte kurz nach. »›Café des Grauens‹ kam aus seiner Zeit in London beispielsweise, als er sich als Küchenhilfe das Studium finanzierte. ›Tödliches Pulver‹ hatte irgendetwas mit einem Kollegen von ihm zu tun, den er damals kannte. Sie wissen schon, dieses Hörspiel mit dem Kerl mit den Narben. Gilt als Klassiker meines Wissens. Und immer so weiter. Ideen waren für Michael nie ein Problem. Er hatte eher zu viele als zu wenige.«

»Mhm«, brummte der Inspector. Die Informationen schienen ihm nicht sonderlich weiterzuhelfen, aber das, fand Baxter, war sein Problem. »Und Sie hatten nach der gemeinsamen Zeit bei der BBC keinen Kontakt mehr?«

»Nur, wenn es um die CD-Nachdrucke ging«, antwortete der Alte. Sein Gedächtnis ließ in letzter Zeit gerne mal zu wünschen übrig, doch die CT-Informationen waren sofort wieder abrufbar. »Die mussten wir ja freigeben, das lief noch über meinen Schreibtisch. Aber Sie wollen wahrscheinlich wissen, ob wir im Schlechten auseinandergegangen waren, Inspector. Die Antwort lautet Nein. In Fankreisen mag das anders kolportiert werden, aber wir hatten *Chiller Thriller* damals nicht abgesetzt. Verstehen Sie? Wir haben Michael nie entlassen oder Ähnliches. Der Vertrag lief von Anfang an über fünfzehn Episoden, und als er erfüllt war, war das Projekt schlicht abgeschlossen.«

»Ist das so?« Smart klang tatsächlich erstaunt. »Ich gestehe, das hatte ich anders vermutet.«

»Sehen Sie? Deswegen erwähne ich es. Und Sie können mir getrost glauben, Michael hätte es Ihnen ganz genauso berichtet wie ich jetzt: Das Projekt war einfach zu Ende. Niemand von uns hatte je an eine Fortsetzung gedacht. Für die hätte ich damals auch keine Programmplätze gehabt. Aber die Fans – von denen viele ohnehin erst mit den CDs kamen – reden sich seit Jahrzehnten ein, die böse BBC hätte die Genialität dieses Künstlers seinerzeit mit Füßen getreten.« Baxter schnaubte leise. »Das ist absolut lächerlich! Das Gegenteil ist der Fall: Wir haben Michael die Bühne geboten, auf der er sich fünfzehn Episoden lang beweisen durfte. Als das dann geschehen war, reichten wir uns dankend die Hand und gingen unserer Wege. Nicht mehr und nicht weniger. Da gibt es kein böses Blut, und der eigentliche Erfolg kam ja, wie gesagt, auch erst später mit den CDs.«

Vor dem Fenster des Studierzimmers setzte Schneefall ein. Baxter fragte sich, ob die Fähre schon wieder abgelegt hatte und auf dem Rückweg war. Er konnte sie nicht mehr sehen, was allerdings auch am Schnee liegen konnte. Die Flocken fielen immer dichter.

»Ich verstehe«, sagte Smart am Telefon. »Sir Aldous, wüssten Sie jemanden, der Wellington-Smythe Böses wünschen würde?«

»Ob ich einen Verdächtigen für Sie habe?« Baxter lachte wieder. Dabei fiel sein Blick auf die Uhr an der Wand hinter dem Schreibtisch, und der Magen begann prompt wieder zu knurren. »Da muss ich Sie enttäuschen, Inspector. Das ist wohl eher Ihr Metier, nicht das meine. Außerdem muss ich allmählich weiter, der nächste Termin ruft.«

Die Formulierung war natürlich übertrieben, ein Lunch mit Heather, dem Dummchen, galt wohl kaum als wichtiger Termin. Aber das wusste der Mann von Scotland Yard ja nicht.

»Selbstverständlich«, erwiderte der Inspector. »Und auch wenn die Isle of Arran nicht gerade neben Little Puddington liegt, gestatten Sie mir bitte noch die obligatorische Frage, Sir Aldous: Wo waren Sie vergangene Nacht?«

»Ha!« Baxter lachte so laut, dass er den Schmerz in den Knien kaum noch spürte. »Sie sind mir gut, Inspector! Wo ich war?«

»Seien Sie so nett, einverstanden? Ich möchte nur gründlich sein.«

»Sir, ich bin einundneunzig Jahre alt und an den Rollstuhl gefesselt.« Baxter deutete an sich hinab, auch wenn es unnötig war. »Ich schaffe es allein gerade noch zur Toilette. Glauben Sie mir: Wäre ich in dieses Kaff gereist, das Sie da erwähnen, käme das einem medizinischen Wunder gleich.«

Er lachte noch, als Smart sich von ihm verabschiedete. Die schlechte Laune von vorhin war fort. Als er den Hörer aufgelegt hatte, begab Baxter sich zur Tür, die in den Flur führte, und atmete tief ein.

Roch er da frischen Kohl? Und gebratenes Hackfleisch? Sein Magen knurrte schon wieder.

»Heather!«, rief er. Es klang wütender, als er sich fühlte, doch das dumme Ding sollte nicht meinen, es hätte leichtes Spiel mit ihm. »Wo steckst du denn? Ich habe Hunger!«

Smart hatte Hunger. Das Frühstück im *Tea & Home* war zwar ein Segen gewesen, lag aber auch schon Stunden zurück. Entsprechend erleichtert war der Chief Inspector, als er den Speisesaal des *Ravenhurst Resort* betrat und das große Lunchbüffet vor sich sah. Wellness hin oder her, hier würde er sich satt essen.

»Schau an, schau an«, sagte Mildred. »Er lebt noch.«

Sie saß an einem kleinen Tisch am Fenster. Hinter ihr tobte sich der Winter am Hotelgarten der Middleditchs aus. Der Himmel war dunkel wie bei einem Gewitter. Dichter Schnee fiel auf das Gelände, und ein fraglos eisiger Wind brachte die Baumwipfel zum Schwanken. Mildreds Miene passte zu dem Geschehen jenseits der Scheibe.

»In der Tat«, sagte Smart. Er setzte sich und senkte den Blick. »Ich lebe noch. Verzeih, dass ich mich eine Weile nicht habe blicken lassen, Liebes. Es war schlicht …«

»Zu viel zu tun«, beendete sie den Satz, bevor er es konnte. »Wie üblich.«

Smart sah auf. »Es hat einen Toten gegeben, Mildred. Hier im Hotel. Und die Polizei hat Robin unter Verdacht.«

Nun hob sie die Brauen. Ihre Wut wich einer Mischung aus Sorge und Unglauben. »Robin? Der kann doch keiner Fliege etwas zuleide tun.«

»Erzähl das mal Constable Shepard«, brummte Smart.

Auf dem Tisch stand bereits eine Karaffe voller Wasser. Er griff danach und schenkte Mildred und sich selbst ein.

»Von dem Mord weiß ich«, sagte Mildred derweil. »Der komplette Wellnessbereich redet von nichts anderem. Dieser Autor von der Fanveranstaltung, richtig? Angeblich wurde er mit hundert Messerstichen getötet.«

»Da genügte einer«, widersprach Smart sanft.

Gerüchte verbreiteten sich schnell, das war ihm klar. Und in der Regel taten sie es, indem sie sich »potenzierten«, also sich wiederholt um effekthascherische Details vergrößerten. Das erlebte er häufig, wenn er in Mordsachen unterwegs war. Die Kunde vom gewaltsamen Tod einer Person ging wie ein Lauffeuer durch die Ortschaften, in denen er ermittelte, und je weiter sie ihre Kreise zog, desto fantasievoller und blutiger wurde sie ausgeschmückt. Manchmal waren die Leute regelrecht enttäuscht, wenn Smart sie dann korrigierte und die Fantasie zurück auf den Boden der Tatsachen holte.

Doch Mildred war es nicht. »Einer nur«, sagte sie fast schon erleichtert. »Na, wenigstens das.«

»Wenn der eine Stich effektiv ist«, erinnerte er sie, »dann genügt er voll und ganz. Mr Wellington-Smythe hat ihn nicht überlebt.«

Sie nickte. »Und jetzt ermittelst du, hm? In offiziellem Auftrag?«

Smart schnaubte. »Schön wär's.« Mit wenigen Worten beschrieb er ihr, was er seit seinem nächtlichen Aufbruch erlebt hatte. Er begann bei dem Besuch in Wellington-Smythes Suite und endete mit seinem jüngsten Telefonat und Sir Aldous Baxter.

Als er geendet hatte, trat James Staunton an ihren Tisch. »Es kann losgehen, Herrschaften«, sagte der junge Angestellte. Dabei zwinkerte er Mildred gut gelaunt zu. »Das Büffet ist eröffnet.«

»Halleluja«, murmelte Smart und erhob sich von seinem Platz.

Auch an den anderen Tischen setzten sich Menschen in Bewegung. Smart sah vertraute Gesichter, zu denen einige Teilnehmer der Convention zu gehören schienen. Allem Anschein nach aßen diese nun, da das Galadinner Geschichte war, wieder mit dem »Pöbel« zusammen. Nur wenige von ihnen trugen Kostüm.

»Du ermittelst also *in*offiziell«, stellte Mildred fest, just als sie am Tisch mit den vorgewärmten Tellern ankamen. »Ohne den Segen dieses Constable.«

»Ich muss Chandler helfen«, antwortete er leise genug, dass nur sie es hören konnte. »Du hast den Ärmsten nicht gesehen, allein in dieser grässlichen Zelle. Er gibt sich zuversichtlich und so heiter, wie die Umstände es zulassen. Aber er steckt in Schwierigkeiten und weiß es auch, dabei trifft ihn keinerlei Schuld.«

Mildred legte ihm eine Hand auf den Unterarm. »Das musst du, auf jeden Fall. Und ich hege keinen Zweifel daran, dass du ihn da rausholst.«

Smart war sich in dem Punkt nicht so sicher, lächelte aber. »Wenn du das sagst, meine Liebe.«

Dann widmeten sie sich dem Büffet. Es gab wieder Köstlichkeiten aller Art, aber auch Schonkost, die mit bunten Schildchen ausgewiesen war. Mildred griff beherzt bei ihr zu und lud sich den Teller voll mit Gemüse und Salat. Smart verharrte bei den Fleischplatten.

»Du siehst das wie ich, oder?«, fragte er vorsichtig. »Ich werde auf absehbare Zeit wohl nicht dazu kommen, am Wellnessprogramm teilzunehmen.«

Mildreds Mundwinkel zuckten amüsiert. »Und ein guter Ermittler darf keinen Kohldampf schieben. Der lenkt nur unnötig ab.«

»Ganz meine Meinung«, erwiderte er. Erleichtert griff er zu und nahm sich gleich zwei Scheiben vom saftigen Rinderbraten. Dazu gönnte er sich ein paar Klöße und grüne Bohnen mit Soße. Er wollte gerade nach dem Brotkorb sehen, da bemerkte er den Mann.

Er stand im Durchgang zur Lobby, ganz wie am Vorabend, und sah ein wenig ratlos in den Saal. Seine Kleidung hatte sich seit dem vergangenen Abend nicht verändert: dunkles Sakko, Jeans und schwarzer Rollkragenpullover. Smart zuckte innerlich zusammen, denn an den Mann hatte er schon seit Stunden nicht mehr gedacht. Dabei hatte der doch beim Dinner hasserfüllt in Wellington-Smythes Richtung gestarrt!

»Entschuldigst du mich kurz, meine Liebe?«, bat er leise und stellte seinen Teller auf eine freie Ecke des Büffettisches. »Ich muss kurz etwas klären.«

Dann ging er los, direkt auf den Fremden zu. Smart hatte den Speisesaal etwa zur Hälfte durchquert, als der Mann ihn registrierte. Sofort wurden seine Augen groß, und noch bevor Smart ihn aufhalten konnte, machte er auf dem Absatz kehrt – und rannte davon!

Inspector Smart reagierte, ohne zu zögern. So schnell ihn seine Füße trugen, lief er dem Flüchtenden hinterher. Der

Mann hatte die Lobby schon beinahe durchquert, hielt auf den Ausgang des Resorts und dann auf den Schnee jenseits der Schwelle zu. Smart schwor sich, ihn nicht entkommen zu lassen.

»I…Inspector?«, hörte er Mrs Middleditch. Die Hausherrin hatte wohl hinter dem Empfangstresen gestanden und klang verwundert. »Ist alles in Ordnung?«

Smart drehte sich nicht zu ihr um, gab keine Antwort. Der Fremde durfte ihm nicht entwischen. Nichts durfte ihn aufhalten.

Dann war auch er im Freien. Kalter Wind schlug ihm entgegen, unbarmherzig und wild. Der Schnee fiel mittlerweile so dicht, als wollte er die Welt ein für alle Mal unter sich begraben. Kaum ein Lichtstrahl durchdrang noch die Wolkendecke, und Smart hatte Schwierigkeiten, die ersten Hecken und Büsche des Hotelgartens zu erkennen. Den Flüchtenden erkannte er allerdings noch. Er lief in Richtung des Gartens, mit weiten Schritten und hörbarem Schnaufen.

»Stehen bleiben!«, rief Smart und gab erneut Fersengeld. »Polizei!«

Seine Schuhe versanken in der weißen Pracht. Neuschnee landete auf seinen mantellosen Schultern, seinem Kopf und seiner Nasenspitze. Es war kalt hier draußen, noch kälter als vorhin. Doch er durfte nicht nachlassen.

Smart eilte an der Hotelfassade entlang, bog um die Ecke des Haupthauses und erreichte den Garten. Bäume und Buschwerk ragten aus den Schneemassen, vereinzelte Parkbänke und natürlich der gewaltige Weihnachtsbaum.

Der Fremde rannte durch den verwaisten Hotelgarten, dem Waldrand entgegen. Er war noch nicht langsamer geworden und machte keinerlei Anstalten, stehen zu bleiben – ganz im Gegenteil.

»Polizei!«, rief Smart erneut.

Er schluckte einen Fluch hinunter, der sich direkt hatte anschließen wollen. Warum hörte der Kerl denn nicht?

Weil er nicht mit mir sprechen möchte, beantwortete er sich die Frage gleich selbst. *Und dafür wird er gute Gründe haben.*

Smart ließ ebenfalls nicht locker. Sein Brustkorb und sein rechtes Knie rebellierten bereits gegen die ungewohnte Anstrengung, und ihm war, als hätte er Schneematsch in den Schuhen. Aber er konnte jetzt nicht aufgeben. Der Mann verhielt sich ausgesprochen verdächtig und floh nicht aus einer Laune heraus vor ihm. Er hatte Antworten, und wenn Smart ihn nicht einholte, würde er sie für sich behalten.

»Bleiben Sie stehen, verdammt!«, platzte es schnaufend aus Smart heraus. Schon zum zweiten Mal rutschte er beim Laufen aus, hielt aber gerade noch das Gleichgewicht. »Himmelherrgott, anhalten!«

Keine Chance. Der Abstand zwischen ihm und dem Fremden wuchs eher, als dass er kleiner wurde! Schon hatte der Mann den Weihnachtsbaum in der Mitte des Gartens erreicht. Smart sah gerade noch, wie er hinter der breiten Tanne verschwand.

Es dauerte nur wenige Augenblicke, bis auch Smart den Baum erreicht hatte. Doch den Fremden sah er nicht wieder.

Ist der zum Wald?, überlegte der Inspector.

Sein Atem ging in schnaufenden Schüben, und seine Lunge fühlte sich an, als bestünde sie aus Eis. Kalter Schweiß schien auf seiner Stirn zu frieren. Wenn er nicht aufpasste, holte er sich hier draußen den Tod.

Vergebens sah er sich nach Fußabdrücken um. Der Schnee fiel viel zu stark, als dass sie sich hielten. Außerdem war es fast so dunkel wie am frühen Abend.

Smart beschloss, es mit dem Wald zu versuchen. Bis zum Beginn des Wäldchens, der das Hotelgelände in dieser Richtung säumte, waren es nur wenige Meter, vorbei an weiteren Hecken und dem zugefrorenen kleinen Teich mit den Zierfischen.

Wo er auch hinsah, fand der Inspector nur Winter. Nichts rührte sich hier draußen, abgesehen vom Wetter. Der Mann mit dem schwarzen Rollkragenpullover schien vom Erdboden verschluckt zu sein. Doch der Wald war nah, und in ihm boten sich gewiss Dutzende möglicher Verstecke.

Smart erreichte die erste Baumreihe. Nun konnte er den Wind noch deutlicher hören. Er pfiff durch die Äste, brachte Baumwipfel zum Schwingen und ließ Schneeflocken wirbeln. Mehrfach musste Smart blinzeln, damit sie ihm nicht direkt in die Augen flogen.

Ob der Fremde bewaffnet war? Falls ja, lief Smart ihm gerade ins offene Messer, sozusagen. Was, wenn dieser Kerl hinter einer der Fichten oder Birken lauerte, bereit zum Zustechen? Smart würde ihn vermutlich erst sehen, wenn es zu spät für eine Gegenwehr war.

Ein Schauer lief ihm über den Rücken, der nichts mit der Kälte und dem Schnee zu tun hatte. Schützend hielt sich der Inspector eine Hand über die Augen, um wenigstens den gröbsten Schneefall abzuwehren, dann spähte er blinzelnd ins Dunkel zwischen den Bäumen.

Was er fand, waren Schatten. Schon hier, keine zwei Schritte jenseits der Baumgrenze, bestimmte der Wald das Terrain. Dicht an dicht ragten die Stämme aus dem Boden hervor, der Großteil von ihnen höher als das *Ravenhurst Resort*. Farne und Dornengestrüpp wuchsen zwischen ihnen, und auf hüfthohen Felsen, die vom Geäst der Fichten vor den Schneefällen abgeschirmt worden waren, prangte noch ein

Hauch vom herbstlichen Moos. Smart strengte sich an, doch an seine Ohren drangen nur die Geräusche des Windes – keine Schritte, kein Knirschen von schnellen Schuhen im Schnee.

»Hallo?«, rief der Inspector. Es war das Einzige, was ihm noch einfiel, und der Wind verschluckte die Worte fast so schnell, wie Smart sie ausgesprochen hatte. »Wo sind Sie?«

Nichts und niemand reagierte. Der Wald behielt seine Geheimnisse für sich, und das elende Wetter spielte ihm dabei in die Karten.

Aber du warst hier, Freundchen, dachte Smart grimmig. Dabei schlang er die Arme um den Oberkörper, an dem das feucht gewordene Hemd klebte. *Ich habe dich gesehen. Und dieses Mal vergesse ich dich* nicht *gleich wieder!*

Es gab Verdächtige im Fall Wellington-Smythe, oh ja. Weitaus mehr, als Constable Shepard vermutlich dachte. Smart schwor sich, sie alle ausfindig zu machen und zu verhören. Das war er Chandler und dem Verstorbenen schuldig.

Vorausgesetzt, er erfror nicht hier draußen.

»Das ist der erbärmlichste Gewinn«, murmelte er, »der jemals bei einem Gewinnspiel ausgelobt wurde.«

Dann drehte er sich um und stapfte bibbernd zurück durch den Schnee, dem Hotel und einem wärmenden Kamin entgegen.

KAPITEL 14

Inspector Smart.

Sie konnten es noch nie unterlassen, Ihre Nase in anderer Leute Angelegenheiten zu stecken, oder? Man muss nur in eine Buchhandlung spazieren, um das zu merken. Und jetzt? Jetzt ermitteln Sie im Fall des toten Hörspielmeisters. Jetzt ermitteln Sie gegen mich!

Das wird Ihnen nichts nützen. Sie können mich nicht enttarnen, Smart, und deshalb werden Sie mich auch nie finden. Ich weiß sehr genau, dass ich keine Spuren hinterlassen habe. Und ich weiß, dass Mr Shepard, dieser Witz von einem Dorf-Constable, längst jemand anderen hinter Schloss und Riegel gebracht hat. Für die Polizei ist die Sache eigentlich erledigt, Inspector.

Eigentlich ...

Sie hören nicht auf das, was andere sagen, oder? Nicht, wenn Ihr Instinkt Ihnen etwas anderes erzählt. Ich sehe Ihnen zu, ganz heimlich und unauffällig. Ich sehe, wie Sie Leute befragen, vermeintliche Fährten verfolgen ... Sie strengen sich richtig an, die Unschuld Ihres Freundes Chandler zu beweisen und den Behörden den wahren *Täter zu präsentieren. Es ist mehr als nur ein Mordfall für Sie, richtig? Durch Chandler ist es etwas Persönliches. Sie mühen sich redlich.*

Doch wissen Sie, was, Chief Inspector? Das können Sie sich alles sparen. Ich bin der Wolf, und den Wolf holt niemand ein.

Sie können mich gar nicht fassen. Grundgütiger, Sie wissen ja noch nicht einmal, wo und wie Sie es versuchen sollen.

Sie stochern im Nebel, Sie berühmter Ermittler. Sie sehen alles, aber Sie erkennen es noch immer nicht. Und auch wenn das gehässig klingen mag: Es bereitet mir ein diebisches Vergnügen, Sie dabei unauffällig zu beobachten. Ganz so, wie ich auch Michael beobachtet habe.

Als ich genug von Michael hatte, habe ich ihn getötet, Smart. Das ist es, was Sie hier erkennen sollten, wenn Ihnen Ihr Leben lieb ist. Ich habe Michael umgebracht, weil ich ihn ein für alle Mal satthatte. Also seien Sie schlau, Sir. Hören Sie auf mit dieser erbärmlichen Tätersuche, bevor ich auch Sie satthabe. Denn andernfalls garantiere ich für nichts.

Ich muss noch nicht einmal an Sie heran, um Ihnen wehzutun. Ich kann es, natürlich. Der Wolf kann alles, was er sich vornimmt. Aber Sie waren ja sogar töricht genug, Ihre Gattin mitzubringen. Wie fänden Sie es, wenn ich Ihnen Ihre Ermittlung heimzahle, indem ich Mildred das ein oder andere Haar krümme? Würden Sie dann endlich begreifen, dass ich Ihnen von Anfang an überlegen war?

Ja. Ganz sicher würden Sie das. Und Sie würden Ihres Lebens nicht mehr froh werden.

Ich sehe nicht nur Sie, Smart. Ich sehe auch Ihre Mildred. Und genau wie Sie hat die Ärmste nicht den Hauch einer Ahnung, in welcher Gefahr sie schwebt, wenn und wann immer ich es möchte.

Vielleicht wird es Zeit für einen kleinen Denkzettel, Inspector. Was meinen Sie?

KAPITEL 15

»Wenn ich es doch sage«, beharrte Timothy Smart. Seine Stimme zitterte dabei nicht halb so stark, wie seine Schultern es taten. »Ein Mann von vielleicht Mitte fünfzig. Er hatte schütteres Haar und ein leicht teigiges Gesicht. Dreitagebart, blaue Augen, etwas stämmiger. Mit Rollkragenpullover und Jackett.«

»Hier bei uns im Hotel?« Mrs Middleditch hatte ihm gerade eine wärmende Decke über die Schultern gelegt. Nun trat sie zurück und neben das prasselnde Feuer, vor dem der Inspector allmählich auftaute. »Bedaure, Mr Smart. Die Beschreibung sagt mir absolut nichts. Wir haben zwar ein recht volles Haus, aber ich glaube, eine Person dieser Beschreibung wäre mir im Gedächtnis geblieben.«

Seit dem fruchtlosen Ausflug in den Schnee waren nur wenige Minuten vergangen. Smart saß im Foyer des *Ravenhurst Resort* auf einem bequemen Sessel vor dem Kamin und starrte in die prasselnden Flammen. Die Wärme, die von dem Feuer ausging, war die reinste Wohltat, und ganz allmählich spürte der Inspector seine Zehen wieder.

Draußen vor dem Haus tobte ein Wintersturm. Laut blies der Wind den Neuschnee gegen die Fassade, und durch die deckenhohen Fenster der Lobby sah man kaum noch etwas anderes als dichtes Grau. Wer auch immer der Fremde gewesen sein mochte – ihm musste schon sehr daran gelegen sein, nicht ertappt zu werden, wenn er freiwillig durch dieses eisige Inferno floh, anstatt zurück ins Warme und Trockene zu kommen. Das, fand Smart, war vielversprechend.

»Ich hatte ihn gestern Abend das erste Mal gesehen«, gestand er. »Im kleinen Saal bei Mr Wellington-Smythe. Er wirkte nicht gerade, als könnte er den Verstorbenen gut leiden, wenn Sie verstehen.«

»Ein Verdächtiger?« Mrs Middleditch verschränkte die Arme vor der Brust. »Na, das erklärt natürlich alles, Inspector. Wenn dieser Mensch hinter dem Mord steckt, dann kann ich ihn gar nicht kennen. Unsere Gäste tun so etwas nicht.«

Wenn Sie sich da mal nicht irren, dachte Smart, verkniff sich den Kommentar aber.

In seiner Zeit bei Scotland Yard hatte er viel über die Spezies Mensch gelernt – darunter auch einiges, was er lieber nicht gewusst hätte. Zu den prägendsten Lehren zählte die Erkenntnis, dass Täter nur selten auch wie Täter aussahen oder zumindest wie das Klischee eines solchen. Es waren Leute wie du und ich, jedenfalls äußerlich, und in den meisten Fällen fühlten sie sich mit ihrem Tun vollkommen im Recht. Oder zumindest glaubten sie, es tun zu *dürfen* – straffrei und aus gutem Grund.

Den klassischen *Bond*-Bösewicht, der sich in unterirdischen Verstecken seinen Schnurrbart zwirbelte und dabei lachte wie Graf Dracula nach einem Überfall auf die Blutbank, suchte man in aller Regel vergebens. Auch wenn der die Arbeit von Scotland Yard gewiss deutlich vereinfacht hätte.

»Soll ich Ihnen sonst noch etwas bringen, Inspector?«, fragte Mrs Middleditch gerade. »Einen Sherry, vielleicht, für die Lebensgeister? Oder einen warmen Tee?«

»Am liebsten beides«, gestand Smart.

Die Hausherrin lachte. »Na, sehen Sie? Es steckt ja doch noch Leben in Ihnen.« Dann drehte sie sich zur Seite und sah zum Empfangsschalter. »James, bringst du dem Inspector bitte einen Sherry aus der Bar? Um den Tee kümmere ich mich.«

Staunton, der hinter dem Schalter am Computer gesessen hatte, erhob sich sofort und eilte in den Nebenraum. Seine Chefin verabschiedete sich ebenfalls kurz und ging in ihr Büro. Smart hörte, wie sie darin mit Geschirr klapperte.

Nach einer Minute kam Staunton zurück, in den Händen ein kleines Silbertablett. Auf diesem stand ein Sherry-Glas, das bis zum Rand gefüllt war. »Auf Ihr Wohl, Inspector!«, sagte der Angestellte.

Smart nahm das Glas ebenso dankbar wie vorsichtig und führte es an die Lippen. Dann schloss er kurz die Augen und spürte dem Alkohol nach, der süß durch seinen Rachen lief und seinen Brustkorb wärmte. Als Staunton weiterziehen wollte, hielt Smart ihn auf.

»Einen Augenblick, bitte«, sagte er. »Seien Sie so nett, mein Lieber.«

Staunton blinzelte verwirrt. »I...Inspector?«

»Sie verheimlichen etwas«, sagte Smart geradeheraus. »Ich habe es gestern schon bemerkt, Staunton. An Ihrer Mimik, wann immer die Rede auf Mr Wellington-Smythe kommt. An der Art, wie Sie den Kopf leicht einziehen und die Schultern heben, als erwarteten Sie einen Schlag. Die Körpersprache kann nicht lügen, mein Lieber. Das unterscheidet sie von unserer Verbalsprache. Um Ihrem Körper das Lügen anzutrainieren, müssten Sie schon auf die Schauspielschule gehen – und Sie sind alles, Staunton, nur kein Schauspieler.«

»Ich weiß nicht, was ...«

»Keine Widerrede«, unterbrach Smart ihn sanft. »Ich bin lange genug im Beruf, um Zeichen zu erkennen, wenn sie offensichtlich sind. Und ich sehe Ihnen an, dass das Wissen, das Sie fraglos besitzen, auf Ihnen lastet wie der Schnee auf unserem Dach. Tun Sie uns *beiden* einen Gefallen, Staunton, und packen Sie aus.«

Der Angestellte schluckte hörbar. Trotz des nahen Feuers wirkte er plötzlich, als wäre ihm eiskalt geworden. Smart hatte mit seiner Vermutung also genau ins Schwarze getroffen.

»Nicht hier, einverstanden?«, bat Staunton leise. Dabei sah er sich nach Mrs Middleditch um, die gerade mit einer dampfenden Tasse aus dem Büro hinter der Rezeption kam. »Gleich. In der Bar.«

Smart nickte kaum merklich und nahm mit breitem Lächeln den Tee entgegen. »Sie retten mir das Leben, meine Liebe«, sagte er.

Die Hausherrin gab sich bescheiden, auch wenn sie das Lob sichtlich genoss – und wohl erwartet hatte. »Ach was, Inspector. Wir sind doch alle nur fromme Christen, die einander beistehen, wenn es nötig ist. Das ist selbstverständlich.« Nun senkte auch sie verschwörerisch die Stimme. »Das ist ein Hot Toddy, Inspector. Eigentlich ein schottisches Getränk, aber um die Jahreszeit schwört sogar mein Simon darauf, und der kann die Schotten kaum ausstehen.«

»Ein edles, wenn auch wildes Völkchen«, scherzte Smart.

Sie zwinkerte verschwörerisch. »Ich habe einen winzigen Schuss Rum hineingegeben. Ich hoffe, das ist in Ordnung. Father Atkins hat mir das Fläschchen von einer seiner Reisen mitgebracht. ›Für besonders harte Momente‹, wie er es ausdrückte. Ich dachte, dies sei ein solcher.«

Smart lächelte. »Ich danke Ihnen. Auch im Namen meines Hausarztes Dr. Gillicuddy.«

Mrs Middleditch kicherte wie ein Schulmädchen. Dann

verschwand sie, um sich um einen Hausgast zu kümmern, der mit einer Frage am Empfang erschienen war.

Smart erhob sich von seinem Sessel, trat ein letztes Mal ans wärmende Feuer und zog dann, die Decke noch auf den Schultern und die Getränke auf dem silbernen Tablett, in die Hausbar weiter. Die Bar war menschenleer bis auf Staunton, der sichtlich nervös an einem Fenstertisch wartete.

»Inspector, ich …« Er sprang auf, als Smart eintrat. »Ich wollte nie, dass es so weit kommt. Ich hatte ja keine Ahnung.«

Smart stellte das Tablett ab und setzte sich ächzend. »Nur die Ruhe, junger Freund. Eins nach dem anderen.«

Er nippte erneut an seinem Sherry, leerte kurzerhand das gesamte Glas und legte die kalten Finger um die Teetasse. Dann erst nickte er Staunton zu.

»In Ordnung, beginnen wir vorne. Erzählen Sie mir in aller gebotenen Ausführlichkeit, was Sie wissen, Staunton. Und was Ihnen auf dem Herzen liegt.«

»Na, die Sache mit der Suite«, antwortete der jüngere Mann, als wäre das offensichtlich und allgemein bekannt. »Das mit dem Zimmer von Mr Wellington-Smythe und den Absichten von Mr Cole!«

Im ersten Moment wagte Smart kaum zu atmen. Hatte er das wirklich gerade gehört? Ausgerechnet diesen Namen? Erst nach einer kurzen Schrecksekunde entspannte sich der Inspector wieder, wenn auch nur leicht.

»Mit Mr Cole, so, so«, murmelte er. Vor seinem geistigen Auge konnte er den Mann wieder sehen – und Rose Davison aus dem *Tea & Home*, die ihn als »aggressiven« Störenfried und Pöbler beschrieben hatte. »Was genau war denn mit dem?«

Staunton blinzelte verwirrt. »Ich … Ich dachte, Sie wüssten das.«

»Gehen Sie mal davon aus, dass dem so ist«, behauptete Smart selbstsicher. »Ich will es dennoch von *Ihnen* hören, mein Freund. Von Anfang an.«

»Mr Cole ist schon am Donnerstag hier angekommen«, gestand Staunton. »Mit dem Frühzug, wissen Sie? Ich hatte den Auftrag, ihn am Bahnhof abzuholen. Simon, also Mr Middleditch, gab mir dafür extra den Wagen. Er hielt Mr Cole wohl für jemanden, der einen gewissen Einfluss bei den CT-Fans hat, und wollte sich gut mit ihm stellen.«

»Und?«, hakte Smart nach.

»Und auf der Fahrt zurück ins *Ravenhurst* fragte Mr Cole mich dann, ob ich ihm helfen könne.«

»Helfen wobei?«

»Er wollte wissen, welche Zimmernummer Mr Wellington-Smythe zugewiesen würde. Und ... Nun ja, ob ich ihm ein Zimmer in unmittelbarer Nachbarschaft geben kann. Idealerweise sogar eines mit Zwischentür zu MWS.«

Smart hatte gerade an seinem Hot Toddy gerochen – angenehm würzig, mit einem Hauch von Zitrone und Alkohol – und sah nun erschrocken auf. »Zwischentür?«

»Ja, tatsächlich«, gestand Staunton. Er wurde mit jedem Wort leiser, zerknirschter. »Ehrlich gesagt, funktioniert sie sogar in zwei Richtungen. Die Suite oben bei der Dachterrasse kann nach beiden Seiten um die Nachbarzimmer erweitert werden, sollte ein Gast dies wünschen. Ist alles eine Frage des Geldes. Dennoch sagte ich Mr Cole, ich könne so etwas nicht einfach entscheiden. Ich müsste Mr Middleditch fragen, ob wir die Nachbarzimmer in diesem Fall überhaupt vermieten, und Mr Middleditch würde wahrscheinlich ablehnen. Aber Mr Cole zückte daraufhin seine Geldbörse.«

»Er hat Sie bestochen? Damit Sie ihn in einem der beiden Zimmer direkt neben MWS einquartieren?«

Staunton nickte. Beschämt sah er zu Boden. »M...mit achtzig Pfund, Inspector. Mehr hatte er nicht bar in der Tasche. Achtzig Pfund sind viel Geld für mich.«

Smart lehnte sich im Sitz zurück und nahm einen Schluck von seinem Toddy. Hatte der Sherry schon kleine Wunder bei ihm gewirkt, war dieses schottische »Zauberwasser« ein wahrer Quantensprung. Nahezu sofort fühlte er sich belebt und angenehm warm. Außerdem kam er sich vor wie auf dem falschen Planeten.

»Sie haben sich schmieren und einen aggressiven Superfan direkt neben Wellington-Smythe einziehen lassen«, fasste er zusammen und traute dabei den eigenen Ohren kaum. »Und jetzt ist Wellington-Smythe tot – und Sie brauchen allen Ernstes einen halben Tag, bevor Sie mir Ihr Tun gestehen!«

»Es war nicht Mr Cole«, versuchte Staunton sich an einer Rechtfertigung, an die er selbst nicht zu glauben schien. »Die Zwischentür ist fest verriegelt, Inspector. Und das blieb sie auch. Nur die Rezeption hat den Schlüssel, und den hat die ganze Zeit über niemand benutzt, das garantiere ich Ihnen.«

»Staunton.« Smart schüttelte den Kopf. »Sind Sie wahnsinnig? Diese Information ist hochgradig brisant. Die hätte ich schon heute Nacht brauchen können. Ich sehe Ihnen doch an, wie sehr Sie sich schämen. Das hätten Sie mir unverzüglich mitteilen müssen.«

Wie wäre der Tag verlaufen, hätte er von Anfang an von Coles Extrawünschen gewusst? Säße Chandler dann immer noch in einer Zelle im Dorf? Wäre er dort je eingefahren? Smart bezweifelte es.

Nicht nur Sie hatten Geheimnisse vor mir, Staunton, dachte er. *Auch mit Mr Cole muss ich ein ernstes Wort sprechen.*

Er hatte sich nie nach Coles Zimmernummer erkundigt, oder? Das, fand Smart, war ein schmerzhaftes Versehen, das ihm nicht hätte passieren dürfen. Gleich im Anschluss an diese Unterhaltung würde er zu Mrs Middleditch gehen und sie um eine entsprechende Liste aller Zimmer und ihrer Bewohner bitten. Smart bezweifelte nämlich, dass Constable Shepard an eine solche gedacht hatte. Wozu auch? Für den Dorfpolizisten war der Fall ja im Grunde gelöst.

»Ich weiß«, gestand der Angesprochene. »Und ich wollte Ihnen auch nichts verheimlichen, Sir. Ich ... Ich dachte nur, Sie wären wütend auf mich, wenn Sie es wüssten. Und Mr Middleditch auch. Er hat mich ja ohnehin auf dem Kieker wegen dieser nicht enden wollenden Probleme mit der EDV ...«

Smart beugte sich vor. Der Hot Toddy stieg ihm abermals in die Nase und nahm ihm den Zorn, der in ihm hochgebrodelt war. »Ist Mr Cole noch immer in diesem Zimmer untergebracht?«

»Meines Wissens ja, Sir«, antwortete Staunton.

Gleich neben dem Tatort, dachte Smart. Das gefiel ihm ganz und gar nicht.

»Und der Schlüssel?«, hakte er nach. »Der für die Zwischentür liegt noch immer sicher verwahrt an der Rezeption, wo er hingehört?«

James Staunton nickte. »Ohne jeden Zweifel, Inspector. Alle unsere Zweit- und Generalschlüssel sind dort verwahrt. Es ist übrigens eine recht pfiffige Zwischentür, wenn ich das so sagen darf. Man erkennt sie erst, wenn man weiß, dass sie da ist. Der Innenarchitekt, der die Etage entworfen hat, hat sich in Simons Augen da einen kleinen Traum erfüllt und Türen gestaltet, die auf den ersten Blick komplett mit den Wänden verschmelzen.«

Auch das werde ich mir wohl noch genauer ansehen müssen, dachte Smart grimmig. Eine solche Tür hatte er bei seiner Durchsuchung des Zimmers gar nicht bemerkt. *Mir scheint vergangene Nacht so einiges entgangen zu sein.*

Er beschloss, das auf seine Müdigkeit zu schieben und nicht auf das Alter. Die Müdigkeit war das einfachere Ziel. Außerdem entband sie ihn von einer Mitschuld, schließlich hatte Middleditch ihn aus dem Schlaf gerissen.

Und der gute Simon Middleditch hat die Zwischentüren ebenfalls mit keinem Wort erwähnt. Smarts Laune wurde nicht besser. Schnell nahm er einen weiteren Schluck vom Hot Toddy. *Vermutlich hielt er das für unnötig. Seiner Ansicht nach war ja niemand neben MWS untergebracht.*

»Wie standen Sie zu dem Verstorbenen, Staunton?«, fragte Smart. »Kannten Sie ihn? Bevor er hier eingecheckt hat, meine ich.«

Der Angestellte schüttelte den Kopf. »Nein, Inspector. Ehrlich nicht. Der Name hat mir absolut nichts gesagt. Ich hab's nicht so mit Hörspielen und dergleichen.«

»Und in Ihrem Umfeld? Gibt es jemanden in Ihrem Privatleben, der von Wellington-Smythe gewusst haben könnte? Jemanden, dem Sie erzählt haben, dass der Autor im *Ravenhurst* nächtigt?«

»Da ... Da ist niemand, Sir«, antwortete Staunton. Seine Miene spiegelte die Aufrichtigkeit, die in seinem Tonfall lag. »Ich lebe allein, gleich hier im Trakt für das Personal. Alles, was ich an Freunden und Familie habe, ist weit weg. Oben bei Aberdeen, wo ich gebürtig herstamme.«

Ein Schotte also. Smart nickte anerkennend. Staunton sprach vollkommen akzentfrei.

»Ich bezweifle, dass irgendjemand aus unserer Truppe Mr Wellington-Smythe gekannt hat«, fuhr Staunton fort. »Ich verstehe mich gut mit den anderen, insbesondere dem Küchenpersonal und dem Hausmeister. Das sind alles keine Hörwürmer. Sagt man das, ›Hörwürmer‹? So wie ›Bücherwürmer‹ beim Lesen?«

Smart wusste es nicht. »Spielt keine Rolle. Wie lange arbeiten Sie schon für die Middleditchs, Staunton?«

»Puh.« Er kratzte sich am Hinterkopf. »Mal sehen, also im nächsten März werden es wohl vier Jahre. Ich war vorher in einem Hotel in Aberdeen, aber dann wollte ich mal etwas von der Welt sehen. Und habe es bis zum Lake District geschafft, ha, ha. Also, knapp vier Jahre.«

»Und Sie fühlen sich hier wohl? Kein böses Blut? Mr Middleditch geht nicht gerade sanft mit Ihnen um.«

»Ach, das.« Staunton winkte ab. »Das kann ich ab. Und mit Mr Wellington-Smythe hat das ohnehin nichts zu tun. Simon, also Mr Middleditch, ist eben so. Ein grummeliger alter Mann, der sich in seiner mürrischen Laune gut gefällt. Da stelle ich die Ohren einfach auf Durchzug.«

Da war er wieder, der joviale und entspannte Staunton, den Smart zu Beginn des Ausflugs kennengelernt hatte. Die Last, die auf seinen Schultern lag, schien buchstäblich von ihm abgefallen zu sein – und mit ihr das nervöse Verhalten, das ihn in Smarts Augen verdächtig gemacht hatte. Er hatte alles gesagt, was ihn beschäftigte, und nun ging es ihm besser.

Smart wollte gerade zur nächsten Frage ansetzen, da kam ihm eine laute Stimme aus dem Hotelfoyer zuvor.

»Staunton?«, rief Simon Middleditch. »Verflucht, wo steckt der Nichtsnutz schon wieder? Diese elende Technik streikt ja noch immer!«

Staunton zuckte zusammen, aber nur kurz. Dann lächelte er. »Sehen Sie, was ich meine, Inspector? Es wird mal wieder

Zeit für Durchzug.« Dann stand er auf, verabschiedete sich von Smart und eilte seinem Chef entgegen.

Smart blieb allein in der Bar zurück, mit dem Rest seines Hot Toddy, seinen Grübeleien und dem Sturm vor den Fenstern.

KAPITEL 16

»Wenn ich es Ihnen doch sage, Millicent«, klagte John Ordover. Dabei schwitzte er so stark, dass sich der angeklebte Schnäuzer beinahe löste. »Ich bin unschuldig!«

»Das behaupten sie alle, Geoffrey«, erwiderte die nicht minder falsche Millicent. »Aber die wenigsten sind ...«

»Halt!«, ging Adrian Cole dazwischen. Frustriert winkte er ab. »Schnitt, das geht so nicht.«

Ein Raunen ging durch den Saal. Es klang wenig begeistert, und wo immer Cole auch hinsah, fand er verärgerte Mienen. Daran ließ sich nichts ändern.

»Was ist denn jetzt schon wieder?«, sprach der vermeintliche Geoffrey, der im wahren Leben Toby hieß und einen Bahnhofskiosk in Brighton besaß. Sein Trenchcoat war ihm drei Nummern zu groß und ließ ihn aussehen, als wäre er geschrumpft. »Adrian, wir sind keine Profis. Wir tun, was wir können – nicht mehr und nicht weniger.«

»Es muss aber mehr sein«, beharrte Cole. Mit einem kräftigen Sprung schaffte er es vom Auditorium auf die kleine Bühne, auf der Toby und die falsche Millicent – eine Sekretärin aus der Nähe von Nottingham, deren Name ihm gleich wieder entfallen war – ihr bekümmernswertes Bestes gaben. »Wir führen hier eine Theaterfassung auf, Leute. Von *Chiller-Thriller*-Episode 31, *Die Guten und die Bösen*. Und zwar vor Publikum! Und ihr beide klingt, als bestünde euer Text aus eurer Einkaufsliste. Da fehlt das Drama, Mensch! Das Pathos! Erinnert euch nur mal daran, wie das auf CD geklungen hat.«

Aus den Augenwinkeln bemerkte Cole, dass erste Besucher des Stücks aufgestanden waren und den Saal verließen. Zu Beginn der Vorführung – einem Highlight im heutigen Convention-Programm – waren die Sitzreihen nahezu voll gewesen. Nun leerten sie sich noch vor dem Ende des ersten Akts. Auch das, fand Cole, durfte er den beiden Laienschauspielern übel nehmen. Immerhin war die Theaterfassung seine Idee gewesen. Da musste er es auch nicht still hinnehmen, wenn Toby und die Sekretärin sie verhunzten, verdammt!

»Auf CD waren das auch der junge James McAvoy und die junge Olivia Colman«, parierte John gerade. »Dass wir nicht wie die klingen, wundert mich kein bisschen.«

Millicent machte große Augen. »Ernsthaft? Die Colman war das?«

»Klar.« Ihr Bühnenpartner nickte. »Damals kannte die noch kein Schwein und ...«

»Fokus, bitte sehr!«, donnerte Cole dazwischen. »Es geht nicht um damals, sondern um heute. Ihr seid hier das Problem, nicht Olivia und James.« Dann sah er Millicent besonders wütend an. »Und was bist du eigentlich für ein Fan, wenn du nicht weißt, wer die Rollen spricht?«

»Hey!«, wehrte sie sich. »Entschuldige bitte, dass nicht jeder so ein Gedächtnis hat wie du, du inselbegabtes Stück Sch...«

In dem Moment erklang der Ruf. »Mr Cole? Mr Adrian Cole?«

Neuer Zorn stieg in Cole auf. Wer störte denn jetzt noch? »Leute, ich stecke hier mitten in einem Gespräch mit meinen

Darstellern«, schimpfte er und drehte sich zum Auditorium um, aus dem er den Ruf vernommen zu haben glaubte. »Da kann ich nicht ...«

Der Rest des Satzes blieb ihm im Halse stecken. Denn niemand Geringeres als Chief Inspector Timothy Smart kam gerade auf die Bühne und auf ihn zugestapft, dicht gefolgt von einer rothaarigen Frau in Polizeiuniform. Beide guckten recht grimmig.

»Mr Cole«, rief Smart erneut. »Verzeihen Sie die Unterbrechung, aber wir müssten Sie dringend in der Sache ›MWS‹ sprechen. Sie waren nicht ganz ehrlich zu mir, Sir!«

Abermals ging ein Raunen durch den Saal. Wer noch immer auf seinem Platz saß, schaute nun zu Cole – fragend und anklagend. Mindestens so anklagend wie Smart. Auch Toby und Millicent starrten ihn an.

»D...du?«, stammelte die Sekretärin. »Du hast MWS ...? Das warst die ganze Zeit *du*?«

Oh, oh, dachte Adrian Cole und hob instinktiv die Hände.

»Na, selbstverständlich *nicht*«, betonte Cole. Dabei sah er Smart an, als hätte dieser den Verstand verloren. »Was fällt Ihnen ein, mir so etwas zu unterstellen?«

Es war kurze Zeit später. Smart, Emma Jones und Adrian Cole standen am Rande des Händlerraumes um einen weißen Stehtisch herum, jeder eine Teetasse vor sich, die außer Emma Jones noch niemand angerührt hatte.

Neben ihnen boten Dutzende von Händlern ihre Sammlerstücke feil, und Aberdutzende von Fans bewunderten diese. Smart sah Menschen aller Altersstufen, Männer, Frauen und Kinder, die an den Verkaufsständen vorbeiflanierten, stöberten und nicht selten auch kauften. Längliche CD-Sammelboxen wechselten ihre Besitzer ebenso wie kleine Spielzeugfiguren und T-Shirts, die das Konterfei von CT-Charakteren zeigten. Auch Exemplare des Fan-Magazins, in dem Smart geblättert hatte, waren Teil des Angebots – mitunter sogar ganze Jahrgänge.

»Wir unterstellen Ihnen gar nichts, Mr Cole«, sagte Emma Jones. »Wir *fragen*. Wie der Chief Inspector ermitteln konnte, haben Sie bei Ihrer ersten Vernehmung gelogen. Da liegt es nahe, dass wir wissen möchten, ob noch mehr Lügen existieren. Und ob Sie die räumliche Nähe zu Wellington-Smythe für Ihre Zwecke ausgenutzt haben.«

»Ich habe nicht gelogen.« Cole schloss kurz die Augen und massierte sich die Nasenwurzel. Er wirkte angestrengt ... oder beleidigt. »Kann ich etwas dafür, dass Ihre Fragen vage genug für ausweichende Antworten sind?«

»Ich *habe* nach Ihrer Beziehung zu Mr Wellington-Smythe gefragt«, sagte Smart streng. »Sogar sehr konkret. Sie, Sir, haben allerdings die durchaus relevante Information unterschlagen, dass Sie sich gleich neben ihm eingemietet haben. Und dass Sie, ganz im Gegensatz zu mir, von der verborgenen Zwischentür wussten!«

»Na und?« Cole schnaubte. »Ist das verboten? Hätten Sie danach gefragt, hätte ich geantwortet. Ich bin Ihnen gar keine Auskünfte schuldig, Inspector. Ich bin ein freier Mann und habe mir nichts vorzuwerfen – auch nicht von Ihnen.«

»Vor allem sind Sie massiv verdächtig«, blaffte Emma Jones zurück. Smart musste schmunzeln. Sie schien ihn beschützen zu wollen, das ehrte sie. »Sehen Sie das nicht selbst? So eine Aktion, Mr Cole, schreit doch geradezu danach, dass Sie ganz oben auf unserer Täterliste stehen sollten. Dass Ihnen das klar ist, weiß ich genau. Immerhin haben Sie vorhin die Hände gehoben, als wären Sie ein überführter Gangster.«

»Das war purer Reflex«, murmelte Cole. »Und diesen Staunton, den *bringe* ich um! Unnützer Bengel. Der hätte besser mal den Mund gehalten.«

Die Polizistin hob anklagend die Brauen. »Ach, und nun kündigen Sie sogar eine zweite Tat an, ja?«

»Ist doch nur eine Redewendung«, brummte Cole. »Jetzt lassen Sie die Kirche mal im Dorf, ja? Ich hätte mir einfach nur gern dieses Kuddelmuddel erspart. Dass Sie nun hier stehen und mich verdächtig finden, obwohl das völliger Unsinn ist.«

»Trotzdem erwarte ich eine Erklärung, Mr Cole«, beharrte Smart. »Sie haben das Nachbarzimmer, ist das korrekt? Und Sie wollen nach wie vor nicht in MWS' Suite gewesen sein?«

»Genauso ist es.« Cole nickte. »Ich habe diese Suite nie betreten und die Geheimtür auch nie benutzt. Meines Wissens ist die ohnehin verriegelt.«

»Aber Sie haben an der Suite angeklopft«, erinnerte sich Smart. »Mr Wellington-Smythe klagte Miss Brooke gegenüber, es seien Fans bis an seine Tür gekommen. Damit waren Sie gemeint, oder?«

»Wie gesagt.« Cole legte eine Hand auf seine Brust. »Ich bin ein freier Mann, und England ist ein freies Land. Es steht mir frei, es zu versuchen, Inspector.«

»Was genau zu versuchen?«, fragte Emma Jones, bevor Smart es tun konnte. »Was meinen Sie?«

Cole atmete seufzend aus. Die Situation schien ihn regelrecht zu nerven. Doch er antwortete. »Schauen Sie. Ich bin Fan, okay? Wir alle hier sind das. *Chiller Thriller* ist ein wichtiger Bestandteil meines Lebens, und das schon seit sehr langer Zeit. Ich verwende einen Gutteil meiner Zeit darauf, mich mit der Serie und ihren Hintergründen zu beschäftigen.«

»Und nicht mit Ihrem Haus in Bath.« Den Kommentar konnte Smart sich nicht verkneifen.

Cole ignorierte ihn. »Und ich arbeite an diesem Buch. Davon habe ich Ihnen erzählt, wie Sie sich hoffentlich erinnern werden. Von dem Buch über die Serie und ihren Schöpfer, das ich veröffentlichen möchte.«

»Ja, und?« Jones zuckte mit den Schultern. »Was ist damit? Ich bin auch Fan von *Chiller Thriller*, aber ich habe MWS nicht gestalkt.«

»Ts, ›stalken‹.« Er verzog das Gesicht. »Was für ein unnötiges Wort, Miss Jones. Ich bin doch kein Stalker.«

»Sondern?«, erwiderte Smart grimmig.

Er musste an Chandler denken, ganz allein in der Zelle. Und Cole stand hier und beteuerte nach wie vor seine Unschuld. Ging das wirklich zusammen?

»Na, ein Fan!«, beharrte sein Nebenmann. »Ich bin ein Fan, das sage ich doch die ganze Zeit. Klar will ich als Fan das Zimmer neben MWS. Zumindest will ich es versuchen. Näher konnte man dem Kerl schließlich gar nicht kommen. Und klar hab ich die Gelegenheit dann auch genutzt, um mal unauffällig bei ihm anzuklopfen – an der *offiziellen* Tür, versteht sich. Ich weiß, wo die Grenzen sind. Aber auf mein Klopfen hat MWS, um das auch mal zu erwähnen, äußerst verschnupft reagiert! Ernsthaft, der hat mich angeguckt, als wollte er mir den Kopf abreißen!«

Wer kann es ihm verdenken?, dachte Smart.

Normalerweise blieb er professioneller, wenn er mit Verdächtigen sprach. Doch Adrian Cole hatte etwas an sich, was wie ein rotes Tuch für ihn war. Vielleicht lag es an seiner unverkennbaren Nonchalance – an der festen und unerschütterlichen Überzeugung, im Recht zu sein und sich nichts vorwerfen zu müssen.

»Mr Cole«, sagte Smart. »Ich frage Sie das jetzt noch ein einziges Mal. Bevor Sie antworten, bedenken Sie bitte, dass

Sie Miss Jones und mir schon einmal Informationen vorenthalten haben, die von großer Relevanz sind. Und bedenken Sie, dass Sie diese Frage möglicherweise an einem späteren Termin auch noch unter Eid beantworten müssen. Überlegen Sie sich also genau, was Sie sagen, Sir.«

»Natürlich«, gab Cole schnippisch zurück. »Schießen Sie nur los, Inspector. Ich habe nichts zu verbergen.«

Emma Jones lachte auf.

»Waren Sie in der Nacht *in* Mr Wellington-Smythes Suite, ja oder nein?«

»Wie ich schon mehrfach klargemacht habe: nein.«

Nun ergriff Miss Jones das Wort. »Okay, ich bin weniger diplomatisch als der Chief Inspector«, knurrte sie. »Ja oder nein, Mr Cole: Haben Sie MWS umgebracht?«

»Sind Sie schwerhörig?«, entgegnete der Gefragte. Dabei zuckten seine Hände auf dem weißen Stehtisch, als wollte er sie zu Fäusten ballen und traute sich nicht richtig. »Selbstverständlich nicht! Wo denken Sie hin, Miss Jones? Sie platzen mitten in meine Theateraufführung, um mich des Mordes zu bezichtigen? Eigentlich sollte ich wütend auf Sie sein und nicht umgekehrt!«

Die Polizistin ignorierte die Spitze und sah zu Smart. »Wie wollen Sie verfahren, Inspector? Nehmen wir ihn mit auf die Wache? Wir hätten noch eine zweite Zelle, in der wir ihn in Untersuchungshaft nehmen können.«

Cole lachte ungläubig und ein wenig unsicher. »Mitnehmen? Ich denke nicht, nein, wirklich nicht. Die CT-Convention findet gerade statt, ich habe zu tun und mir nichts vorzuwerfen.«

Smart war kurz versucht, ihn einfach abzuführen. Und sei es auch nur, um ihm einen weiteren Schrecken einzujagen. Doch wenn er ehrlich zu sich war – und professionell blieb, immerhin waren da auch Fragen der Befugnis zu klären –, gab es dafür keinen Grund. Sie hatten Cole mit ihrem Wissen konfrontiert, Cole hatte geantwortet. Dass er nicht von Anfang an offen zu ihnen gewesen war, machte ihn noch nicht zu einem Mörder. Um ihn abzuführen, brauchte es mehr. Es brauchte Beweise.

»Für den Augenblick nicht«, antwortete Smart auf Emma Jones' Frage. »Sie bleiben bitte hier im Hotel, Mr Cole, und halten sich verfügbar, falls wir weitere Fragen an Sie haben sollten. Ich werde Staunton unterrichten, sich umgehend bei mir, Miss Jones oder Constable Shepard zu melden, sollten Sie vor Ende der Convention abreisen wollen. Außerdem werde ich die Kollegen drüben in Bath kontaktieren und hören, ob ich von ihnen weitere Informationen über Sie bekomme.«

»Was denn für Informationen?«, fuhr Cole auf. »Sie tun ja so, als wäre ich ein Schwerverbrecher!«

»Ich mache nur meine Arbeit«, erwiderte Smart unbeeindruckt. »Und das möglichst gründlich. Guten Tag, Mr Cole.«

Er ließ den jüngeren Mann am Stehtisch zurück und wandte sich zum Gehen. Emma Jones schloss sich ihm sofort an.

»Schwieriger Geselle, oder, Sir?«, murmelte die Polizistin, kaum, dass sie außer Hörweite waren. »Er hat nicht ganz unrecht, einerseits. Wir haben nie nach seiner Zimmernummer gefragt. Andererseits muss man aber auch kein Einstein sein, um zu wissen, dass sie uns brennend interessiert hätte – unter den Umständen. Ich schätze, Cole wollte sich nicht verdächtiger machen, als er ohnehin ist. Deshalb hat er die Info für sich behalten, als wir zuerst mit ihm gesprochen haben.«

»Ganz meine Meinung«, stimmte Smart ihr zu.

Seite an Seite schlenderten sie an den Händlertischen vorbei. Ihr Ziel war der Ausgang des Saales, doch wo Smart auch hinsah, erblickte er die unterschiedlichsten Devotionalien zu *Chiller Thriller*.

Ein Stand verkaufte selbst gestrickte Schals mit Motiven der Serie, an einem anderen gab es Kartenspiele, die mit *CT*-Logo bedruckt waren. Und, und, und. Nicht zum ersten Mal staunte Smart über die Vielfalt der Produkte, für die sich ganz offensichtlich ausreichend viele Käufer fanden. Eine Plastiklupe mit Serienaufdruck am Griff? Eine Abschrift sämtlicher Hörspiele in Buchform? Der – zweifelsfrei in Handarbeit nachgebaute – Schauplatz einer besonders gefeierten Episode mit Klemmbausteinen?

Alles wurde hier präsentiert, und alles wurde von den Con-Gästen begeistert angenommen. Doch etwas war an diesem Tag anders im Händlersaal des *Ravenhurst Resort*. An ausnahmslos allen Ständen sah Smart kleine gerahmte Fotos des verstorbenen Serienschöpfers mit Trauerflor. Wirklich überall.

»Die lassen sich die Con nicht nehmen«, merkte Emma Jones an. Auch ihr waren die Erinnerungsfotos gerade aufgefallen. »Aber sie würdigen MWS trotzdem, auf ihre Art. Oh, das ist ja cool!«

Mit einem Mal hatte sie etwas gefunden. Sichtlich begeistert lief sie zu einem der Verkaufsstände und hob eine CD in die Höhe, die sie Smart lächelnd präsentierte. Die CD trug das *Chiller-Thriller*-Logo und den Titel *Unheilige Nacht*. Auf dem Cover sah man einen verschneiten Pub bei Nacht, ganz schemenhaft vor einem blutroten Mond.

»Das ist Folge achtundzwanzig«, erklärte Jones ungefragt. »Eine der absolut besten, wenn Sie mich fragen. Mit der bin ich damals zum Fan geworden.«

»Es *ist* eine der Besten«, stimmte ihr die Verkäuferin zu. Die Frau hinter dem Stand hatte graue, lange Locken und eine runde Brille. Ihr schlanker Körper steckte in einem Wollpullover mit Schneemann-Muster und einer dunklen Leinenhose. »Die geht immer weg wie geschnitten Brot. Weil die Atmosphäre so großartig ist, findest du nicht auch?«

Jones nickte. »Dieser Koch und der Geschäftsmann im eingeschneiten Pub? Und der eine gesteht dem anderen einen Mord? Das ist schon großes Kino.«

»Das da ist das letzte Exemplar, das ich noch vorrätig habe«, erklärte die Händlerin.

»Wollten Sie nicht immer mal mehr über *CT* erfahren, Inspector?«, fragte Jones. Dabei lächelte sie ihm schelmisch zu – und zückte plötzlich die Geldbörse. »Kommen Sie, ich schenke sie Ihnen. Vielleicht machen wir ja auch aus Ihnen noch einen Fan.«

»Das …« Smart lachte verwundert. »Das ist wirklich nicht nötig, meine Liebe.«

»Sagen Sie das nicht«, erwiderte Jones, »bevor Sie *Unheilige Nacht* gehört haben. Die Geschichte ist selbst für MWS' Verhältnisse ausgesprochen gruselig. Es heißt, der Meister hat sie sich damals gar nicht selbst ausgedacht, sondern von jemandem erzählt bekommen und dann einfach aufgeschrieben. Das ist gewissermaßen True Crime. Damit kennen Sie sich doch aus.«

Sie ließ sich nicht davon abbringen, das Hörspiel zu kaufen. Strahlend und ein wenig stolz überreichte sie es dem Inspector. »Betrachten Sie es als vorzeitiges Weihnachtsgeschenk, Sir«, sagte sie dabei. »Oder als Recherchematerial für die Ermittlungen. Ich kann es Ihnen nur empfehlen und …«

Bevor Sie den Satz beenden oder Smart erneut protestieren konnte, klingelte das Handy in Emma Jones' Uniformtasche. Smart war nicht überrascht, dass der Klingelton die

Titelmusik von *Chiller Thriller* war. Vermutlich liefen auf dieser Con viele Menschen mit solch einem Klingelton herum.

»Verzeihung«, murmelte Miss Jones und zückte das Telefon. »Da muss ich kurz nachsehen, das könnte nämlich … Oh, verflixt. Er ist es.«

»Unser verehrter Constable?«, fragte Smart.

Jones nickte stumm und nahm den Anruf entgegen. »Ich bin so gut wie bei Ihnen, Sir. Geben Sie mir zehn Minuten.«

Einem plötzlichen Impuls folgend, trat Smart näher. »Sagen Sie ihm, dass Sie jemanden mitbringen«, bat er leise.

Dann sah er, wie Jones erneut große Augen machte.

Das Innere des Taxis war der reinste Schrein. Überall prangten kleine Weihnachtsdevotionalien – von den goldenen Sternen an den beschlagenen Fensterscheiben über die mit Rentiersilhouetten gemusterten Sitzbezüge bis hin zu den zwei winzigen Weihnachtsmännern aus Filz, die an kleinen Schnüren vom Rückspiegel baumelten. Timothy Smart fühlte sich wie in einem Museum. Außerdem war ihm der Wagen zu eng.

»Geht das dahinten?«, fragte der Fahrer. Er steuerte sein pechschwarzes Fahrzeug gerade vom Grundstück der Middleditchs und über die Landstraße zurück in Richtung Little Puddington. »Ich würde Ihnen sehr gern den Beifahrersitz anbieten, Sir, aber der ist hinüber. Auf dem sitzt niemand mehr bequem, höchstens noch ein indischer Fakir. Gleich nach Weihnachten lasse ich den austauschen.«

»Es geht schon«, versicherte Smart dem Mann, obwohl ihm das Gegenteil auf der Zunge lag. Dann versuchte er, noch flacher zu atmen und den nahenden Krampf in seinem linken Unterschenkel durch pure Willenskraft zu lösen. »Gar kein Problem.«

Emma Jones und er hatten sich an der Rezeption des *Ravenhurst Resort* ein Taxi bestellt. Mit diesem wollten sie auf dem schnellsten Weg zu Constable Shepard auf die kleine Wache gelangen.

Miss Jones war erleichtert gewesen, als Smart ihr verkündet hatte, sie begleiten zu wollen. »Dann ist er vielleicht nicht ganz so sauer über mein Fortbleiben. Mit Ihnen an meiner Seite«, hatte sie gesagt.

»Erzählen Sie mir ein wenig über den Constable«, bat Smart nun – auch um sich von dem Krampf abzulenken. »Sie kennen ihn ja schon länger.«

Jones, die neben ihm saß und dank ihrer deutlich geringeren Leibesfülle und den kürzeren Beinen mehr Platz genoss, hatte gerade aus dem Fenster gesehen, wo sich der Schneematsch neben der Fahrbahn türmte. Nun drehte sie den Kopf zu Smart um. »Was wollen Sie denn wissen? Da ist eigentlich nicht viel zu erzählen.«

»Stammt er von hier, aus Little Puddington?«

»Aus der Nähe«, antwortete sie. »Aus Drury, glaube ich. Das ist eine gute halbe Stunde entfernt.«

»Und er schultert die hiesige Wache ganz allein, ja?«, fuhr Smart fort. »Von Ihnen und Ihrer gewiss unschätzbar großen Hilfe abgesehen, meine ich.«

Emma Jones lächelte wieder. »Er *hat* sie allein gemeistert, jahrelang. Ich glaube, mich hat er nur akzeptiert, weil er dachte, er könne mich zu seiner Nachfolgerin ausbilden und dann vorzeitig in den Ruhestand gehen. Ob er das heute auch noch hofft, weiß ich aber nicht. Der Constable ist ... eigen, verstehen Sie? Der hat seinen Kopf und wenig Geduld mit anderen Ansichten oder Vorschlägen. Ratschläge nimmt er nur selten an, die findet er unnötig. Und berichtigen lässt er sich schon zweimal nicht.«

»Den Eindruck hatte ich auch«, murmelte Smart.
»Wenn der wüsste, wie ich mit Ihnen über ihn spreche ...« Der Inspector hob die Hand wie zum Schwur. »Ich schweige wie ein Grab, meine Liebe. Darauf können Sie sich verlassen.«

Sie nickte. »Ich glaube Ihnen, Inspector.«
»Sie sagten bereits, dass hier generell eher wenig passiert«, erinnerte sich Smart. »Mr Shepard wird nicht oft gefordert, hm?«

»In Little Puddington?« Jones schnaubte belustigt. »Inspector, ich bin in dem Dorf aufgewachsen. Ich kenne da alles und jeden. Bis zu der Sache mit MWS' unbekanntem Mörder war die alte Angela Butterworth die vermutlich ärgste Verbrecherin weit und breit.«

Amüsiert hob Smart eine Braue. »Angela Butterworth?«
»Eine Witwe aus der Daisy Road; sie ist vor wenigen Jahren gestorben. Sie war nicht mehr ganz beieinander. Eines Tages kam sie vom Einkaufen und ging ins falsche Haus – mit völliger Selbstverständlichkeit. Hier bei uns in Little Puddington sind die Cottages oft nicht abgeschlossen. Dort räumte sie jedenfalls ihre Sachen in den Kühlschrank, brühte sich einen Tee auf und gönnte sich dann auf dem Sofa ein wohlverdientes Nickerchen. Die eigentlichen Bewohner merkten es erst, als sie aus dem Garten zurück ins Gebäude kamen. Die Ärmsten waren völlig perplex. Als sie die Wache alarmierten, fragten sie uns, ob das ein Einbruch sei oder nicht.«

Smart schmunzelte. »In der Tat, heiße Pflaster sehen anders aus. Constable Shepard kann sich glücklich schätzen, und Sie können es ebenfalls.«

»Aber nur, weil Sie hier sind«, sagte die junge Frau. »Sie wissen ja selbst, was passieren würde, wenn der Constable mit dem Mordfall ›MWS‹ alleine wäre. Dann säße Ihr armer

Mr Chandler hinter Gittern, bis er alt und grau wird. Mr Shepard meint es gut, wirklich. Doch er ist ... nun ja, sehr von sich überzeugt, nennen wir es mal so. Und nicht gerade kritikfähig. Das habe ich aber nie laut gesagt, Sir. Ja?«

Der Inspector nickte. »Ehrenwort, Miss Jones. Ich weiß von nichts.«

Das Taxi hatte inzwischen den Dorfkern erreicht. Smart sah Father Atkins' kleine Kirche, die einladende Fassade von *Tea & Home* und einen Hund, der gelangweilt um eine Hausecke trottete. Schnee lag nach wie vor auf nahezu allen Dächern, und vom Vordach der kleinen Landarztpraxis, die drei Häuser vor der Wache lag, hingen zwei Eiszapfen herunter und schmolzen langsam vor sich hin.

»So, da wären wir«, verkündete der Fahrer unnötigerweise. Er hielt direkt vor der Wache und drehte sich zu seinen Passagieren um. »Dann wünsche ich frohe Feiertage, ja?«

»Ihnen auch, mein Guter«, erwiderte Smart, kämpfte sich ächzend aus dem Gefährt und genoss das wohlige Gefühl, endlich wieder Blut in den Beinen zu spüren. Dann bezahlte er den Taxifahrer und folgte Miss Jones ins Innere des Polizeigebäudes, wobei er nur ganz leicht humpelte.

Shepard kam ihnen bereits entgegen. »Ja, um Himmels willen, Emma, wo waren Sie denn? Ich warte schon seit ...«

»Miss Jones war so freundlich«, unterbrach Smart ihn schnell, »mir bei einer wichtigen Befragung zu assistieren. Es gibt Neuigkeiten im Fall Wellington-Smythe, Constable.«

»Neuigkeiten, machen Sie Witze?« Shepard schnaubte, doch sein Zorn schien verflogen zu sein. »Dieser Fall ist so glasklar, dass er als Lehrstück an der Polizeiakademie dienen könnte. Wir haben die Mordwaffe und den Täter, Inspector. Und wir haben die Fingerabdrücke des Täters *an* der Mordwaffe.«

»Ich gebe zu, dass der Eindruck naheliegt, es könne sich dabei um Mr Chandler handeln«, erwiderte Smart. »Das sagte ich ja bereits. Doch Eindrücke können täuschen, und wie wir vorhin erfahren haben, hat Mr Adrian Cole das Zimmer gleich neben Wellington-Smythe. Mitsamt Durchgangstür!«

»Wer?« Shepard winkte ab. »Papperlapapp, das ist nicht relevant. Hier, haben Sie die Unterlagen aus dem Labor und der Rechtsmedizin schon gesehen?«

Der Constable trat zu seinem Schreibtisch und nahm eine dünne Kladde auf, die er Smart reichte.

»Die kamen vor einer halben Stunde hier an, Expresslieferung«, sagte er nicht ohne Stolz. »Und selbstverständlich bestätigen sie alles, was ich von Anfang an gesagt habe.«

»Die Rechtsmedizin hat geliefert?«, staunte Miss Jones. Sie beugte sich vor, um Smart über die Schulter zu blicken. »Wow, das ging schnell.«

Timothy Smart hatte mehr als genug Laborbefunde studiert, um zu wissen, was er da sah. Dennoch erzählte Shepard es ihm mit hörbarer Begeisterung.

»Die Untersuchung des Toten lässt keinerlei Raum für Zweifel«, so der Dorfpolizist. »Wellington-Smith ...«

»Smythe«, korrigierten Smart und Jones im Einklang.

Shepard ignorierte sie. »... starb durch einen gezielten Stich in den Brustkorb. Sein Blut klebt an der Mordwaffe, und die einzigen Fingerabdrücke weit und breit sind die Ihres Bekannten, Inspector. Laut der Obduktion ist es äußerst unwahrscheinlich, dass das Opfer überhaupt nennenswert Notiz von der Tat genommen hat. Vermutlich wurde unser Opfer tatsächlich im Schlaf überrascht und war tot, bevor es richtig wach wurde.«

»Wenigstens das«, murmelte Smart.

Shepard war noch immer nicht fertig. »In der Suite des Toten fanden sich keinerlei Anzeichen eines gewaltsamen Eindringens, wie Sie ja selbst sehen konnten, Inspector. Türen und Fenster weisen keine Schäden auf, und etwaige weitere verdächtige Spuren ließen sich ebenfalls nicht finden. Das wird Ihnen alles bekannt sein. Nun kann man natürlich sagen, dass sich im *Ravenhurst Resort* momentan einige seltsame Gestalten aufhalten – etwa dieser Mr Cole, den Sie erwähnt haben. Dennoch sehe ich nicht, was diese Fans mit dem gewaltsamen Ableben ihres Idols zu tun haben sollten.«

Er betonte das Wort »Fan«, als wäre es ein Schimpfwort oder ein Synonym für Begriffe wie »Verrückter« und »Wahnsinniger«.

Emma Jones, der das nicht entging, blickte ihn wütend an.

»Nein, das Rätsel war kein bisschen rätselhaft«, behauptete der Constable. »Mr Chandler mag kein Motiv haben, das wir bislang nachvollziehen können – Gott weiß, dass er in meinen wenigen Gesprächen mit ihm keines geäußert hat –, aber seine Schuld liegt für mich auf der Hand, und diese Laborbefunde bestätigen es. Er war es, Inspector. So eindeutig wie seine Fingerabdrücke am Knauf des Mordmessers prangen.«

»Was den guten Chandler betrifft …«, begann Smart. Auf seiner Zunge lagen gefühlt zehn andere Erwiderungen auf Shepards kleinen Monolog, doch er verkniff sie sich. Sie hätten nichts an der Meinung des Constable geändert – und nichts an Chandlers misslicher Lage. »Wie steht es um ihn, werter Kollege? Hat er inzwischen nach einem Anwalt verlangt? Ich weiß, dass er daheim in London Kontakte zu den besten Kanzleien pflegt.«

Shepard schüttelte den Kopf. »Hat er nicht. Wobei … Gerade vorhin hat er mich um ein Telefon gebeten. Ich hatte es ihm schon vor Stunden angeboten, damit er seine Angelegenheiten regeln kann. Aber vorhin erst kam er darauf zurück – von sich aus. Ich schätze, er spricht jetzt gerade mit einem dieser elenden Winkeladvokaten.«

Smart nickte. Er hatte überlegt, Chandler einen weiteren Besuch abzustatten, wollte dessen Telefonat jedoch nicht stören. »So wird es sein.«

»Hat eigentlich irgendjemand mal beim Label angeklopft?«, fragte Jones plötzlich. Sie hatte die Stirn in Falten gelegt und sah von ihrem Vorgesetzten zu Smart, als wäre sie vom eigenen Einfall überrascht. »Bei dem Haus, das MWS' CDs auf den Markt bringt? Vielleicht wartet da ja eine Spur, auf die wir bislang gar nicht gekommen sind.«

Anerkennend hob Smart eine Braue. »Gesprochen wie eine geborene Detektivin, meine Liebe. In der Tat hatte ich für den heutigen Nachmittag ein ebensolches Gespräch mit Mr Wellington-Smythes Verlag auf dem Plan stehen. Die Sache mit Cole warf diesen dann aber ein wenig über den Haufen, weshalb ich noch nicht dazu kam. Aber das Label ...« Hier zog er die CD aus der Manteltasche, die Miss Jones ihm geschenkt hatte, und las. »... *Shiversound*, das gibt es nach wie vor, korrekt?«

Emma Jones hob die Schultern. »Na ja, die Hörspiele werden immer wieder neu aufgelegt. Von daher gehe ich mal davon aus.«

»Es ist allerdings kurz vor Weihnachten«, warf Smart ein. »Ob da noch jemand ist, mit dem wir sprechen könnten?«

Shepard schnaubte wieder. »CD-Verlag ... Sie haben vielleicht Ideen! Was soll da denn zu holen sein?«

»Eine gute Ermittlung lässt keine Richtung aus, werter Kollege«, gab Smart sanft zurück. »Da werden Sie mir gewiss zustimmen.«

»Na ja«, sagte Shepard und winkte ab. »Es ist Ihre Zeit, Inspector. Vergeuden Sie sie, wie immer Sie möchten.«

Smart wollte gerade etwas erwidern, da hörte er, wie jemand hinter ihm die kleine Dorfwache betrat. Instinktiv drehte er sich um ... und riss die Augen auf. »Sie?«, keuchte er.

Der Mann im schwarzen Rollkragenpulli sah ihn an, als wäre er der Krampus persönlich. Dann wirbelte er herum und rannte aus dem Gebäude.

KAPITEL 17

Das Licht der Straßenlaternen spiegelte sich im Wasser der Themse. Es half, die Dunkelheit in ihre Schranken zu weisen, die über London gekommen war. Doch gegen die Kälte, die insbesondere vom Fluss her in die Straßen zog, war auch das Licht machtlos.

James Dunkirk schlug den Kragen seines Mantels höher und beschleunigte seinen Schritt. Verfluchter Winter! Dass es dann immer so früh dunkel werden musste! So spät war es doch noch gar nicht, allerhöchstens ... Er warf einen Blick auf die Rolex an seinem Handgelenk, ein Geschenk seiner aktuellen Gattin, und grunzte ungehalten.

»Gerade erst halb sechs«, murmelte er so anklagend, als wollte er sich bei Mutter Natur beschweren. »Sag ich doch, alles viel zu früh.«

Er war eher aus dem Büro gegangen als sonst, um noch beim Juwelier vorbeizuschauen. Die Halskette war der Wunsch seiner aktuellen Gattin gewesen, und Dunkirk hatte sie endlich besorgen wollen – als Geschenk für den Weihnachtsmorgen. Beim Blick auf den Preis hatte er allerdings gleich doppelt geschluckt.

Vielleicht wird es wirklich *Zeit,* dachte er nun wieder, *die Sache mit Corinne zu beenden. Sie nervt nicht nur, sie wird auch von Jahr zu Jahr teurer.*

Dunkirk grunzte wieder. Die Kette ließ sich bestimmt

problemlos zurückgeben, aber welcher Scheidungsanwalt hatte jetzt noch Dienst? Waren die nicht längst im Weihnachtsurlaub, zumindest die guten?

Es war immer das Gleiche mit den Frauen. So schön so eine Ehe anfangs auch war, am Ende lief es auf dasselbe hinaus. Und das war im besten Fall gegenseitige Ignoranz.

Wobei beste Fälle ausgesprochen rar gesät sind, wusste er.

Als CEO von *Shiversound Records* war der Neunundvierzigjährige gut im Geschäft. Das Label warf regelmäßig schöne Profite ab, und Dunkirk hatte früh darauf geachtet, dass nicht alle diese Profite in den Büchern standen. Ein Teil dieses offiziell nie eingenommenen Firmengeldes hatte ihm sein Häuschen in den Cotswolds finanziert, ein anderer Teil den Pilotenschein nebst zugehöriger Cessna. Niemand wusste von diesen geheimen Geldströmen. Niemand außer ihm und seiner aktuellen Gattin.

»Ein Grund mehr für einen guten Anwalt«, murmelte er. »*Nach* den Feiertagen.«

Leichter Regen setzte ein und trieb seine Laune noch weiter in den Keller. Nicht zum ersten Mal sah Dunkirk sich nach einem freien Taxi um, und erneut tat er es vergebens. Wo waren die denn plötzlich? Normalerweise stolperte man in dieser elenden Stadt nur so über die schwarzen Wagen, und jetzt ließ sich kein Einziger blicken. War das eine Verschwörung? Hatten die »Cabbies« sich mit dem Winter verbündet, um ihn in den Wahnsinn zu treiben?

»Okay, das klingt definitiv wahnsinnig«, tadelte er sich, während kalte Regentropfen seinen Nacken hinabliefen. »Ich muss dringend ins Warme. Das Wetter tut mir nicht gut.«

Einen halben Herzschlag später klingelte sein Handy. Dunkirk stutzte. Wer in aller Welt rief denn jetzt noch an, noch dazu auf der Mobilnummer? Das Büro wusste es jedenfalls besser. Immerhin hatte Dunkirk schon Mitarbeiter aus weit nichtigeren Gründen fristlos entlassen. War es die aktuelle Gattin?

Na toll, seufzte er innerlich. *Der Abend hat nicht mal richtig angefangen und steigert sich von Minute zu Minute.*

Ob er einfach springen sollte, gleich hier in die Themse? Stattdessen blieb er stehen und zückte das Telefon. Auf dem Display prangte eine ihm völlig fremde Nummer.

»Ja?«, meldete er sich ebenso knapp wie schroff.

Im ersten Moment hörte er nichts am anderen Ende der Leitung. Im zweiten meldete sich eine Männerstimme.

»Mr James Dunkirk? Sind Sie das zufällig, mein Bester?«

Dunkirk runzelte die Stirn. Er begegnete vielen Menschen in seinem Beruf, doch diese Stimme war ihm völlig fremd.

»Wer spricht da?«

Der Fremde klang amüsiert. »Ein Freund, Mr Dunkirk. Jemand aus Ihrem Club, der auch der meine ist. Ich fürchte, wir sind uns dort nie persönlich begegnet, aber man sagt mir, wir frequentieren ihn beide mit schöner Regelmäßigkeit.«

Ach, daher wehte der Wind! Dunkirk ging seit Jahren in den Club, mindestens einmal pro Woche, und es kam gelegentlich vor, dass andere Mitglieder sich erdreisteten, ihn um einen Gefallen zu bitten. Meist waren es Menschen, die sich oder irgendwelche Familienmitglieder für den nächsten Ed Sheeran oder die zweite Adele hielten und dachten, sie könnten von seinen Kontakten in der Musikindustrie profitieren – so unter Club-Brüdern, nicht wahr?«

Doch Dunkirk ließ sie regelmäßig damit auflaufen. Er war nicht im Club, um ein Netzwerk zu pflegen. Erst recht nicht, um dreiste Idioten zum Erfolg zu führen. Wann immer ihm jemand auf die Tour kam, zeigte er der Person die eiskalte Schulter und trug dem Personal des Clubs auf, sie nie wieder in seine Nähe zu lassen. Der Anrufer schien aus ganz ähnlichem Holz geschnitzt zu sein.

»Hören Sie, Freundchen«, begann der CEO knurrend. »Ich weiß nicht, was Sie sich von diesem Telefonat erhoffen, aber Sie irren auf ganzer Linie. Ich will und werde Ihnen nicht helfen – und erst recht nicht Ihrer Tochter, Nichte oder Mätresse, verstanden? Nur weil wir denselben Club frequentieren, bin ich noch lange nicht Ihr Ticket zum Erf…«

»Was?«, unterbrach der Fremde ihn belustigt. »Um Himmels willen, nein. Sie verstehen mich völlig falsch, Mr Dunkirk. Ich bitte vielmals um Verzeihung. Ich will keinen Gefallen von Ihnen!«

Der Endvierziger stutzte. Regennasses Haar klebte an seiner Stirn, und auf der Straße, die kerzengerade neben der Themse entlangführte, konnte er kein einziges Taxi ausmachen. »Sondern?«

»Mein Name ist Robin Chandler, Sir. Ich rufe an wegen eines Künstlers, der bei Ihnen verlegt wird: Michael Wellington-Smythe.«

Chandler. Robin Chandler. Irgendetwas klingelte da bei ihm. Woher kannte er diesen Namen nur? Etwa doch aus dem Club?

»Mr Wellington-Smythe wurde bedauerlicherweise Opfer eines Mordes, und ich ermittle gemeinsam mit Chief Inspector Timothy Smart in der Sache.«

Das war es! Chandler und Smart, das waren diese Typen aus den Kriminalromanen, die die aktuelle Gattin ständig las. Dunkirk erinnerte sich dunkel, dass sie ihm mal erklärt hatte, es gebe die beiden wirklich.

»Chandler und Smart?«, wiederholte er ungläubig. Erst dann schlugen die übrigen Informationen bei ihm Wurzeln. »Und MWS ist tot?«

»Ich fürchte ja, Sir«, bestätigte Chandler. »Mr Dunkirk, hätten Sie vielleicht kurz Zeit für mich? Inspector Smart und ich wüssten gern, wie *Shiversound* zu Wellington-Smythe stand.«

James Dunkirk war die ganze Zeit über weitergegangen, stoisch am Themseufer entlang, und erreichte nun eine verwaiste kleine Bushaltestelle. Dort stellte er sich unter und sah missmutig dem Strom der Autos zu, die an ihm vorbeikrebsten.

»Na, von mir aus«, brummte er dabei. »Ein, zwei Minuten kann ich erübrigen. Was wollen Sie wissen, wie wir zu Michael stehen … oder standen?«

»Ganz genau, Sir«, erwiderte der Mann am anderen Ende der Leitung. »Gab es da zufällig böses Blut?«

Dunkirk lachte abfällig. »Na, Sie kommen vielleicht auf Ideen! Das Gegenteil war der Fall, Chandler. Michael zählt zu den besten Pferden in unserem Stall. Mit *Chiller Thriller* hat der einen echten Steady-Seller bei uns, der Jahr für Jahr solide Verkaufszahlen einbringt. Und das, obwohl seit einer gefühlten Ewigkeit keine neue Folge mehr erscheint.«

»Ist das ungewöhnlich? Dass ein älteres Werk noch immer so gut am Markt funktioniert?«

»Machen Sie Witze?« Wieder musste Dunkirk lachen. »Der Markt ist so kurzlebig wie eine Eintagsfliege, und er vergisst sie schneller als ein Goldfisch. Da hält sich wenig länger als ein paar Monate. Es sei denn, Sie liefern einen solchen Dauerbrenner ab wie Michael damals. Die *Chiller Thriller* laufen wie geschnitten Brot, nach wie vor. Die legen wir regelmäßig neu auf.«

»Und Wellington-Smythe war prozentual an den Einnahmen beteiligt, korrekt?«

»Sicher, und zwar nicht zu knapp. Der hat sich nie beschwert, das kann ich Ihnen versichern.«

Chandler brummte leise. Es klang nachdenklich. »Wissen Sie, wie es jetzt weitergeht mit den Hörspielen? MWS lebt nicht mehr und hat, so unser Kenntnisstand, keinerlei Erben. Was wird nun aus den nicht zu knappen Prozenten?«

»Pfff.« Dunkirk hob die Schultern, obwohl sein Gesprächspartner es nicht sehen konnte. »Sie fragen vielleicht Sachen. Ich schätze, das regeln die Nachlassverwalter oder so. Was es auch sein wird, es geht seinen geregelten Gang. Da habe ich keinen Zweifel. *Shiversound* wird die Hörspiele weiterhin im Sortiment führen, das hatten Michael und wir schon vor Jahren so festgelegt. Und solange wir sie auflegen, wird Michaels Anteil auch immer brav ausbezahlt – an ihn selbst oder eben an die Personen oder Stellen, die er testamentarisch bedacht hat. Wissen Sie, ob ein Testament vorliegt, Chandler?«

»Nicht, dass ich wüsste, leider«, antwortete der Mann aus dem Club. »Er hat wohl nicht mit seinem baldigen Ableben gerechnet.«

»Wer kann's ihm verdenken?«, murmelte Dunkirk. *Wenn ich nicht bald ein Taxi sehe*, dachte er dabei, *ist mein eigenes Ende allerdings auch nicht mehr weit entfernt. Brrr, ist das eisig.*

Fröstelnd stapfte er von einem Bein aufs andere und zurück. Erste Nebelschwaden kamen von der Themse herüber, und über das stete Brummen der Pkw vor sich hinweg konnte er das Geläut von Big Ben hören. Achtzehn Uhr, und er war immer noch unterwegs. Alles wegen Weihnachten!

»Sonst noch Fragen, Mr Chandler?«, sagte er. »Falls nicht, bräuchte ich die Leitung nämlich, um einem Taxiunternehmen mal gehörig die Hölle heißzumachen und …«

»Eins noch, wenn Sie gestatten«, bat der Angesprochene. »Gab es in der Geschichte Ihrer geschäftlichen Verbindung zu MWS je böses Blut? Misslungene Vertragsverhandlungen oder dergleichen? Unzufriedenheit mit einer Neuauflage? Was immer Ihnen da in den Sinn kommt, Mr Dunkirk. Gab es da etwas ... und vielleicht auch in jüngerer Zeit?«

»Bedaure«, antwortete der CEO leicht abwesend. Er hatte tatsächlich ein Taxi entdeckt, einige Meter entfernt im Verkehr. Winkend wie ein Verrückter trat Dunkirk nun aus dem Schutz der Bushaltestelle und auf die Straße, wobei er beinahe unsanfte Bekanntschaft mit einem langsam vorwärts rollenden Vauxhall gemacht hätte. Dessen Fahrer hupte wütend, bremste aber gerade noch rechtzeitig.

»Alles in Ordnung bei Ihnen?«, erkundigte Chandler sich.

»Ja doch«, schimpfte Dunkirk, wobei er selbst nicht wusste, ob er den anderen Mann am Telefon oder den im Vauxhall damit meinte. »Um Ihre Frage genauer zu beantworten, Chandler: Da gab es kein böses Blut. Keins, von dem ich wüsste. Michael wurde bei uns stets fair behandelt, und das wusste er auch. Er war einer unserer größten Goldesel. Die fassen Sie mit Samthandschuhen an, jedenfalls in meiner Branche. Sie finanzieren Ihnen nämlich den ganzen anderen Kram mit, der nur so mittelgut läuft. Jemanden wie Michael hält man in Ehren.«

Er hatte das Taxi erreicht, das tatsächlich noch frei war. Die Pakistani am Steuer machte große Augen, als Dunkirk auf sie zutrat und an ihre Scheibe klopfte, deutete dann aber auffordernd auf ihren Rücksitz – eine stumme Einladung. Dunkirk stieg sofort ein.

»Wenn das so ist«, sagte Chandler, »dann hätte ich nur noch eine letzte Kleinigkeit, Mr Dunkirk. Ich muss das fragen, das verstehen Sie hoffentlich?«

Der CEO lachte ungläubig und lehnte sich im Sitz zurück. Das Innere des Taxis war angenehm warm. »Wo ich zur Tatzeit war? Meinen Sie das?«

»Klingt wie ein Klischee, nicht wahr?«, stimmte Chandler zu. »Aber Sie wären überrascht, wie oft uns Fragen wie diese tatsächlich weiterhelfen.«

»Dann gebe ich Ihnen gern eine Antwort«, sagte er. »Sobald ich weiß, wann diese Tatzeit überhaupt war, heißt das.« Er beugte sich kurz vor und gab der Pakistani seine Hausanschrift in Notting Hill.

Sie nickte stumm und konzentrierte sich wieder auf den nur zäh fließenden Verkehr.

Chandler nannte ihm parallel die betreffende Zeit. »In einem Hotel im Lake District, um genau zu sein. Little Puddington?«

»Nie gehört«, brummte Dunkirk. »Ich war und bin nach wie vor in London, Chandler. Bei Tag kann Ihnen mein Büro das bestätigen, bei Nacht meine aktuelle Gattin.«

Nun war Chandler es, der lachte. »›Aktuelle‹? Das klingt so ... Nun ja. So endlich.«

»So war es auch gemeint«, erwiderte der CEO. »Also, zur Tatzeit war ich zu Hause und habe geschlafen. Und Sie? Sie sind jetzt gerade in diesem Hotel im Nichts, ja?«

»Nicht direkt, Sir«, antwortete Chandler.

Dann beschrieb er James Dunkirk seine derzeitige Umgebung.

Der Chef von *Shiversound Records* riss ungläubig die Augen auf.

Smart riss ungläubig die Augen auf. Dann rannte er dem Rollkragen hinterher. »Stehen bleiben!«, rief er dabei. »Polizei!«

Der Fremde war bereits auf dem Bürgersteig und hechtete die Straße hinunter, blieb aber wie angewurzelt stehen, als Emma Jones hinter Smart ebenfalls ins Freie eilte und einen Warnschuss in die Luft absetzte.

Anklagend sah Smart zu ihr.

»Hat gewirkt, oder?«, erwiderte sie schulterzuckend. Dann deutete sie voraus.

Tatsächlich war der Flüchtende vor Schreck stehen geblieben. Ängstlich hob er die Hände und drehte sich langsam zu den beiden Ermittlern um.

»Nichts für ungut, ja?«, bat er mit leichtem Zittern in der Stimme. »Ich musste es versuchen.«

Was genau?, dachte Smart.

Mit einem Mal spürte er das Kribbeln wieder – wie so oft, wenn ein Fall eine entscheidende Wendung zu nehmen schien. Er trat vor und nahm den Fremden am Arm. »Mein Name ist Timothy Smart, das ist Miss Jones. Wir hätten ein paar dringende Fragen an Sie, Sir.«

»B…bedaure«, stammelte der Angesprochene. »Ich habe eigentlich einen Termin.«

»Der kann warten«, erklärte Emma Jones und hielt Smart und dem Fremden einladend die Tür der kleinen Dorfwache auf. »Kommen Sie?«

Inspector Smart wartete gar nicht erst auf eine Erwiderung des Mannes und führte ihn einfach ins Innere des Gebäudes. Einmal mehr nahm er den Mann dabei in Augenschein.

Der Fremde musste Mitte fünfzig sein. Er hatte ein leicht teigig wirkendes Gesicht mit angegrauten Bartstoppeln und krauses, kurzes Haar, das am Hinterkopf längst dünn geworden war. Seine Augen waren ebenso blau wie wach, sein Körper von durchschnittlichem Wuchs. Zu dem Rollkragenpullover trug er ein dunkles Jackett und eine schwarze Jeans mit breiter Gürtelschnalle. Seine Schuhe sahen teuer aus und hätten Robin Chandler gewiss gefallen.

»Was in aller Welt treiben Sie denn da draußen?«, fragte

Constable Shepard gerade. Mit großen Augen kam er auf die übrigen Personen zu. »Hat da wer geschossen?«

»Mein werter Constable«, sagte Smart statt einer Antwort, »darf ich Ihnen einen meiner Hauptverdächtigen vorstellen? Das ist Mr …?«

»F…Firth«, stammelte der Mittfünfziger. »Nigel Firth. S… Sagten Sie gerade ›Hauptverdächtiger‹?«

»Hier entlang, Sir«, forderte Jones ihn auf. Sie deutete auf das kleine Verhörzimmer rechts vor der Arrestzelle. »Setzen wir uns und reden darüber.«

Firth wirkte benommen. Wehrlos ließ er sich in den fensterlosen Raum führen. Dieser war, wie Smart sofort erkannte, schon lange nicht mehr als Verhörzimmer genutzt worden und glich weit eher einer geräumigen Abstellkammer. An den Wänden türmten sich diverse Kisten und alte Aktenschränke, in den Ecken regierten die Spinnweben. Doch in der Mitte des Raumes standen ein Tisch und einige Stühle.

Smart bugsierte Firth auf einen von ihnen und nahm ihm gegenüber Platz. Jones setzte sich neben den Inspector, während Shepard im offenen Türrahmen stehen blieb und demonstrativ die Arme vor der Brust verschränkte.

»Sie haben mir zu denken gegeben, Mr Firth«, begann der Inspector. »Drüben im *Ravenhurst Resort*. Sogar mehrfach!«

Firth blinzelte. »Ach ja?«

»Sie sind schon einmal vor mir weggelaufen, richtig?« Smart beugte sich vor und legte die Unterarme auf den Tisch. »Durch dicksten Schnee in den Wald. Alles nur, um … Ja, um was?«

»Um nicht gefasst zu werden?«, schlug Emma Jones vor.

»Ach, das meinen Sie.« Firth tat unbeeindruckt, schluckte aber merklich. »Das tut mir leid. Wollten Sie mit mir sprechen?«

»Vor allem will ich wissen, wer Sie sind, Sir«, antwortete Smart. »Und warum Sie sich in der Nähe von Mr Wellington-Smythe aufhielten. Ich sah Sie am Abend des Gala-Dinners. Sie standen am Rand des Geschehens und starrten den Mann an, als warteten Sie auf etwas. Oder als fragten Sie sich, was Sie seinetwegen tun sollten.«

»Ich?« Firth leckte sich über die Lippen. »Das muss ein Irrtum sein, Inspector. Was hätte ich denn tun sollen?«

»Gute Frage«, erwiderte Jones mit grimmigem Knurren. Dann riss sie die Augen auf, und ihre detektivische Entschlossenheit wich purer Verblüffung. »Moment mal. Nigel Firth? Doch nicht etwa *der* Nigel Firth?«

Nun war Smart es, der blinzelte. »Sie kennen ihn?«

»Ich fasse es nicht«, murmelte die junge Frau. »Das ist einer der Schauspieler. Einer von MWS' Stamm-Ensemble. Nigel Firth hat bei *Chiller Thriller* in mehr als zwei Dutzend Folgen mitgewirkt – immer in anderen Rollen. MWS nutzte Leute, mit denen er gut konnte, gerne mehrfach. Ich hätte ihn eigentlich gleich erkennen müssen, aber ...«

»Die Stimme altert«, erklärte Firth. Er wirkte noch immer besorgt, klang nun jedoch auch ein wenig geschmeichelt. »Nicht nur der Körper. Leider. Und genau genommen waren es einundzwanzig Episoden. Nur Ruby Bleekman, Gott hab sie selig, kam noch öfter zum Zug als ich.«

»Ich fürchte, ich verstehe nicht ganz«, versuchte Smart, die Fülle an neuen Informationen zu sortieren. »Sie sind einer der Sprecher von *Chiller Thriller* ...«

»Schauspieler, Inspector«, korrigierte Firth mit sanfter Strenge. »Bitte sehr. Sprecher lesen die Nachrichten vor, Hörspiele bedürfen aber ausgebildeter Schauspieler!«

»Einer der Schauspieler dann eben«, gab Smart nach. »Und ... Sie kannten Wellington-Smythe von früher?«

»Muss ja wohl«, warf Emma Jones ein. »Darauf wäre ich nie gekommen, ganz ehrlich. Ausgerechnet Nigel Firth ist der Mörder von ...«

»Mörder?« Firths Gesicht wurde wieder blass. »Nein, nein, bitte! Ich habe Michael beobachtet, das stimmt. Da war ich allerdings nicht der Einzige, das versichere ich Ihnen! Ich bin nicht der Mörder!«

»Sondern?« Smart kniff die Lider enger zusammen. Sosehr er sich auch anstrengte, er wurde doch noch nicht schlau aus diesem Mann. »Was suchen Sie hier, Mr Firth – noch dazu ausgerechnet jetzt?«

»Ich ...« Der Schauspieler seufzte. »Ich wollte zu Michael. Das stimmt. Ich wollte ihn sehen, ihn sprechen.«

»Ihn töten?«, schlug Shepard vor.

Es war das Erste, was er seit Betreten des Verhörzimmers überhaupt gesagt hatte. Smart entging auch nicht, dass er durch diese simplen zwei Worte selbst zugab, dass auch er sich Firth – und nicht bloß Chandler – als Täter vorstellen konnte.

»Ich habe ihn nicht getötet, verdammt!« Nigel Firth fuhr sich durch das kurze Haar. »So hören Sie doch. Ich wollte ihn nur sprechen. Ihm sagen, dass ...«

Abermals setzte Schweigen ein. Was immer dem Mann auf der Zunge liegen mochte, es wollte nicht über seine Lippen.

»Wenn Sie möchten, dass wir an Ihre Unschuld glauben«, erwiderte Smart, »dann müssen Sie uns schon überzeugen, Sir. Mit Fakten. So, wie ich die Sache sehe, waren Sie nachweislich im *Ravenhurst* – vor und nach dem Mord. Und Sie sind nachweislich geflüchtet, als ich Ihren Weg gekreuzt habe. Mehrfach! Es fällt schwer, Sie da *nicht* zu verdächtigen.«

»Weshalb wollten Sie MWS sprechen?«, stimmte Miss Jones ein. »Doch bestimmt nicht, um von alten Zeiten zu schwärmen.«

Firth schnaubte. »Wohl kaum«, murmelte er dabei. Dann wurde er ernst. »Ist Ihnen der Begriff ›Typcasting‹ vertraut, Herrschaften? Wissen Sie, was man darunter versteht? ›Typcasting‹ bedeutet, dass ein Schauspieler dermaßen eng mit einer ganz bestimmten Rolle oder einem Rollentyp in Verbindung gebracht wird, dass ihn kaum noch jemand für andere Figuren in Erwägung zieht. Klar? Man wird gar nicht mehr angefragt für andere Rollen. Weil alle – auch und vor allem die Entscheider in den Besetzungsagenturen – diese eine Rolle in Ihnen sehen und nichts anderes.«

»*Star Trek*«, sagte Shepard.

Smart hob verwundert eine Braue.

»Wie bei *Star Trek*«, wiederholte der Constable zu seiner Überraschung. »Ich kenne den Begriff, Inspector. Von den alten *Star-Trek*-Mimen aus den 1960ern. Die wurden auch so dermaßen mit ihren Serienfiguren verbunden, dass niemand sie mehr für andere Projekte besetzen wollte. Einmal Captain Kirk, immer Captain Kirk.«

Smart und Jones wechselten einen ebenso ungläubigen wie amüsierten Blick. Barton Shepard, ein Trekkie?

»Wenn Sie das sagen, werter Kollege«, entgegnete der Inspector dann.

»Das!« Firth nickte so fest, als müsste gleich sein Kopf abfallen. »Genau das meine ich. Typcasting. Das ist Gift für Ihre Karriere, Inspector. Pures Gift. Das wünsche ich meinem ärgsten Feind nicht.«

»Und wo ist da jetzt der Zusammenhang?«, wunderte sich Emma Jones. »MWS hat Sie doch für alles Mögliche besetzt. Im *Henker von Ipswich* waren Sie der Detektiv, bei *Nacht über*

Dunnemore der Leibhaftige persönlich. In Folge siebzehn haben Sie den ...«

»Es waren Rollen in der immer gleichen Serie«, unterbrach Nigel Firth sie in anklagendem Ton. Je weiter er sprach, desto lauter wurde er nun, fast schon schrill. »Immer wieder *Chiller Thriller*. Und Sie können sich gar nicht vorstellen, wie anstrengend das sein kann, ständig auf diese eine Produktion reduziert zu werden! Wie es nervt, wenn man nur deswegen auf Sie zukommt, falls denn überhaupt. Wissen Sie, Miss Jones, was ich *vor* diesen elenden Hörspielen gemacht habe? Na? Shakespeare habe ich gespielt, in York und in Leeds. Den *Marlowe* haben wir in Burnley gegeben, zu wirklich großem Applaus, *Edward II.* in ungekürzter Fassung. Ich hatte Charakterrollen! Ich war Künstler!«

Der letzte Satz war der reinste Klageschrei. Lange hallte er von den Wänden des Verhörzimmers wider.

»Und heute?«, murmelte Shepard trocken. »Heute sind Sie 'n Affe, hm?«

Firth schien ihn vor lauter Entrüstung gar nicht gehört zu haben. »Ich hatte Chancen«, fuhr er fort, seufzend und nun wieder deutlich gefasster. »Damals hatte ich noch welche. Aber wissen Sie, was ich heute spiele, Miss Jones? Womit ich heutzutage mein Geld verdiene?«

Ehe Smart nachhaken konnte, hatte Emma Jones bereits ihr Mobiltelefon gezückt. Mit flinken Fingern tippte sie auf dem Display herum. »Das würde mich tatsächlich interessieren«, sagte sie dabei – und hob keine zwei Sekunden später überrascht die Brauen. »Panto! In Blackpool!«

»Panto«, bestätigte Firth brummend. Dabei deutete er ein Nicken an, das darin endete, dass er den Kopf auf dem Tisch unter den Armen vergrub. »Panto in Blackpool ...«

Smart verstand. Mit einem Mal wusste er, was los war.

Anders als der Constable. »Was ist denn schlecht an Panto?«, wunderte sich Shepard. »Ich finde das immer ausgesprochen lustig – vor allem jetzt im Advent.«

»Es ist nicht gerade die anspruchsvollste Theaterarbeit, die man sich vorstellen kann«, wusste Miss Jones. »Mehr Spektakel als Kunst.«

Das kam hin, fand der Inspector. Panto – oder Pantomime Theatre – hatte eine lange Tradition im Vereinigten Königreich und war von *Hamlet, König Lear* und Konsorten in etwa so weit entfernt, wie es *McDonald's*-Filialen oder die Fish-and-Chips-Bude am Stadion von einem Sternerestaurant war. Insbesondere um die Weihnachtszeit herum waren die grellbunten Panto-Shows mit ihrer Publikumsbeteiligung, ihren bewusst geköderten Zwischenrufen und ihrem allgemeinem Rummelplatzcharakter sehr beliebt und zogen ein Publikum an, das Altersgrenzen ebenso sprengte wie Bildungsklassen.

Wer zum Panto ging, der wollte keine Hochkultur erleben, sondern einfach einen witzigen Nachmittag haben und Schneewittchens böser Stiefmutter oder eben dem weihnachtsdiebischen Grinch aus voller Kehle entgegenbrüllen dürfen, dass sie fiese Fieslinge waren. Für Panto brauchte es keinen Schulabschluss und erst recht keine literarischen Vorkenntnisse. Panto machte Spaß.

Letzteres aber vor allem den Zuschauern. Smart wusste, dass Panto-Theater, die nicht selten jeden einstellten, der seinen Text fehlerfrei aufsagte, mitunter der letzte Strohhalm für strauchelnde Schauspieler waren. Wer nirgendwo sonst mehr Engagements fand, der spielte Panto, zwängte sich ins Kostüm des Grinch oder des Krampus und ließ sich eine adventliche Spielzeit lang bei zehn Vorstellungen pro Woche von angetrunkenen Zuschauern anschreien. Wer Panto spielte, war nicht selten am Bodensatz dessen angelangt, was die Karriere hergab – zumindest dann, wenn er eigentlich mal eine solche gehabt hatte.

Oder es sich einredete.

Firth hob nun wieder den Kopf. »*Darüber* wollte ich mit Michael sprechen.« Klagend sah er Smart an. »Dass seine elende Serie mich für alle Zeiten verdorben hat. Dass ich überall der Hörspielonkel bin, dem man den Macbeth nicht mehr abkauft. Wissen Sie, was das berufliche Highlight dieses Jahres für mich war, Inspector? Ein Vorsprechen für die Leiche in einer *Inspector-Barnaby*-Folge. Für die Leiche, gottverdammt! Für einen Typen, der einfach nur blutend auf dem Teppich liegt, während sich Neil Dudgeon über ihn beugt. Und nicht einmal *die* Rolle habe ich bekommen.«

»Sag ich ja«, murmelte Shepard. »Wie damals bei *Star Trek*.«

»Mr Firth«, begann Smart. »Ich weiß Ihre Offenheit zuschätzen. Und ich beginne zu verstehen, was Sie bekümmert.«

Nigel Firth lachte bitter.

»Doch Sie verstehen hoffentlich«, fuhr er fort, »dass diese Informationen Sie nicht gerade weniger verdächtig machen. Falls Sie das beabsichtigt haben, ist es leider nach hinten losgegangen.«

»Sie haben einen Groll gegen MWS gehegt«, sagte auch Miss Jones. »Sie nahmen ihm *Chiller Thriller* übel. Er gab Ihnen damals eine Rolle nach der anderen, und Sie undankbarer Tropf sind heute deswegen zornig.«

»Ich bin kein Mörder!«, beharrte Firth.

»Sie haben die Flucht ergriffen, als Inspector Smart auf Sie zukam!«, beharrte sie.

»Ja, weil ich genau diese Situation hier vermeiden wollte!«, gab er sofort zurück. »Dieses schreckliche Missverständnis! Ich wollte nicht, dass Sie mich als Täter auch nur in Erwägung ziehen. Das wäre reine Zeitverschwendung – für Sie *und* mich. Ich ... habe einen Ruf zu verteidigen, ja? Ich wollte unsichtbar sein.«

Das wollen Mörder meistens, dachte Smart grimmig.

Firth atmete tief durch. »Ja, ich war zornig – bin ich nach wie vor. Sie verstehen das nicht, aber Michaels dumme kleine Radioshow hat meine Karriere ruiniert.«

Das war es, oder? Smart nickte kaum merklich. Er fand diesen Firth ganz schön ungerecht. Und vielleicht auch noch mehr.

»MWS kann nichts dafür«, erklärte Emma Jones, »wie es heute um Sie bestellt ist!«

Firth lachte wieder, und noch immer humorlos. »Sag ich ja. Sie verstehen das nicht.«

»Sei es, wie es sei«, versuchte Smart es salomonischer. »Was genau erhofften Sie sich denn von dem Gespräch mit ihm, Sir? Und wie reagierte Mr Wellington-Smythe auf Ihr Erscheinen?«

»Gar nicht«, erwiderte Firth schnaubend. »Er hat nie auch nur Notiz von mir genommen. Zugegeben: Mir hat auch der Mut gefehlt, einfach auf ihn zuzugehen. Sehen Sie, Inspector, ich war ihm seit den Nuller-Jahren nicht mehr begegnet. Als ich las, dass er hier auf dieser Convention auftreten würde, da stieg ich spontan ins Auto und fuhr her. Ich sah eine Chance, ihm endlich die Meinung zu geigen. Aber irgendwie ... Ich war zu feige, es durchzuziehen. Ich habe nur dagestanden und zu ihm hinübergeglotzt wie der letzte Dorftrottel.«

»Und das sollen wir Ihnen glauben?« Jones klang nicht gerade überzeugt. »Wo waren Sie in der Nacht, als MWS starb? Sagen Sie uns lieber das, Mr Firth. Und ich hoffe um Ihretwillen, dass Sie Zeugen dafür haben.«

Er schüttelte den Kopf. »Ich bin in einem Bed & Breakfast untergebracht, drüben in Plumswitch. Da sieht mich niemand kommen und gehen.«

»Bei der alten Theodosia Bellington in Plumswitch?« Shepard lachte spöttisch. »Na, das glaube ich gern. Da steigt doch schon seit Ewigkeiten niemand mehr ab. Bettwanzen, Inspector. Und auch sonst nicht viel Sinn für Hygiene.«

»Plumswitch liegt etwa zwanzig Autominuten von hier entfernt«, warf Emma Jones erklärend ein. »Winziges Kaff, noch kleiner als unseres.«

»Bettwanzen sind mir keine begegnet«, sagte Firth. »Aber ansonsten liegen Sie nicht falsch. Mrs Bellington ist mir exakt einmal über den Weg gelaufen: am Donnerstag, als ich eingecheckt habe. Seitdem bin ich weg, bevor sie morgens aufsteht, und komme erst zurück, wenn sie schon die Lichter aus hat. Da gibt es also niemanden, der mir ein Alibi geben könnte, fürchte ich. In der erwähnten Nacht war ich aber trotzdem dort. In Mrs Bellingtons Gästezimmer im ersten Stock. Ich habe geschlafen wie ein Baby und erst von dem Mord erfahren, als ich morgens zurück zur Convention gekommen bin.«

Smart biss sich auf die Unterlippe. Die Aussage des Schauspielers ließ sich allein durch dessen Worte nicht belegen, dennoch klang sie plausibel. Konnte er sie ihm glauben? Wollte er es überhaupt?

»Ich wollte Michael nicht töten, Herrschaften«, betonte Firth so passgenau, als läse er Smarts Gedanken. »Das war nie mein Ziel, selbstverständlich nicht! Ich hoffe, das ist klar.«

Nein, dachte der Inspector grimmig. *Klar ist hier absolut gar nichts.*

Sie unterhielten sich noch eine kleine Weile – über Firths Werdegang und Herkunft. Doch sie kamen auf keinen grünen Zweig. Die entscheidenden Informationen, das spürte Smart, waren längst genannt worden. Nun lag es an ihm, sie auf ihren Wahrheitsgehalt zu überprüfen.

»Wie lange sind Sie noch in der Gegend, Mr Firth?«, fragte er schließlich.

Der Schauspieler lächelte traurig. »Ehrlich gesagt, wollte ich schon längst wieder aufgebrochen sein. Ich weiß gar nicht, was mich noch immer hier hält. Erst bringe ich es nicht über mich, Michael anzusprechen, und dann ... Sein Tod hat alles verändert, nicht wahr? Irgendwie bin ich noch hier, weil ich sehen will, was passiert. Was aus ihm wird, sozusagen, aus seinem tragischen Ableben. Ich will das Ende dieser Geschichte mit eigenen Augen sehen.«

»Da trifft es sich gut«, fand Smart, »dass ich Sie bitten möchte zu bleiben. Ich gestehe offen, dass mich Ihre Aussage allein noch nicht überzeugt hat, Mr Firth. Halten Sie sich also verfügbar, falls Miss Jones, Constable Shepard und ich weitere Fragen an Sie haben sollten.«

Anfangs hatte Shepard sich ja jegliche Einmischung in die Ermittlung verboten. Inzwischen, fand Smart, war er aber sicher dankbar für die Hilfe. *Und falls nicht*, dachte er erleichtert, *dann behält er es wenigstens für sich ...*

»Oder falls wir mit einem Haftbefehl kommen«, murmelte Emma Jones. Auch sie wirkte nicht überzeugt von Nigel Firths Unschuld. »Und denken Sie gar nicht erst daran zu verschwinden, klar? Wir finden Sie. Zur Not auch beim Panto!«

Firth sah sie so entsetzt an, als wäre sie der Teufel in Menschengestalt.

KAPITEL 18

Leise Weihnachtsmusik klang aus verborgenen Lautsprechern, als Mildred Smart die Umkleidekabine betrat.

Puh, dachte die Gattin des Inspectors und wischte sich einmal mehr mit dem Handtuch über die Stirn. *So ein Dampfbad kann erstaunlich anstrengend sein.*

Sie hatte den ganzen Nachmittag mit Wellness und Sport verbracht. Unter der fachmännischen Anleitung der *Ravenhurst*-Angestellten war sie im hauseigenen Hallenbad ihre Bahnen geschwommen, hatte sich in den Schlamm eines Moorbads gelegt und sich von einer breitschultrigen Matrone mit schottischem Akzent den Rücken und die Schultern massieren lassen.

Nach einem gesunden Snack, der aus Nüssen, Datteln und etwas Tee bestanden hatte, war sie dann zu den Fitnessgeräten weitergezogen und hatte eine knappe Stunde mit Egym und auf dem Laufband durchgebracht. Als auch das überstanden war, hatte die Saunalandschaft auf sie gewartet.

Mildred staunte einmal mehr, wie umfangreich die Angebote im *Ravenhurst Resort* waren. Für ein Hotel mitten im Nirgendwo ließen sie nichts zu wünschen übrig und konnten sich mühelos mit denen einiger Londoner Häuser messen.

»Wenn ich das Lil sage«, murmelte sie, »dann platzt die vor Stolz. Und warum auch nicht? Verdientes Lob ist verdient.«

Die Umkleide war menschenleer. Das überraschte Mildred nicht, schließlich hatte sich der gesamte Wellnessbereich schon seit Stunden immer mehr geleert. Vielleicht war sie inzwischen sogar die einzige Person hier unten im Keller? Es klang möglich.

»Die wollen alle pünktlich beim Dinner erscheinen«, ahnte sie. »Deshalb die Eile.«

Mildred hatte es aber kein bisschen eilig. Auch das gehörte ja schließlich zur Wellness dazu, oder? Dass man tat, was getan werden musste, und sich dabei nicht hetzte? Hektische Erholung war Hektik, keine Erholung.

Seufzend ließ sie sich auf einer der schmalen Holzbänke nieder, die vor den Reihen der Schließfächer angebracht waren, und atmete durch. Ihr Badeanzug fühlte sich an, als wöge er Tonnen, und ihre Beine waren nach all der Anstrengung ganz schön müde. Was Timmy wohl gerade trieb? Und erst der arme Robin Chandler?

Wieder seufzte Mildred. Sie bedauerte sehr, was vorgefallen war, denn es brachte die beiden Männer um ihre wohlverdiente Auszeit. Chandler hätte es im *Ravenhurst* geliebt, da war sie sich sicher – allerdings eher oben in der Hausbar, nicht hier unten bei den Saunen.

Und ihrem geliebten Timmy hätten ein paar Tage gesunde Ernährung und Wellness gewiss auch gutgetan. Sie kannte ihn ja und wusste genau, dass er insbesondere an Weihnachten zu keiner Süß- und auch zu kaum einer anderen Speise Nein sagen konnte. Und dann noch all die kleinen Sherrys am Kamin …

»Du bist keine zwanzig mehr«, tadelte sie ihn oft, wenn er mal wieder von Bratensoße schwärmte, von dem Ale in seinem Lieblingspub oder von den Zimtsternen, die ihre Nachbarin Agatha jedes Jahr im Advent backte – angeblich nach dem Lieblingsrezept der Royals aus dem Buckingham Palace. »Dein Körper braucht weniger Ballaststoffe und mehr Gemüse.«

»Mein Körper«, erwiderte Timmy dann grinsend, »braucht diese Zimtsterne, gerade *weil* er keine zwanzig mehr ist. Mit zwanzig hat man doch vom Ernst der Welt noch gar keine richtige Ahnung. Erst als gestandener Mensch weiß man die kleinen Freuden des Alltags so richtig zu schätzen.«

Der Logik konnte selbst Mildred dann meist nichts entgegensetzen. Unterm Strich hatte Timmy ja recht. Es war nur schade, dass seine Gesundheit darunter leiden musste.

Noch immer war niemand sonst im Umkleidebereich erschienen. Er bestand aus einem schlauchähnlichen Flur, von dem die zwei quadratischen Zimmer mit den Spinden und Bänken ebenso abgingen wie der Bereich mit den Duschen und Toiletten. Mildred stand auf, öffnete den Spind hinter sich und entnahm ihm ihre Sachen. Dann rubbelte sie sich erneut mit dem Handtuch durch die Haare und ... stutzte.

Hatte da jemand gelacht? Es klang absurd, und doch war es ihr genauso vorgekommen – als hätte hinter ihr eine fremde Stimme kurz aufgelacht. Kurz und finster.

Fragend drehte sie sich um. Nichts und niemand zu sehen. Die übrigen Bänke waren frei, die Spinde geschlossen, und aus dem Flur waberten nur ein paar vermeintliche Nebelschwaden herüber. Sie stammten von einer der Duschen, die reparaturbedürftig war und sich nicht abstellen ließ. Die Düsen entließen pausenlos heißes Wasser, und der Nebel war in Wahrheit heißer Wasserdampf.

Höre ich jetzt schon Gespenster?

Mildred schüttelte den Kopf über sich selbst, griff nach ihrem Fön und ...

Da! Wieder ein Lachen, ganz eigenartig und gemein. Die bis zur Decke gefliesten Wände des Umkleidebereichs verstärkten es durch ihren Hall, und das stete Zischen der benachbarten Dusche ließ es noch seltsamer klingen. Fast wie das Lachen eines bösen Kobolds oder Trolls aus den Märchen ihrer Kindheit.

Abermals sah Mildred hinter sich. »Ist da jemand?«

Tatsächlich! Da erklangen Schritte. Ganz schnell und nur sehr kurz. Als wiche jemand ruckartig zurück, der – oder die – nicht gesehen werden wollte.

Ein Kind? Irgendein Dreikäsehoch, der sich einen Spaß erlaubte? Mildred bezweifelte es irgendwie. Kinder waren ihr im *Ravenhurst* so gut wie nirgends aufgefallen, und auch wenn sie die Stimme noch keinem Geschlecht zuordnen konnte, war sie sich doch ziemlich sicher, dass sie von einer erwachsenen Person stammte. Nicht von Lausbuben.

Tadelnd trat Mildred einen Schritt ins Innere des Raumes. »Hallo? Wer ist da?«

Keine Antwort. Sosehr sie sich auch anstrengte, sie hörte nur das Zischen des Wasserstrahls aus der Dusche. Ansonsten war da absolut nichts.

Dennoch fühlte sie sich beobachtet. Was hatte Timmy gesagt? Der Mörder war noch immer auf freiem Fuß? Es mochte übertrieben sein, gleich vom Schlimmsten auszugehen, aber irgendwie konnte Mildred nicht anders. In diesem Augenblick – und mit dem unabschüttelbaren Gefühl, dass man ihr heimlich zusah – kam es ihr vor, als stünde der Täter oder die Täterin nur wenige Meter von ihr entfernt. Als wäre die Person noch immer hier, mitten im *Ravenhurst Resort*, und auf neue Opfer aus.

»Ich weiß, wer Sie sind«, rief sie und hoffte, es klang mutiger, als sie sich fühlte.

Die Behauptung war natürlich reiner Unsinn. In Wahrheit hatte sie keinen blassen Schimmer von der Identität der Person – und wusste nicht einmal, ob sie überhaupt in der Nähe war. Aber Worte hatten Macht, und mächtigere fielen ihr auf die Schnelle nicht ein.

»Und Sie täten gut daran«, fuhr sie fort, wobei sie dem Durchgang zum schmalen Flur langsam näher kam, »zu wissen, wer *ich* bin. Mein Name ist Mildred Smart. Mein Mann leitet die Ermittlungen gegen Sie.«

Auch das war glatt gelogen. In Wahrheit hatte Timmy überhaupt nichts mit dem Fall zu tun, jedenfalls nicht im offiziellen Sinne. Barton Shepard war der verantwortliche Gesetzeshüter, und der hatte seine Schlüsse längst gezogen, auch wenn es die falschen waren.

Doch Mildred war nervös, wenngleich sie sich dafür hasste. Und mächtige Worte blieben mächtige Worte.

»Also seien Sie vernünftig, ja?«, sagte sie laut. »Machen Sie es nicht noch schlimmer für sich.«

Nun war sie am Durchgang angekommen. Das Zischen des Wassers kam ihr inzwischen viel lauter vor als vorhin, was natürlich blanker Unsinn war und an ihren überreizten Nerven lag. Und der Wasserdampf? Der hatte doch sicher auch nicht nennenswert zugenommen, oder?

Dennoch war sie fast blind, als sie den Kopf vorsichtig in den Flur herausstreckte und zur Seite sah. Was sie fand, waren nur dunstig-warme Schwaden und blank polierte Wandkacheln.

Und …

Da! Mildred keuchte auf, als sie die Bewegung registrierte. Ein dunkler Schemen huschte wenige Schritte vor ihr durch das Grau und verschwand gleich wieder im Schutz des Nebels.

Also spielte ihre Fantasie ihr doch keinen Streich. Ihr Instinkt lag genau richtig: Da war jemand!

Mildred hatte mit der Welt des Verbrechens nicht viel zu tun. Mord und Totschlag kannte sie im Grunde nur aus Robin Chandlers Büchern und aus den seltenen Fällen, bei denen Timmy etwas von der Arbeit erzählte. Sie war Hausfrau, weiter nichts, und das aus Leidenschaft. Ihr Umfeld war himmlisch übersichtlich und bestand im Grunde aus wenig mehr als Heim, Garten und dem gelegentlichen Plausch mit den Freundinnen aus der Nachbarschaft. So kannte und mochte sie es. Explizit so.

Und jetzt?

Sie schluckte. *Jetzt stehe ich einem Mörder gegenüber. Oder etwa nicht? Einem, der ganz genau weiß, dass er mir Angst macht. Weil es ihm exakt darum geht.*

Einmal mehr nahm Mildred all ihren Mut zusammen und ballte die zitternden Hände zu Fäusten. Sie ignorierte das wilde Pochen ihres Herzens, das lauter zu sein schien als das Zischen des Wassers, und das entsetzlich trockene Gefühl in ihrem Mund. Sie ignorierte die weichen Knie und die Unruhe in ihren Eingeweiden. So schnell sie nur konnte, trat sie auf den Flur und in die nebligen Schwaden – dorthin, wo der Schemen gewesen war.

Und aus dem Grau trat ein Mann!

Er hatte einen komplett kahlen Schädel und dichte dunkle Augenbrauen. Sein breitschultriger Leib steckte in einem weißen T-Shirt und einer blauen, weiten Arbeitshose. In den Händen führte er einen Wischmopp, mit dem er den feuchten Fußboden schrubbte, und in seinen Ohrmuscheln steckten Kopfhörer.

Als er Mildred bemerkte, hielt er inne und zog einen heraus. »Oh, Verzeihung«, sagte er. »Habe ich Sie gestört? Ich wische nur gerade, weil nicht viel los ist.«

»Ha…« Mildred schluckte wieder. Ihr Herzschlag normalisierte sich nur langsam. »Haben Sie zufällig eine weitere Person gesehen? Dort hinten, kurz vor den Duschen? Jemanden in dunkler Kleidung vielleicht?«

Denn eins war ihr sofort klar: Dieser Arbeiter war nicht die Gestalt, die sie suchte. Er hatte weder hämisch gelacht, noch war er schnell durch den Nebel gehuscht. Mit alldem hatte er nichts zu tun.

»Eine Person? Nee.« Der Mann – Mildred schätzte ihn auf Anfang vierzig – schüttelte den Kopf. »Hier war keiner, Madam. Garantiert nicht, das hätte ich gemerkt.«

Sie dankte ihm und ließ ihn weiter seiner Arbeit nachgehen. Mit seinen klaren Worten im Ohr kehrte sie zurück zu ihrem Spind und ihren wartenden Sachen. Sie *wollte* dem Mann glauben. Und im Grunde konnte sie es auch, oder? Alles, was sie gesehen oder gehört zu haben glaubte, mochte ein Hirngespinst gewesen sein, ein Spiel ihrer Fantasie und ihrer Nerven, getriggert durch die Leere des Wellnessbereichs, das Zischen und den Dampf, die Sorge um Timmy und den armen Robin Chandler. Es gab für all das eine logische, simple Erklärung, die ganz ohne Mörder auskam: Sie hatte einfach nur Gespenster gesehen. Der Mann mit dem Wischmopp bestätigte es ja sogar.

Und doch … Die Zweifel blieben. Mildred zog sich in Windeseile um und hielt sich auch nicht lange mit Fön und Spiegel auf. Als sie sich halbwegs präsentabel fand, ließ sie den Wellnessbereich sofort hinter sich und stieg die Kellertreppe des *Ravenhurst Resort* hinauf ins Erdgeschoss und zum Speisesaal.

Ob sie Timmy erzählen sollte, was passiert war? Sie erwog es ernsthaft, wischte den Gedanken dann aber beiseite, was ihr nun, da sie wieder unter Menschen war und im Licht, erstaunlich leichtfiel.

Es war nichts passiert, verdammt noch mal. Absolut gar nichts! Wenn sie ihm ihre Hirngespinste auftischte, würde er sich nur unnötig Sorgen machen. Und seine Gesundheit war auch so schon ein Problem.

»Und dann habt ihr ihn einfach gehen lassen?«

Es war fast zwanzig Uhr und allerhöchste Zeit fürs Dinner. Die Tische im festlich geschmückten Speisesaal des *Ravenhurst Resort* waren noch immer gut besetzt, der lange Büffettisch eine reine Augenweide. Die kleinen Kerzen am Weihnachtsbaum leuchteten, leise Instrumentalmusik drang aus verborgenen Lautsprechern, und eifrige Kellner schritten mit allerlei Getränketabletts durch den Raum, servierten hier und räumten dort nahezu lautlos ab.

Smart saß mit Mildred an einem besonders ruhigen Zweiertisch bei den Fenstern und sah sie über den Rand des Portweinglases an, das einer der Kellner soeben vor ihm abgestellt hatte.

»Was hätten wir sonst tun sollen?«, fragte er zurück. »Ich kann Mr Firth nichts nachweisen, zumindest bislang. Dass er sich verdächtig verhält, genügt da nicht. Wäre dem anders, hätte ich schon so manche Person hier in Little Puddington hinter Schloss und Riegel verfrachtet.«

»Ja, schon«, gab sie zu und stocherte mit der Gabel in ihrem Feldsalat. Sie hatte ihn sich vom Büffet geholt und mit Kräuterdressing veredelt. »Aber für mich klingt das sehr nach einem Motiv. Er hat diesem Autor die Schuld an seinem eigenen beruflichen Versagen gegeben. Es sind immer die anderen, wenn's mal nicht läuft.«

Smart nippte an seinem Port und genoss das Gefühl der Wärme, das sich in seinem Inneren ausbreitete. »Wie gesagt«, erwiderte er dann. »Das reicht noch nicht. Shepard hat einen

Mann in der Zelle, der die Mordwaffe in Händen gehalten hat. Und bei dem *wissen* wir, dass er es nicht war.«

»Shepard ist ein Blindfisch«, urteilte Mildred murmelnd.

Dem konnte er wenig entgegensetzen – auch weil er es nicht wollte.

Smart aß ebenfalls weiter. Der Rinderbraten, den er sich nach dem anstrengenden Tag gegönnt hatte, war ein Genuss, und die Kartoffeln schmeckten ebenfalls himmlisch. Mordermittlungen mochten herausfordernd und hart sein, aber wenn man es nur zuließ – und eine Küche wie die des *Ravenhurst* hinter sich hatte –, dann war auch in ihnen noch Raum für weihnachtliche Pausen.

Mildred schmunzelte. »Schmeckt's?«

»Sieht man mir das an?«, erwiderte er schuldbewusst.

Sie winkte ab. »Ist schon in Ordnung, Timmy. Iss ruhig, du brauchst deine Kraft. Und solange der Fall andauert, fehlt dir sowieso die Zeit für deine Anwendungen.«

Lob sei dem Herrn!, dachte er.

»Aber danach müssen wir noch mal über deine Gesundheit sprechen«, fuhr sie fort. »Denn auch die braucht deine Aufmerksamkeit, früher oder später.«

»Selbstverständlich«, stimmte er ihr zu und strich sich dunkle Soße auf die Gabel. »Das werden wir, meine Liebe. Gleich danach.«

»Inspector?« Eine Männerstimme riss ihn aus seiner genießerischen inneren Ruhe.

Smart sah zur Seite und erblickte Adrian Cole und Shelley Brooke, die sich gemeinsam seinem Tisch näherten.

»Dürfen wir kurz stören?«, fragte Cole weiter.

Nanu? Smart griff nach der Serviette und tupfte sich den Mund ab. »Sie dürfen. Guten Abend, Mr Cole. Miss Brooke. Was führt Sie zu mir?«

Es war Shelley Brooke, die antwortete: »Stimmt es, was man munkelt? Dass Sie Nigel Firth gesehen haben? Ist der wirklich hier?«

Smart nickte. »In der Tat.« Es gab keinen Grund, das geheim zu halten. »Mr Firth und ich hatten vorhin ein Gespräch.«

»Ist der der Mörder?«, wollte Cole staunend wissen. »Ausgerechnet Firth, dieser alte Versager?«

»Darüber darf ich Ihnen leider keine Auskunft geben. Das verstehen Sie sicherlich, die Ermittlungen dauern an.«

»Aber Sie haben ihn nicht verhaftet, richtig?«, erkundigte sich Brooke.

Smart verneinte. »Mr Firth ist bislang auf freiem Fuß.«

»Das ist doch eine Aussage!«, erwiderte die Managerin erfreut. Sie klang erleichtert. »Denken Sie, ich kann ihn buchen, so ganz kurzfristig? Für ein, zwei Autogrammstunden auf der Convention? Er ist immerhin einer von MWS' bekanntesten Stimmen bei *Chiller Thriller*.«

Und hoch verdächtig, ergänzte Smart in Gedanken. Einmal mehr staunte er über den Geschäftssinn dieser Frau. Fragen der Moral und des Anstands hatten bei ihr weit weniger Gewicht als andere.

»Bedaure, aber das werden Sie ihn selbst fragen müssen, sofern Sie ihn finden.« Smart griff erneut nach seinem Besteck – ein subtiler Hinweis, dass er die Unterhaltung für beendet hielt. »Haben Sie noch einen schönen Abend, ja?«

Doch Mildred fing gerade erst an. »Läuft diese eigenartige Veranstaltung etwa noch immer?«, wunderte sie sich. »Es ist Sonntagabend. Ich dachte, derartige Events *enden* an Sonntagen. Stattdessen planen Sie hier neue Programmpunkte.«

Brooke lächelte ebenso kalt wie höflich. »Im Grunde haben Sie recht, die meisten Cons sind Wochenendveranstaltungen. Aber angesichts der besonderen Umstände ...«

»Es ist zudem Weihnachtszeit«, führte Cole weiter aus, als sie schwieg. »Da haben die meisten Leute ohnehin Luft im Kalender. Und es ist die Con, auf der MWS gestorben ist. Da will kaum ein Fan weg, wenn er es nicht muss. Wir machen einfach noch ein wenig weiter, haben wir beschlossen. Den Fans tut diese Gemeinschaft gut, auch in ihrer Trauer, und die Händler haben sowieso nichts dagegen. Ich plane bereits neue Panels für morgen – und nehme Sie da liebend gern mit ins Programm, Inspector, falls Sie uns vom Stand der Ermittlungen berichten möchten.«

Gott bewahre!, dachte Smart und schüttelte schnell den Kopf.

»Aber auch Nigel wäre ein echtes Highlight für den Montag«, fuhr Cole fort. »Wenn er denn verfügbar ist und ... Na ja, und unschuldig.«

»Vergiss deine Idee mit der Suite nicht, Adrian«, sagte Shelley Brooke.

»Ach ja!« Coles Augen funkelten regelrecht vor Begeisterung. »Was meinen Sie, Inspector? Wäre es möglich, einige Fans durch MWS' Zimmer zu führen? Quasi wie durch eine Gedenkstätte? Denn das *Ravenhurst* wird eine solche werden, da bin ich mir sicher. Zumindest in *CT*-Kreisen.«

»Das möchte ich doch sehr bezweifeln«, erwiderte Smart. »Die Spurensuche ist zwar abgeschlossen, aber der Anstand ...«

»Was haben die Leute nur immer mit Anstand und so?«, fiel Brooke ihm ins Wort. »Anstand macht keinen Umsatz. Können Sie sich vorstellen, wie viel manche dieser Fans bezahlen würden, um in den Raum zu dürfen, in dem Michaels letztes Stündlein geschlagen hat?«

Mildred verzog das Gesicht. »Das will ich gar nicht wissen.«

»Na, ich sehe schon«, sagte Cole. »Ich werde an der Rezeption nachhören müssen. Vielleicht hat Staunton ja einen Generalschlüssel für mich.«

»Auch das möchte ich bezweifeln, Mr Cole«, erwiderte der Inspector. »Zumindest will ich es nicht hoffen.«

Das ungleiche Paar verabschiedete sich und verschwand in Richtung Lobby. Smart sah ihnen nach, bis sie den Speisesaal verließen.

»Was für seltsame Leute das doch sind!«, murmelte Mildred, kaum dass sie außer Hörweite waren. »Ein Mann ist tot, und sie wollen daraus Profit schlagen.«

Er seufzte. »Das werden sie auch, auf diesem oder auf anderen Wegen. *Chiller Thriller* ist eine Marke, meine Liebe. Und deren Siegeszug hält nichts und niemand auf – auch kein Verbrechen.«

Mord war mehr als nur eine Tragödie. Für manche Menschen war er auch ein Ding der Faszination. Selbstverständlich würden sich Fans finden, die einen Aufpreis dafür zahlten, Wellington-Smythes Sterbebett zu sehen. Es war ekelhaft, aber es war wahr.

Einmal mehr fragte er sich, welche Rolle Shelley Brooke und Adrian Cole in der ganzen Angelegenheit spielten. Waren sie wirklich nur das, was sie zu sein vorgaben – eine skrupellose Event-Managerin und ein Superfan? Oder war da noch mehr?

»Wie geht es eigentlich dem armen Robin?«, riss Mildred ihn aus seinen Gedanken. »Hast du ihn gesprochen?«

Smart schnitt sich ein weiteres Stück Braten ab und nickte. »Gerade eben erst wieder, ja. Er sitzt in seiner Zelle und ermittelt ebenfalls, ob du es glaubst oder nicht. Er hat sogar schon mit dem CD-Verleger des Toten gesprochen, einem gewissen Mr Dunkirk.«

»Aus der Zelle heraus?« Sie hob anerkennend die Brauen. »So kenne ich ihn – und auch dich. Egal, was kommt, ihr gebt einfach nicht Ruhe, bis ihr das Rätsel gelöst habt. Ich wette, der gute Robin macht auch aus diesem Fall wieder einen seiner herrlichen Romane.«

»Da sei Gott vor«, murmelte Smart, der seit jeher mit seinem literarischen Ruhm fremdelte, und schob sich eine Gabel Rinderbraten in den Mund.

Der Rest des Abends verlief nahezu traumhaft, sofern man das unter den Umständen sagen konnte. Kaum hatten sie ihr Dinner beendet, waren Smart und Mildred in die Lobby gegangen, um zur Treppe zu kommen, die in die oberen Etagen führte. Doch vor der Tür des *Ravenhurst Resort* war Musik erklungen, die sie hatte innehalten lassen. Chormusik!

»Ist das nicht herrlich?« Lilibeth Middleditch war mit ihrem Mann Simon prompt aus dem Büro geeilt, ein freudiges Jauchzen auf den Lippen. »Das muss der liebe Father Atkins sein. Jedes Jahr geht er mit seinem Kirchenchor durch die Nachbarschaft. Carol Singers, Sie verstehen?«

Dann war sie weitergeeilt, freudestrahlend durch die Tür ins Freie. Die Smarts und der Hotelier waren ihr langsam nachgegangen.

»Der liebe Father Atkins«, hatte Simon dabei wiederholt – grimmig, murmelnd und so leise, dass nur Smart es gehört hatte. »Wenn ich es nicht besser wüsste, würde ich glauben, da liefe etwas zwischen ihr und diesem Pfaffen. So oft, wie der inzwischen hier auftaucht.«

Smart hatte fragend eine Braue gehoben, doch Middleditch hatte abgewunken.

»Nein, nein, Inspector. Verschwenden Sie keinen Gedanken an mein Gemurmel. Ich bin einfach nur schlecht gelaunt – diese elende EDV, verstehen Sie?«

»Schlecht gelaunt?«, hatte Mildred erwidert. Es schien der einzige Teil seiner Worte zu sein, den sie aufgeschnappt hatte. »Aber warum das denn? Es ist doch Weihnachten, hören Sie nur!«

Dann waren auch sie ins Freie getreten, wo – im Schein der Außenlampen und in leichtem Schneefall – der Geistliche von Little Puddington mit gut zehn Männern und Frauen stand und Lieder zum Besten gab.

Das kleine Konzert hatte gut eine Viertelstunde gedauert, und mit nahezu jedem Takt waren mehr Hotelgäste, Convention-Besucher und Angestellte vor das *Ravenhurst* gekommen, um ihm entzückt beizuwohnen. Als Atkins' Truppe zum großen Finale *The First Nowell* anstimmte, hatten gut drei Dutzend Menschen aus dem Hotel begeistert mitgesungen – auch Smart.

Nun, mehr als zwei Stunden später, saß er im Sessel, den er sich ans Fenster seines Hotelzimmers gerückt hatte, sah hinaus in die Nacht und hatte die Zeilen dieses Liedes noch immer im Ohr: *Three wise men came from country far to seek for a king.*

Er lachte – leise, um Mildred nicht zu wecken, die hinter ihm friedlich schlief. Wer brauchte einen König, wenn ihm schon mit einem schnöden Mörder geholfen wäre? Den suchte *er* nämlich, Weihnachten hin oder her, nach wie vor. Und sosehr er sich auch anstrengte, so wenig schien er dabei voranzukommen. Es war wirklich wie verhext.

Wo er auch hinsah, fand er unbeantwortete Fragen. Möglichkeiten, die sich nicht ausschließen, aber auch nicht unmissverständlich beweisen ließen. Shelley Brooke, Adrian Cole, Nigel Firth ... Die Liste derer, denen Smart den Mord zutraute, war nicht gerade kurz. Im Gegenteil: Je länger er in Little Puddington ermittelte, desto länger schien sie zu werden. Und die vielen, vielen Convention-Gänger hatte er sich noch gar nicht genauer angesehen. Emma Jones mochte die Hand für sie ins Feuer legen, aber Miss Jones war auch eine von ihnen. Konnte sie da wirklich objektiv urteilen?

»Fans tun das nicht«, hatte sie erst vorhin auf der Wache wieder zu ihm gesagt. »Jedenfalls nicht normale Fans. Die erfreuen sich einfach an dem Objekt, das sie lieben, und an der Gemeinschaft mit Gleichgesinnten. Auf Conventions werden Sie keine Gewalt finden, Inspector. Nur ehrliche, aufrichtige Begeisterung.«

Und was war mit den Anoraks? Barton Shepard hatte selbst darauf hingewiesen. Es gab durchaus Menschen, bei denen Fan-Liebe zu weit ging. Adrian Cole war das perfekte Beispiel dafür. Wer wusste schon, ob sich nicht noch weitere Personen dieses Schlages unter den Gästen der Veranstaltung fanden – schlimmere Exemplare?

Oder nehmen wir die Brooke, dachte er. *Sie war im Streit mit Wellington-Smythe, das steht fest. Er wollte fliehen, sie ließ es nicht zu. Würde sie ihn umbringen? Und sei es* »*nur*«*, weil sie sich von seinem Ableben mehr versprach als von seinem Leben?*

Dass die Events auch ohne den Autor weitergingen, hatte sie Smart selbst erklärt. Es brauchte keinen MWS, um *Chiller Thriller* zu vermarkten. Erst recht keinen, dem dieser ganze Rummel unangenehm war – mehr noch: der ihn weit eher fürchtete als genoss. Michael Wellington-Smythe war verzichtbar, jedenfalls für den Umsatz, den die ganze Sache generierte. Seit er keine neuen Hörspiele mehr schrieb und sich in der Öffentlichkeit rarer und rarer machte, brauchte es ihn nicht mehr. Shelley Brooke wusste das genau.

Und er wollte sich ihr widersetzen, dachte Smart.

Draußen vor dem Fenster hatte der Schneefall wieder zugenommen. Frisches Weiß ergoss sich über den Hotelgarten, in dem die wenigen Laternen kleine Inseln des Lichts darstellten, und auf die Wipfel des angrenzenden Waldes. Dazu wehte ein kalter Wind, dessen Pfeifen leise durch die geschlossene Scheibe drang und herrlich heimelig wirkte.

Sosehr er auch grübelte, er kam zu keiner Antwort. Die Verdächtigen in diesem Fall waren wie ein Karussell, das sich vor ihm drehte und drehte, und wann immer er genauer hinsah, stand eine andere Person vor ihm. Cole mit seiner Zwischentür. Shelley Brooke mit ihrer Kälte. Firth mit seinem Zorn.

Dann musste er an Chandler denken, der nun schon die zweite Nacht in einer Gefängniszelle verbrachte. Es machte dem stets jovialen, optimistisch gestimmten jungen Mann wenig aus, das war Smart klar. Chandler glaubte fest daran, dass sich die Angelegenheit bald klärte und er wieder auf freien Fuß kam. Und auch wenn dem hoffentlich so war, blieb es ein Fakt, dass der Ärmste seit zwei Nächten hinter Gittern saß – eingesperrt und allein.

Sie konnten von Glück sagen, dass die Mühlen der Justiz hier draußen angenehm langsam mahlten. Andernfalls hätte man Chandler vielleicht schon aus Little Puddington abtransportiert und in einem größeren Gefängnis untergebracht.

Vielleicht liegt das aber auch an Shepard, dachte der Inspector. *Vielleicht ist der sich seiner Sache doch nicht so sicher, wie er immer tut. Vielleicht war er es nie.*

Falls das zutraf, hätte er sich herzlich gern mehr anstrengen können, fand Smart. Bislang hatte der Constable nur wenig zu den Ermittlungen beigetragen. Auf Laborbefunde konnte jeder warten, das allein war keine Detektivarbeit.

Und das, was ich hier treibe, dachte er grimmig, *ist auch keine.*

Er fand den Mörder nicht, indem er Löcher in die Luft starrte. Hier, in seinem und Mildreds Zimmer, würde er kaum auftauchen.

Smart sah zum Radiowecker auf dem Nachttisch. Kurz vor dreiundzwanzig Uhr, und noch immer war er kein bisschen müde. Dabei brauchte er den Schlaf. Zu schlafen war das Sinnvollste, was er aktuell tun konnte. Schlafen und Kräfte sammeln für den morgigen Tag. Damit es ihm vielleicht ja doch noch gelang, den Fall vor den Weihnachtstagen zu lösen und den armen Chandler zu *er*lösen.

Nur, woher nehmen?, dachte er.

Dann fiel sein Blick auf die CD. *Unheilige Nacht*, Episode 28 von *Chiller Thriller*, lag auf der kleinen Anrichte neben dem Bad. Emma Jones hatte sie ihm geschenkt und gesagt, es sei eine der besten Folgen der Serie. Halfen Gruselhörspiele beim Einschlafen?

Zumindest bringen sie einen auf andere Gedanken, überlegte Smart.

Er beschloss, es zu versuchen. Aus der obersten Schublade der Anrichte nahm er sich den kleinen tragbaren CD-Player, den Mildred mitgenommen hatte, und schloss die Kopfhörer an. Dann legte er sich endlich zurück ins Bett, breitete die Decke über sich aus und legte *Unheilige Nacht* in den Player ein.

Kaum hatte er auf *Play* gedrückt – und einen schnellen Kontrollblick hinüber zu Mildred geworfen, die noch immer schlief –, erklang atmosphärische Musik in seinen Ohren, dicht gefolgt von einer ebenso sonoren wie alt klingenden Männerstimme.

»Chiller Thriller«, verkündete sie. »Zur Spannung noch die Gänsehaut.«

Dann begann das Hörspiel, und schon nach wenigen Minuten saß Timothy Smart senkrecht im Bett und konnte es kaum fassen.

»Das wird doch irgendwie möglich sein«, murmelte Smart durch zusammengebissene Zähne. »Nun hab dich nicht so, verflixt ...«

Doch das Schloss gab nicht nach. Seufzend ließ er den Dietrich sinken und setzte sich auf den Flurboden.

Seit fünf Minuten kauerte er nun schon vor der Tür von Michael Wellington-Smythes Suite, den Dietrich aus seinen Privatbeständen zwischen den Fingern. Normalerweise half ihm das kleine Werkzeug stets, wenn es galt, verschlossene Türen zu öffnen. Im Fall der Chipkartenschlösser des *Ravenhurst Resort* hatte die Tür aber offenbar einen eigenen Willen.

Und an der Rezeption sitzt kein Mensch, dachte er grimmig.

Natürlich hatte er es dort zuerst versucht. Doch die nächtliche Stunde – inzwischen ging es auf zwei Uhr morgens zu – hatte ihren Preis, und der Empfang des Hotels war nicht mehr besetzt.

Ein Königreich für einen Generalschlüssel.

Smart hatte das Hörspiel gleich zwei Mal hintereinander gehört, um auch wirklich ganz sicherzugehen. Und selbst danach war er es nicht gewesen. Sah er Gespenster? War die Spur, die sich plötzlich vor ihm aufgetan hatte, vielleicht doch nur ein Hirngespinst? Bemerkte er sie, weil er sie sehen wollte? Oder vielleicht doch, weil sie nun klar und deutlich vor ihm lag?

Er konnte es nicht sagen, noch nicht. Aber ein weiterer Versuch an Wellington-Smythes Suite-Tür, so hatte er gehofft, mochte ihm Gewissheit geben. Jetzt, da er zu wissen glaubte, um was es ging.

Er griff nach einem Strohhalm, das war ihm klar. *Unheilige Nacht* war ein Hörspiel, keine Zeugenaussage und auch kein verklausulierter Hilferuf. Aber es war eine Chance. Eine Möglichkeit, die ihm von selbst vermutlich nie in den Sinn gekommen wäre. Und sie klang ausgesprochen plausibel, je länger er über sie nachdachte. Ja, tatsächlich: Sie kam ihm logisch vor.

»Also sei nicht so«, klagte er leise und sah das Türschloss an, als könnte er es mit einem Dackelblick erweichen. »Hilf mir, okay? Ich meine es wirklich nur gut.«

Abermals hob er den Dietrich an das Schloss, kniff die Lider enger zusammen und …

War da ein Geräusch? Smart stutzte. Seit er sein eigenes Zimmer verlassen hatte, war er keiner Menschenseele begegnet. Überall im *Ravenhurst* schliefen die Menschen, und es war still und finster im Haus bis auf die kleine Nachtbeleuchtung in den Korridoren – jede dritte Deckenlampe brannte noch, was die Flure in eine Art Halbdunkel tauchte, das von wenigen Lichtinseln erhellt wurde. Einzig den kalten Nachtwind hatte er noch gehört, der nach wie vor um die Mauern pfiff, sonst nichts.

Natürlich, dachte er. *Da ist ja auch sonst nichts. Jetzt hörst du auch schon Gespenster.*

Smart schob es auf *Unheilige Nacht*. Das Hörspiel war nicht nur erhellend gewesen, sondern auch durchaus gruselig. Vermutlich hatte es seine Fantasie strapaziert und …

Da! Wieder ein Geräusch, diesmal war er sich vollkommen sicher. Irgendetwas knarrte dort hinten am Durchgang zur Dachterrasse, oder? Etwas, was verdächtig nach Bodendielen klang.

Sind das Schritte?

Smart schluckte. Auch wenn es absurd anmutete, kroch ihm eine Gänsehaut über den Rücken. War da jemand?

Schlich da jemand durchs Haus, noch dazu um diese nachtschlafende Zeit? Jemand, der nicht bemerkt werden wollte?

Es war sicher nicht ungewöhnlich, wenn es denn stimmte. Dies war immerhin ein Hotel, und er war vielleicht nicht der einzige Gast, der in dieser Nacht keinen Schlaf fand. Und doch ... Irgendwie kam ihm die Sache seltsam vor. Und bedrohlich.

Das Knarren wiederholte sich hinten im dämmrigen Dunkel des Korridors. Kam es näher, oder bildete er sich das ein? Wurde es lauter?

Smart stand auf. »Hallo?«, fragte er leise. »Ist da jemand?«

Keine Antwort. Der Korridor schwieg sich aus, und soweit Smart es erkennen konnte, bewegte sich auch nichts in ihm. Doch stimmte das? Die wenigen Lampen reichten nicht, um sicher zu sein. Er sah nur, was in den Lichtinseln lag – nicht mehr und nicht weniger.

»Hallo?«, fragte er erneut.

Mit einem Mal fühlte er sich beobachtet. Instinktiv ballte er die Hand zur Faust und spannte die Muskeln an. Wer in aller Welt hatte einen Grund, nachts um Wellington-Smythes Zimmertür zu schleichen? Und wollte er diesen Grund überhaupt wissen?

»Ich bin von der Polizei«, sagte er dem Halbdunkel. »Geben Sie sich zu erkennen.«

Nichts. Kein Mensch trat ins Licht, niemand ergriff das Wort. Und doch ... Es knarrte wieder. Das waren *definitiv* Schritte.

Der Gang, in dem Smart stand, gehörte, soweit er wusste, zu den kürzesten im gesamten Resort. Er begann vorn am Treppenaufgang, führte dann an den Zimmern dieser Etage vorbei – Mr Coles Bleibe, der Suite, dem zweiten und leer stehenden Nebenzimmer und einer Abstellkammer für die

Hausangestellten, in der frische Bettwäsche und einige Putzutensilien warteten – und machte hinten eine Biegung. War der Fremde vielleicht dort, jenseits der Ecke?

Von früheren Besuchen hier oben wusste Smart, dass dort nichts Bedeutsames wartete. Hinter der Abstellkammer folgte einfach nur ein weiteres Stück Flur, das rechtwinklig von dem anderen abging, auf dem er selbst sich befand, und zur Dachterrasse mit dem Tannenbaum führte. Wer sollte sich dort schon verstecken, noch dazu jetzt?

Wer es auch ist, dachte er, *ich werde ihn finden.*

Vorsichtig ging er los. Smart trug nur seinen Schlafanzug, den Morgenmantel und die weichen Hausschuhe. Nun verfluchte er sich dafür, sich nicht die Mühe gemacht und Hemd und Hose angezogen zu haben. Die Dienstpistole wäre jetzt wirklich praktisch gewesen.

Vor seinem geistigen Auge sah er ein halbes Dutzend blutrünstiger Mörder hinter der Biegung warten, die der Korridor dort vorn machte. Das war natürlich völliger Unsinn, aber seine gereizten Nerven schienen für logische Argumente nicht mehr empfänglich zu sein. Und überhaupt: Schon ein einziger blutrünstiger Mörder war ein ernstes Problem. Erst recht, wenn man sich seiner nur mit nackten Fäusten, Filzpantoffeln und einem nutzlosen Dietrich erwehren konnte.

Die Bohlen knarrten wieder, aber nicht seinetwegen. Smart blieb stehen, hielt den Atem an. Ja, ganz ohne Frage: Irgendjemand bewegte sich hier noch.

Und es gibt nur einen Weg, ihn aufzuhalten, dachte er.

Dann nahm er seinen Mut zusammen, riss die Faust in die Höhe und rannte los! Im Nu war er an der Biegung, hechtete um sie herum und ... sah nichts außer dem menschenleeren letzten Flurstück und der Nacht. Der Nebel draußen war so dicht geworden, dass selbst die Lichter des Tannenbaums

Schwierigkeiten hatten, bis ins Gebäudeinnere zu leuchten, vom Mond ganz zu schweigen. Doch eins war klar: Hinter der Ecke lauerte niemand.

Bin ich jetzt völlig verrückt geworden?, wunderte sich Smart. *Ich weiß doch, was ich gehört habe. Da war ...*

»Inspector?«

Die Stimme war direkt hinter ihm erklungen. Smart zuckte zusammen, wirbelte herum und hatte Mühe, den Schrei zu unterdrücken, der ihm aus der Kehle steigen wollte. Dann sah er den Mann. Er war bislang nur ein Schemen, dunkle Umrisse im kaum weniger dunklen Flur. Doch Smart erkannte seine schmalen Schultern wieder, sein kurzes Haar. Und irgendwie war ihm auch die Stimme nicht ganz fremd vorgekommen, oder? Das hatte vertraut geklungen.

Mit einem Mal kam ihm eine Idee. »S...Staunton?«, stammelte Smart. Sein Herz pochte so laut, dass es ihm vorkam, als müsste man es in Liverpool noch hören können, und seine Eingeweide fühlten sich an, als wären sie aus Eis. »Sind Sie das etwa?«

»In der Tat, Sir.« Der Mann trat näher, endlich ins Licht. Tatsächlich: Es war der junge Angestellte des *Ravenhurst*. James Staunton trug seine übliche Arbeitskleidung, dunkle Hose zu weißem Hemd und schwarzer, ärmelloser Weste. Seine Miene war offen und fragend zugleich. »Habe ich Sie erschreckt? Das tut mir leid.«

»Was? Nein, nein«, behauptete Smart. »Ich dachte nur, ich hätte etwas gehört.«

»Das war vermutlich ich«, beharrte der Angestellte. »Waren es Schritte, die Sie bemerkt haben?«

Smart nickte.

»Dann passt das«, fand Staunton. »Ich bin die Treppe hochgekommen, langsam und leise, um niemanden zu wecken.«

»Staunton, die Treppe liegt am ganz anderen Ende des Flures«, widersprach Smart. »Ich kann doch wohl rechts von links unterscheiden. Die Bodendielen haben hier drüben geknarrt, nicht dort hinten.«

»Das kommt einem so vor, nicht wahr?« Staunton lächelte. Es wirkte durch und durch ehrlich. »Die Akustik hier oben ist echt eigenartig. Da weiß man oft nicht, aus welcher Richtung Geräusche kommen. Glauben Sie mir: Das Einzige, was Sie gehört haben, war ich.«

»Und was in aller Welt treiben Sie um diese Zeit hier?«

Stauntons Mundwinkel zuckten. Sein amüsierter Blick glitt über Smarts Aufzug. »Das müsste ich wohl eher Sie fragen, Sir. Aber um Ihnen eine Antwort zu geben: Seit dem Mord an Mr Wellington-Smythe lässt Mr Middleditch das Hotel nachts vom Personal bewachen. Solange der Fall noch nicht mit Sicherheit geklärt ist, hat er gesagt. Er glaubt wohl ebenfalls nicht an Constable Shepards Theorie zur Täterschaft.«

Schau an, dachte Smart. Er wusste noch nicht, ob er Staunton die Geschichte abkaufte. Die Erklärung mit der eigensinnigen Akustik klang ihm ein bisschen zu gefällig, um wahr zu sein. Andererseits hatte er den Jungen bislang nicht als Lügner kennengelernt. Warum sollte er ausgerechnet jetzt einer werden?

»Wir Angestellten wechseln uns daher alle zwei Stunden ab«, fuhr Staunton mit seiner Geschichte fort, »und gehen zwischen Sonnenuntergang und Sonnenaufgang ständig durch alle Flure. Einer von uns ist also immer unterwegs, während die Gäste schlafen. Quasi als Nachtwächter.«

An dieser Stelle zog er ein längliches Gerät aus der Gesäßtasche seiner dunklen Hose, das Smart bislang nicht bemerkt hatte. Es war mattschwarz und etwa so breit wie eine Zigarettenschachtel. Smart erkannte es sofort: ein Taser.

»Den hat Mr Middleditch uns als Bewaffnung besorgt, für den Fall der Fälle. Dafür, dass der echte Mörder zurückkehren sollte, verstehen Sie?« Staunton lachte spöttisch und betätigte den Auslöser kurz. Am oberen Ende des Tasers flackerte eine elektrische Entladung auf, und ein leises Summen drang an Smarts Ohren. Nach dieser Demonstration verstaute Staunton das Gerät wieder in seiner Tasche. »Mr Middleditch möchte aber nicht, dass das publik wird. Er will wohl niemanden beunruhigen, das wäre schlecht fürs Geschäft und so weiter. Von daher käme es mir sehr gelegen, wenn Sie ihm gegenüber so tun könnten, als hätte ich kein Wort über all das verloren.«

»Selbstverständlich«, versprach der Inspector. Für einen kurzen Augenblick fragte er sich, ob Simon Middleditch noch mehr vor der Öffentlichkeit verbergen wollte. Dann runzelte er die Stirn. »Sagen Sie, Staunton: Ist Ihnen oder Ihren Kollegen denn mal etwas aufgefallen bei diesen einsamen Gängen durchs Haus? Irgendeine verdächtige Spur, eine Besonderheit? Jedes noch so klein anmutende Detail mag wichtig sein.«

Der Angestellte schnaubte. »Nur, dass es hier nachts ganz schön langweilig wird. Da rührt und regt sich im *Ravenhurst Resort* nichts mehr, das versichere ich Ihnen. Und Spuren ... Nein, Sir. Die sind mir nicht aufgefallen. Ehrlich gesagt, hängen die meisten von uns den Großteil ihrer Schichten unten in der Bar ab. Da gibt's wenigstens Alkohol. Wenn Sie mich fragen, ist der Mörder längst über alle Berge.«

Das bezweifelte Smart allerdings. Er hatte so ein Gefühl, dass der wahre Täter noch immer im oder in der Nähe des Resorts wartete. Und wenn sich bestätigen sollte, was er vermutete und hier oben herauszufinden gehofft hatte, dann hatte er vielleicht sogar den passenden Beweis dafür.

»Staunton, mein Lieber«, fuhr er fort. »Haben Sie neben diesem Taser zufällig einen Generalschlüssel in Ihrer Tasche? Falls ja, würden Sie mir die Arbeit gehörig erleichtern.«
Der junge Mann hob staunend die Brauen.

KAPITEL 19

»Das ist es!«, rief Smart. Halb be- und halb entgeistert deutete er auf den Monitor. »Sehen Sie, Staunton? Das ist es!«

Der junge Hotelangestellte starrte auf den Bildschirm, als sähe er Gespenster. »Das glaub ich jetzt nicht ...«

Es war früh am Tag. Die Zeiger der Uhr, die über dem Empfangstresen in Simon Middleditchs Hotellobby hing, näherten sich der fünften Stunde, und draußen vor den Fenstern herrschte nach wie vor neblige, finstere Nacht.

Smart und Staunton hatten ihren Einsatz an Wellington-Smythes Tür schon vor einer ganzen Weile beendet. Seitdem standen sie hier, an Stauntons Rezeptionscomputer, und setzten Schritt zwei von Smarts großer Hoffnung in die Tat um. Damit dies gelang, hatte Smart einen Telefonjoker hinzugeholt.

»Hat es funktioniert, Inspector?«, drang dessen fragende Stimme gerade aus der Freisprechanlage. Steven Gridley, der Enkel von Smarts Nachbarn Charlie, klang trotz der unchristlichen Stunde noch immer hellwach – und höchst interessiert. »Ich höre Sie jubeln. Haben wir das Ding zum Laufen gebracht?«

»Das haben wir in der Tat, mein lieber Steven«, antwortete Smart. Fasziniert sah er zu, wie sich die Aufnahme auf dem Monitor wiederholte. Staunton bediente sie mittels Tastendruck, spulte mal vor und mal zurück, und das Ergebnis sprach Bände. »Wir sind am Ziel. Dank Ihnen! Ihr Großvater kann stolz auf Sie sein.«

»Na, ich weiß nicht.« Gridley lachte. »Dazu müsste der gute Charlie erst einmal verstehen, womit ich mein Geld verdiene. Und die Hoffnung, Inspector, habe ich schon lange aufgegeben.«

Wie Smart seit dieser Nacht wusste, war Steven Gridley Berater bei gleich mehreren Großunternehmen aus Industrie und Wirtschaft im Südwesten des Landes. Was ein Berater für Systemadministration und unternehmerische Netzsicherheit allerdings faktisch tat, konnte sich der Inspector nach wie vor nicht zusammenreimen. Smart wusste viel zu wenig über Technik und Internet, um es zu beurteilen. Er verstand aber, dass es wichtig war und Steven Gridley über entsprechendes Talent verfügte.

»Meine Technik läuft wieder«, murmelte Staunton. »Ich weiß nicht, wie Sie das gemacht haben, Mr Gridley, aber ich danke Ihnen.«

»Sie haben es gemacht, Staunton«, widersprach der Enkel bescheiden. »Ich habe Ihnen nur gesagt, wie es gehen könnte. Wir hatten Glück, dass der Fehler genau da lag, wo der Inspector ihn vermutete.«

»Wie dem auch sei«, sagte Smart. »Wir sind am Ziel. Staunton, können Sie mir ein Standbild von dieser Aufnahme ausdrucken?«

»S...selbstverständlich, Sir«, antwortete der jüngere Mann und drückte eine weitere Taste. Sofort erwachte irgendwo hinter ihm ein Drucker zum Leben. »Was haben Sie damit vor?«

»Das weiß ich noch nicht genau«, antwortete Smart ehrlich. »Aber ich würde mir gern, so möglich, einen Wagen dafür ausleihen. Hat das *Ravenhurst Resort* Autos zur Verfügung, auf die Sie Zugriff haben?«

»Nehmen Sie einfach meins«, schlug Staunton vor. Er griff in die Hosentasche und präsentierte einen Schlüsselbund. »Dunkelblauer Mini Cooper, parkt vor dem Angestelltentrakt. Den können Sie gar nicht verfehlen.«

»Sie schickt der Himmel, Staunton«, freute sich Smart und nahm den Schlüssel an sich. »Und Sie auch, Steven. Nochmals meine Entschuldigung dafür, dass wir Sie zu dieser nachtschlafenden Stunde behelligt haben.«

»Das ist gar kein Problem, Inspector«, erwiderte der Berater. »Ich bin ohnehin eine Nachteule. Wenn alle anderen schlafen, bekomme ich viel mehr geschafft als am Tag. Ein Hoch auf das Leben als Selbstständiger, hm?«

Smart verabschiedete sich von dem unverhofften Helfer, dann trennte er die Verbindung.

»Und jetzt, Sir?«, fragte Staunton. Vor ihm auf dem Computerbildschirm prangte immer noch das Standbild. »Was tun wir mit dieser Information?«

»Sie, mein Lieber?«, erwiderte er entschlossen. »Sie tun gar nichts, das überlassen Sie getrost mir. Nein, halt. Eins können Sie tun: Versuchen Sie, Constable Shepard ans Telefon zu bekommen.«

»Um die Uhrzeit?« Staunton kratzte sich hilflos am Hinterkopf. »Puh …«

Smart winkte ab. »Oder Miss Jones. Das ist vielleicht noch besser. Sagen Sie ihr, was wir wissen. Und dass ich mich schnellstmöglich bei ihr und Shepard melde. Sobald ich *ganz sicher* bin.«

»Na, ich kann's versuchen«, erwiderte der jüngere Mann. Er klang allerdings wenig zuversichtlich.

Smart parkte den Mini Cooper vor dem *Tea & Home*. Das Café lag noch dunkel und verlassen da, genau wie der komplette Dorfkern von Little Puddington. Nebelschwaden zogen um seine Mauern, und auf dem Gehweg vor der Fensterfront lag der Schnee der vergehenden Nacht. Eisiger Wind schlug Smart entgegen, als er sich aus dem Wagen kämpfte. Irgendwo heulte ein Uhu.

Der Weg zur Kirche war kurz, was bei diesen Temperaturen einem Segen gleichkam. Im schwachen Schein der Straßenlampen, die eher recht als schlecht gegen den Nebel kämpften, wirkten ihre Umrisse gewaltiger, als sie waren. Schnee knirschte unter Smarts Sohlen, als er sich langsam der Eingangspforte näherte. Wie von Father Atkins verheißen, war sie unverschlossen.

Das Kircheninnere hatte sich seit seinem gestrigen Besuch nicht verändert. Da flackerten die Kerzen, dort standen die verwaisten Kirchenbänke. Über dem Altar hing das hölzerne Kreuz, und der alte Beichtstuhl stand stumm und still an seiner Außenwand.

Und was jetzt?, dachte Smart.

Langsam schritt er zwischen den Sitzschiffen umher, dem Altarraum entgegen. Er hatte noch immer keinen Plan, der diesen Namen verdiente – eher eine vage Vorstellung dessen, was zu tun er beabsichtigte. Doch würde es funktionieren? War dies überhaupt der richtige Weg?

Vielleicht drehe ich lieber eine Runde ums Gebäude, beschloss er. *Auch wenn es kalt ist. Da muss ja irgendwo ein zweiter Eingang sein. Einer, der direkt zu der Wo...*

Er kam nicht dazu, den Gedanken zu beenden. Denn ein Geräusch, das in seinem Rücken erklungen war, ließ ihn herumfahren. Instinktiv fuhr seine Hand in die Manteltasche, sicher war sicher.

Father Atkins trat aus den Schatten. Erst jetzt erkannte Smart die Durchgangstür, die hinter dem Geistlichen lag, na-

hezu verborgen von der von Kerzen flankierten Marienstatue.
»So früh schon auf den Beinen, Inspector?«, wollte Atkins wissen.

»Das Gleiche könnte ich Sie fragen, Sir«, erwiderte Smart. Er kniff die Lider enger zusammen, spähte ins Dunkel. Irgendwo dort hinten musste Atkins' kleine Priesterwohnung liegen, oder? »Sagten Sie nicht, Sie seien kein Morgenmensch?«

»Vor allem bin ich ein Mensch«, betonte Atkins. Er kam näher, und das Licht der Kerzen erhellte seine Statur. Er sah aus, als hätte er in seinen Sachen geschlafen und wäre eben erst aufgestanden, einmal mehr. »Und als solcher bin ich für meine Gemeinde da, wann immer Sie mich braucht. Sobald jemand diese Kirche betritt, bekomme ich es mit. Sehen Sie?« Hier deutete er nach schräg oben.

Smart folgte dem Fingerzeig und fand eine winzig kleine Überwachungskamera über der Eingangspforte. *So viel zum Thema ›auf dem Land gibt's keinen Vandalismus‹*, dachte er. *Sie mögen Ihre Kirche nicht abschließen, Atkins, aber Sie trauen Ihren Mitmenschen trotzdem nicht blindlings über den Weg.*

»Wie kann ich helfen?«, fragte der Pfarrer. Es klang aufrichtig interessiert, geradezu harmlos.

Smart zog die Hand aus der Manteltasche und präsentierte den Ausdruck. »Indem Sie dieses Spiel beenden«, antwortete er. »Jetzt und hier.«

Dann reichte er Atkins das Bild. Es zeigte den Geistlichen selbst, aufgenommen in der vorletzten, ähnlich finsteren Nacht und in der Lobby des *Ravenhurst Resort*. Atkins trug auf dem Bild einen wärmenden Mantel mit Kapuze, doch man erkannte sein Gesicht trotzdem. Die Aufnahme zeigte ihn in dem Moment, in dem er sich über den verwaist daliegenden Empfangstresen des Hotels beugte und sich an der Computertastatur zu schaffen machte. Eine Zeitangabe in der unteren rechten Bildecke lieferte sogar die passende Uhrzeit dazu, vom Datum ganz zu schweigen.

»Sie waren im *Ravenhurst*, Sir«, sagte Smart. »Zur Tatzeit. Mehr noch: Sie waren am Computer des Resorts. Wussten Sie, dass dort nicht nur die Zimmerschlösser, sondern auch die Sicherheitstechnik des Hauses gesteuert wird? Haben Sie die Technik deshalb sabotiert? Weil Sie die Aufnahmen löschen wollten, die die Kamera von Ihnen machte?«

Atkins betrachtete den Computerausdruck im Schein der Kerzen. Dann ließ er das Blatt sinken und achtlos zu Boden fallen. »Ich hatte mich erkundigt, Inspector«, murmelte er. Seine Schultern sanken dabei herab, und ein sorgenvoller Schatten fiel über sein Gesicht. »Bei Menschen, die sich in diesen Dingen auskennen. Man sagte mir, die Sicherheitsanlage des Resorts würde durch die paar Handgriffe dauerhaft beschädigt. Und, ja: Ich wollte die Aufnahmen löschen, verstehen Sie? Für immer.«

Das nehme ich mal als Geständnis, dachte Smart. Seine Fingerkuppen kribbelten vor Anspannung, und er wagte kaum zu atmen. »Die Annahme war auch nicht falsch, Sir. Allerdings sind Computer ein Buch mit sieben Siegeln für mich. Ich könnte nie beurteilen, ob und wann eine Datei dauerhaft entfernt ist und wann nicht. Mit den richtigen Experten und Werkzeugen, so hat man mir erklärt, bekommt man sehr viel wieder hin.«

»Man«, wiederholte Atkins betont. »Aber ganz gewiss nicht Simon oder dieser Bursche, James Staunton.«

Smart nickte bestätigend. »Ein *echter* Experte.« *Dessen Großvater mich seit Jahren im Schach besiegt*, fügte er in Gedanken an, *und sich dafür kein bisschen schämt.*

Er würde Charlie in den Pub einladen und sich bedanken, beschloss er. Gleich nach Weihnachten. Und Steven ebenfalls, wenn er mal wieder in London war. Seinetwegen hatte das *Ravenhurst Resort* nun keine Computerprobleme mehr. Und seinetwegen hatte Smart einen Mörder enttarnt.

»Was genau werfen Sie mir vor, Inspector?«, fragte Atkins.

»Nun«, begann Smart. »Die Aufnahmen, die wir vorhin wiederherstellen konnten, belegen eindeutig, dass Sie zur Tatzeit im Resort waren – anders, als Sie mir sagten. Sie belegen weiterhin, dass Sie den Hotelcomputer sabotieren wollten. Sie taten dies, wie Sie mir soeben selbst bestätigten, um die Überwachungsaufnahmen zu löschen, die die Kamera in der Lobby in jener Nacht machte. Warum sollten Sie sie löschen wollen, Father Atkins, wenn nicht, um Ihre Schuld zu verbergen?«

Atkins war wie ein Ballon, aus dem die Luft langsam wich. Von Sekunde zu Sekunde schien er kleiner zu werden, schwächer. Sein Spiel war aus, und er wusste es. »Und welches Motiv habe ich Ihrer Ansicht nach?«

»Das«, sagte Smart, »habe ich mich auch gefragt. Bei jeder Person in diesem rätselhaften Fall. Ich gestehe, dass ich von allein wohl nie auf das Ihre gekommen wäre. Da hat der Zufall ausgeholfen – und die allzeit patente Miss Jones. Ihr Motiv, Sir, liegt in *Chiller Thriller* verborgen.«

»*Unheilige Nacht*«, murmelte Atkins.

»Ganz genau.« Smart nickte. »*Sie* sind Lester Atkins. Sie sind die Vorlage für den Täter aus Wellington-Smythes Geschichte. Er hat so gut wie nichts an ihr fiktionalisiert, nur Ihren Vornamen.«

Atkins schwieg, schien abzuwarten. Doch Smart sah, wie es hinter seiner Stirn arbeitete. Der Mann *hatte* Schuld, ganz ohne Zweifel.

»Während der vergangenen Tage«, fuhr der Inspector fort, »haben mir gleich mehrere Menschen versichert, dass MWS sich mitunter von realen Begebenheiten inspirieren ließ, wenn er *Chiller Thriller* schrieb. Ich hege keinen Zweifel daran, dass Fans wie Mr Cole darüber seitenlange Abhandlungen schreiben könnten und eine richtige kleine Forschung in dieser Richtung betrieben wird. Und dennoch, Sir ... Erst als ich *Unheilige Nacht* gehört habe, wurde mir bewusst, welche Bedeutung diese Bezüge zur Wirklichkeit haben können.«

In der Episode, die Jones ihm geschenkt hatte, ging es um ein Gespräch in einem Pub. Ein Geschäftsreisender, gesprochen von niemand Geringerem als Nigel Firth, ist zur Weihnacht am Rand von London gestrandet und sucht Zuflucht in der Gaststätte. Dort kommt er ins Gespräch mit einem Einheimischen namens Atkins, der ihm unter einigem Alkoholeinfluss eine alte Schuld gesteht. Atkins hat in der Gegend als Küchenhilfe gearbeitet und den Tod eines Menschen verschuldet.

»Und welche Bedeutung wäre das, Inspector?«, erwiderte Atkins.

Smart griff in die Innentasche seines Mantels und zog ein weiteres Fan-Magazin hervor, das gerollt auf seinen Einsatz gewartet hatte. Sofort schlug er es an der markierten Stelle auf und las vor:

»*Atkins: ›Der Kerl hatte es nicht anders verdient, Sir. Das müssen Sie mir glauben. Ich wusste, dass Nüsse ihm Schwierigkeiten bereiten, also gab ich eine ganze Handvoll in den Mörser und rieb sie zu winzigem Pulver. So klein. Dann streute ich sie in seinen Salat.‹*

Bannermann: ›Grundgütiger, Atkins! Was erzählen Sie denn da? So eine Dosis kann tödlich sein.‹

Atkins (leiser): ›Oh, das war sie, Sir. Es ging sogar sehr schnell ...‹«

Der echte Atkins blieb lange still. Schweigend sah er zu Boden, erst nach mehreren Sekunden hob er den Kopf. »Das ist eine Geschichte, Inspector. Nur das.«

»Und doch scheint sie etwas in Ihnen zu berühren, Father Atkins. Eine schlimme Erinnerung?«

»Das mögen Sie glauben, Mr Smart. Aber Ihr Glaube allein beweist noch gar nichts.«

»Gesprochen wie ein wahrer Geistlicher«, parierte Smart bissig. »Sie haben mir gesagt, dass Sie Küchenhilfe in Uxbridge waren, Sir. Und der Atkins aus der Geschichte arbeitet als Caterer beim Film.«

»Reiner Zufall«, behauptete Father Atkins.

»Sie waren im *Ravenhurst*, Mr Atkins. Zur Tatzeit, ja, und auch sonst gehen Sie im Haus ein und aus.«

»Das ist nicht verboten.«

»Haben Sie Mr Wellington-Smythe dort wiedererkannt? Haben Sie ihn beobachtet – unbemerkt und voller Groll?« *Wie Mr Firth es getan hat*, fügte der Inspector in Gedanken hinzu.

Der Geistliche schüttelte verächtlich den Kopf. »Pfff.«

»Kennen Sie Nigel Firth, Sir?«, fragte Smart. »Er hat den Verstorbenen beobachtet – aus den Schatten heraus und mit jeder Menge alter Wut im Magen. Auch er hat einen Groll gegen den Autor gehegt, wissen Sie? Und eine ganze Weile lang dachte ich, er hätte Mr Wellington-Smythe diesen Groll spüren lassen.« Smart atmete kurz durch. »Aber ich habe mich geirrt, Father Atkins. Und als ich dann endlich mit Mr Firth gesprochen habe, sagte er etwas, was ich im ersten Augenblick komplett überhört habe. Ich habe ihm keinerlei Bedeutung beigemessen, obwohl ich es dringend hätte tun müssen. Erst vorhin, als ich *Unheilige Nacht* hörte und darin Ihren Namen, Ihre Vita wiederfand, fiel es mir ein. Er sagte, er sei nicht der Einzige im *Ravenhurst*, der Wellington-Smythe mit Wut im Bauch beobachte. ›Nicht der Einzige.‹«

Atkins schwieg wieder. Dieses Mal senkte er den Blick nicht, sondern sah Smart direkt ins Gesicht.

»Hat Firth besser aufgepasst als ich, Father Atkins?«, fragte der Inspector. »Hat er Sie bemerkt, als ich es hätte tun sollen? Und haben Sie Michael Wellington-Smythe die *Unheilige Nacht* so übel genommen, dass Sie ihn getötet haben, als sich Ihnen die Chance dazu bot?«

Der andere Mann sah aus, als wollte er Smart mit bloßen Fäusten angreifen. Blanke, unchristliche Wut lag plötzlich auf seinen Zügen. Doch der Eindruck verflog so schnell, wie er gekommen war. Zurück blieb etwas, was Resignation sein mochte.

»Also gut, Inspector«, sagte Trevor Atkins, und Smart hörte den nur mühsam unterdrückten Widerwillen in seinem Tonfall. »Beenden wir es, Sie und ich. Ich gebe es zu. Verhaften Sie mich, ich bin der Täter. Ich war es.«

Smart schluckte. Er hatte mit nichts anderem als solch einem Geständnis gerechnet, war exakt deswegen hier. Und doch ... Atkins' Worte klangen in etwa so überzeugend, wie es Nigel Firths Panto-Darbietungen in Blackpool sein mussten.

»Na los«, drängte der Priester. Er streckte die Arme vor, als wartete er darauf, dass sich Handschellen um seine Gelenke schlossen. »Tun Sie's endlich, Smart. Sie haben den Fall gelöst. Ich habe Wellington-Smythe beobachtet. Ich habe ihm gedanklich Drohungen an den Kopf geworfen, die Sie sich lieber nicht vorstellen wollen. Und ich ... Ich habe ihn getötet. Machen wir einen Strich darunter und beenden es.«

Und mit einem Mal wusste Smart es. Die Wahrheit stand plötzlich so klar und deutlich vor seinem geistigen Auge, als wollte sie ihn dafür verhöhnen, dass er sie jetzt erst bemerkt hatte. Father Atkins war nicht der Täter. Sondern nur ein treuer Gehilfe ...

»Smart!«, rief der Geistliche ungeduldig, wütend, fast schon verzweifelt. Abermals streckte er die Arme aus und hielt ihm seine Hände entgegen. »Sind Sie taub, Mann? Es ist vorbei!«

»Nein, Sir«, murmelte der beste Mann von Scotland Yard. »Ich muss mich korrigieren. Das ist es noch nicht.«

KAPITEL 20

Über dem Hotelgarten des *Ravenhurst Resort* ging allmählich die Sonne auf. Chief Inspector Timothy Smart sah es genau, als er auf die verschneite Dachterrasse trat. Er hatte überall im Haus gesucht, nur die Terrasse bislang ausgespart. Genau hier fand er nun sein Ziel.

»Mrs Middleditch?«

Die Gastgeberin stand mit dem Rücken zur Tür und dem großen Weihnachtsbaum. Ihr Blick war auf den Garten gerichtet, den Waldrand und den Himmel, der Stück für Stück heller wurde.

»Mrs Middleditch«, wiederholte Smart. Vorsichtig trat er näher. »Hören Sie mich? Ich bin es, Chief Inspector Smart.«

Nun drehte sie den Kopf in seine Richtung, nur ganz leicht. Es lagen Tränen in ihrem Blick. »Inspector«, sagte sie leise. »Kann ich Ihnen helfen? Suchen Sie den Frühsportkurs?«

»Sie wissen, warum ich hier bin«, erwiderte er. »Ich sehe es Ihnen an. Hat Father Atkins angerufen, als ich unterwegs hierher war? Ich hatte Constable Shepard gebeten, es zu verhindern. Aber anscheinend ist das dem Guten nicht gelungen.«

»Shepard.« Sie nickte. »Ja, der konnte noch nie viel. Das passt ins Bild.«

Smart trat neben sie. Die Luft hier draußen roch angenehm frisch, und der Wald mit seinen schneebedeckten

Baumkronen wirkte so still, als könnte er Dutzende von Geheimnissen bewahren.

»Warum?«, fragte Smart. »Warum haben Sie das getan?«

Das Wie war ihm allmählich klar. Für Lilibeth Middleditch war es fraglos ein Leichtes, sich Zugang zu verschlossenen Zimmern zu verschaffen. Sie und ihr Gatte konnten im *Ravenhurst* und seinen einzelnen Räumen kommen und gehen, wo und wann immer sie wollten. Eine Tatwaffe wie das Messer fand sich in der Hotelküche gewiss ebenfalls ohne Probleme.

Nur das Warum war etwas, über das Smart bislang nur spekulieren konnte. Er hatte zwar konkrete Vorstellungen, doch erst wenn er sie aus Mrs Middleditchs Mund bestätigt hörte, durfte er ihnen glauben.

»Warum?«, wiederholte die Frau. Sie sprach leise und irgendwie spöttisch, gleichzeitig aber auch resigniert. »Das fragen Sie noch? Nach allem, was dieser Mann getan hat?«

Wellington-Smythe. Wen sonst sollte sie meinen?

»Erklären Sie es mir, Lil«, bat Smart. »Bitte.«

»Father Atkins ist ein guter Mensch«, begann sie. Die Worte kamen nun wieder schneller, wütender. »Der beste, den ich kenne. Ein Mann des Glaubens und der Nächstenliebe. Und dieser Schmierfink mit seinem Gefolge aus Wahnsinnigen ... Der zieht ihn einfach durch den Dreck! Haben Sie *Unheilige Nacht* gehört, Inspector? Ist Ihnen klar, welche grässlichen Dinge Michael Wellington-Smythe geschrieben hat – ausgerechnet über den einzig guten Menschen in ganz Little Puddington?«

»Father Atkins hat mir gestanden, dass die Vorwürfe wahr sind«, erwiderte Smart. »Er war in jungen Jahren Küchenhilfe bei den *Pinewood Studios* und versetzte dort einen Produktionsmitarbeiter in einen anaphylaktischen Schockzustand, an dem der Genannte verstarb. Nichts weniger als Mord geht also auf sein Konto – genau so, wie es in der Hörspielfolge erzählt wird. Atkins hat es Wellington-Smythe selbst gestanden, kurz nach dem Vorfall, weil er sich jemandem offenbaren musste. Dabei geriet er durch puren Zufall an einen Autor, der nach Inspiration suchte ... Und gerade eben erzählte er es auch mir.«

»Na und?« Sie zischte geradezu, und ihre Schultern zuckten vor mühsamer Beherrschung. »Selbst wenn, war das damals kein Mord, sondern bestimmt ein Unfall! Father Atkins ist kein Mörder. Jeder macht mal einen Fehler.«

»Er sagte mir auch, dass er aus voller Absicht und in vollem Bewusstsein der Tat gehandelt hat«, entgegnete der Inspector. »Es sei reines Glück gewesen, dass ihn damals niemand deswegen verhaftet oder anderweitig angeklagt hat.«

Atkins hatte erst mit einigem Abstand zum Geschehen begriffen, welche schwere Sünde er da auf sich geladen hatte. Doch anstatt sich den Behörden zu stellen, die ihn dafür nie belangt hatten, hatte er sich einem in seinen Augen höheren Richter überantwortet. Er war ein Kirchenmann geworden, als Buße und als moralische Wiedergutmachung. Aus Trevor Atkins war Father Atkins geworden, und dessen Weg hatte in den Lake District geführt.

»Jeder macht mal einen Fehler«, beharrte Mrs Middleditch. »Erst recht in solch jungen Jahren. Nein, falsch war, was dieser Schmierfink gemacht hat! Daraus Profit zu schlagen! Daraus ein Stück seines eigenen Erfolges zu stricken und den Namen eines guten Mannes öffentlich zu diskreditieren ... *Das* ist schändlich, Inspector! Hören Sie? *Das*!«

Aus den Augenwinkeln nahm Smart eine zweite Lichtquelle wahr, die nichts mit dem Horizont und Morgenröte zu tun hatte. Auf dem Weg, der vom Dorf aus zum Resort führte, kam ein Auto herangefahren – in schnellem Tempo und mit leuchtenden Alarmlichtern auf dem Dach. Die Kavallerie nahte.

»Haben Sie ihn deshalb getötet, Lil?«, fragte er. Jetzt galt es, das war ihm klar. Dies war der wohl letzte Moment, den er allein mit der Hotelbesitzerin hatte. »Weil er Ihren verehrten Dorfprediger ...«

Lilibeth Middleditch ließ ihn gar nicht erst ausreden. »Warum denn sonst?«, zischte sie. »Reicht das etwa nicht? Natürlich deswegen, Inspector! Er hatte es nicht anders verdient. Als ich gehört habe, was in diesem grässlichen Hörspiel passiert ... Als mir klar wurde, wen Wellington-Smythe damit meinte ... Um wen herum er diese Räuberpistole gestrickt hatte ... Nein, da konnte ich einfach nicht anders. Auch ich kenne Father Atkins' Geschichte, Inspector. Aber im Gegensatz zu Ihnen oder diesem elenden Schmierfinken kenne ich auch den Mann dahinter. Den *echten* Father Atkins! Den einzigen wahren Vertrauten, den ich in diesem jämmerlichen Kaff je gefunden habe!«

Mit einem Mal wurde sie leiser, und ihr Blick ging wieder ins Leere. »Ich ... Ich musste seine Ehre retten. Verstehen Sie? Ich musste diesen Schmierfinken dafür büßen lassen, dass er den Namen und das Leben meines Freundes derart in den Dreck gezogen hatte. Und als ich es tat, Inspector ... Da geschah es fast wie von selbst. Ich nahm das Messer, ging in die Suite ... Wäre er wach gewesen, hätte ich es wahrscheinlich nie über mich gebracht. Aber so? So war es beinahe ein Kinderspiel. Leichter als leicht. Es dauerte nur Sekunden. Wäre Wellington-Smythe nicht bei uns abgestiegen, hätte ich mich das nie getraut. Nie im Leben wäre ich den Mann suchen gegangen, erst recht nicht mit mörderischen Absichten. Aber so? So war die Gelegenheit einfach da, weil *er* einfach da war.

Es war ein Kinderspiel, Inspector, so grässlich das auch klingen mag. Es ging wirklich fast wie von selbst.«

Ihr Blick blieb leer, sie sah zum Horizont und dem Licht. Den nahenden Dienstwagen der örtlichen Wache, der nun mit quietschenden Reifen vor dem Haupteingang bremste, hatte sie noch gar nicht registriert. Smart sah kurz über die Brüstung der Dachterrasse und erblickte Emma Jones am Steuer, Robin Chandler auf dem Beifahrersitz. Chandlers Blick ging nach oben und fand Smart. Der jüngere Mann riss die Augen weit auf und nickte verstehend.

»Sie haben Father Atkins über Ihr Vorhaben informiert, richtig?«, sagte Smart.

Sie nickte. »Ich habe es ja für ihn getan. Er versuchte gar nicht erst, es mir auszureden. Er ist ein so guter Mensch. Immer für andere da! Aber er wollte nicht dabei sein, wenn ich die Suite betrete. Er sagte, er habe Wellington-Smythe stundenlang beobachtet und es nicht über sich gebracht, ihn auch nur anzusprechen – geschweige denn, ihn anzugreifen. Den Teil habe ich dann einfach übernommen. Ich habe es für ihn getan, Inspector, ja, und ich habe es ohne Bedenken getan. Es war nur richtig so, er hatte es verdient.«

»Und Atkins hat sich derweil um die Überwachungskameras gekümmert.«

Ein spöttisches Schnauben drang aus Lilibeth Middleditchs Kehle. »Wie lächerlich das war! Wir haben doch nur im Foyer solche Kameras, an der Rezeption und beim Haupteingang. Es ist vollkommen unnötig, da irgendwelche Aufnahmen zu löschen, weil die das Geschehen im Obergeschoss ohnehin nicht filmen. Aber Father Atkins hat darauf bestanden. Er wollte nicht auf irgendwelchen Kameras auftauchen, wenn parallel ... Na, Sie wissen schon. Er wollte keine Spuren hinterlassen, nicht einmal digital.« Wieder schnaubte sie.

»Und das Ergebnis? Die komplette EDV-Anlage spielt tagelang verrückt, weil der arme Father Atkins mit ihr umgegangen sein muss wie ein Holzfäller mit einer OP-Narbe. Aber woher soll er es auch können? Und am Ende haben Sie die Aufnahme ja doch noch gefunden, Inspector.«

Nun war Smart es, der nickte. Seine Vermutungen hatten sich samt und sonders bestätigt, Mrs Middleditchs Worte passten genau.

Hinter ihnen wurden Schritte laut. Die Tür, die ins Gebäudeinnere führte, stand noch immer offen, und die Neuankömmlinge Chandler und Jones eilten offenbar den Korridor hinunter – vorbei an der Suite und hin zur Dachterrasse.

»Sie wissen, dass Sie uns begleiten müssen, Lil«, sagte Smart. »Richtig? Dass Sie von nun an verhaftet sind.«

Sie schwieg einen kurzen Moment. Dann löste sie sich endgültig von der Aussicht und dem Sonnenaufgang und drehte sich zu ihm um. »Ist das nicht erstaunlich?«, fragte sie und deutete zur Brüstung, an der sie gestanden hatte. »Ich kann einen anderen Menschen töten, aber nicht mich selbst. Ich bin deswegen hierhergekommen, gleich nach Father Atkins' Anruf. Aber ... das habe ich irgendwie nicht über mich gebracht.«

»Gut«, sagte Smart und nahm sie am Arm. »Das war gut so.«

Dann führte er sie zurück, vorbei am wartenden Weihnachtsbaum und zu Chandler und Miss Jones.

Der Rest war erstaunlich schnell erledigt. Emma Jones, die bereits bestens informiert war, nahm Lilibeth Middleditch in Gewahrsam und fuhr sie zur Wache im Dorf. Mrs Middleditchs Gatte Simon, der gerade erst aufgewacht war, eilte sich, ihnen hinterherzufahren.

Er hatte von der Schuld seiner Gattin nichts gewusst und wirkte auf Smart ausgesprochen entsetzt, auch wenn er sich Mühe gab, der Welt und den Hausgästen eine Fassade zu präsentieren, die so stoisch und gelassen war, wie sie es bei einem leichenblass gewordenen Mann im Morgenmantel nur sein konnte.

Auch von den *Chiller-Thriller*-Fans hatten einige bereits Notiz von dem Geschehen genommen. Als Emma Jones und die Middleditchs vom Hof fuhren, standen Adrian Cole und weitere Convention-Besucher im Foyer des Hotels. Der Großteil von ihnen tuschelte aufgeregt oder hielt sich entsetzt die Hand vor den Mund. Einzig Cole lief, bewaffnet mit einem Teleobjektiv, einer Kamera und einer fast schon begeistert zu nennenden Miene, hinaus in den Schnee, um Aufnahmen für sein Buch zu machen.

»Lilibeth Middleditch«, murmelte Shelley Brooke. Sie trat aus dem Pulk der Schaulustigen und zu Smart und Chandler, die im offenen Haupteingang des *Ravenhurst Resort* stehen geblieben waren. »Wer hätte das gedacht? Ausgerechnet die Hausherrin.«

»Ihr Motiv mag fragwürdig klingen«, sagte Smart, »aber in Ihren Augen ist es vollkommen sinnhaft. Sie dachte wirklich, sie würde ein großes Unrecht sühnen, das MWS an ihrem geschätzten Father Atkins begangen hatte. Vermutlich denkt sie das nach wie vor.«

»Und Atkins selbst?«, erkundigte sich die Managerin.

»Sitzt bereits auf der Wache«, wusste Chandler. »Als Mitwisser, mindestens. Über die genaue Anklage werden sich die Gerichte und Anwälte sicher gebührend Gedanken machen. Straffrei kommt aber auch er dieses Mal nicht davon, so viel steht fest.«

Cole kam zurück und grinste über das ganze Gesicht. »Ich hab sie, Miss Brooke! Die Middleditch auf dem Rücksitz des

Dienstwagens, in Großaufnahme! Wow, das wird der absolute Bestseller!«

»Sagen Sie, Adrian«, sagte Shelley Brooke und legte ihm einen Arm um die Schultern. »Haben Sie eigentlich schon eine Agentur für Ihr baldiges Meisterwerk gefunden?«

Dann verschwanden beide im hinteren Bereich der Lobby, um zu verhandeln.

Smart ließ sie nur zu gerne ziehen.

»Das war's dann wohl«, murmelte Robin Chandler. »Die Täterin ist enttarnt, ihr Mitwisser bestimmt bereits in meiner alten Zelle. Sie haben es wieder einmal geschafft, Smart – und das sogar noch rechtzeitig vor Weihnachten.«

»Hm«, brummte der Inspector. »Das Lob kann ich nicht annehmen, alter Freund. Ich gestehe, dass ich lange Zeit im Dunkeln getappt bin. Dieser Fall war seltsamer als jedes Gruselhörspiel, das mir hier untergekommen ist. Auf die Wahrheit bin ich erst gekommen, als ich fälschlicherweise dachte, sie endlich gefunden zu *haben*. Immer wieder lag ich falsch, und Sie Ärmster mussten die ganze Zeit in der Zelle warten.«

»Wie lange es dauert, spielt gar keine Rolle«, fand Chandler. Er meinte es ernst, das wusste Smart. »Entscheidend ist, *dass* Sie die Wahrheit gefunden haben. Und daran, dass Sie sie finden würden, habe ich keine Sekunde lang gezweifelt.«

»Ihr Vertrauen ehrt mich, Chandler. Auch wenn ich nicht weiß, ob ich es wirklich verdiene.«

Der jüngere Mann grinste. »Betrachten Sie es einfach als mein Weihnachtsgeschenk an Sie. Einverstanden?«

Nun musste Smart lachen. »Da nehme ich Sie beim Wort.«

»Eine Sache verstehe ich aber noch immer nicht, Smart«, sagte Chandler.

»Und die wäre?«

Sie hatten den Eingang des *Ravenhurst Resort* hinter sich gelassen und schlenderten langsam in Richtung Frühstückssaal. Smart knurrte der Magen, und auch Chandler sah aus, als könnte er die eine oder andere Stärkung nach all der Aufregung gut vertragen.

»Das Messer«, antwortete Chandler. »Lilibeth Middleditch hat die Tatwaffe vor meiner Zimmertür abgelegt oder sie dort fallen lassen. Weshalb? War das unabsichtlich, oder hat sie damit einen Plan verfolgt?«

»Ich vermute, Sie brauchte jemanden, dem sie den Mord in die Schuhe schieben konnte«, sagte Smart. »Es war ja klar, dass die Leiche von Michael Wellington-Smythe früher oder später gefunden werden würde. Und auch wenn Mrs Middleditch bei ihrer Tat gewiss nicht damit gerechnet hat, dass Sie und ich uns in die Ermittlungen einmischen würden …«

»Hauptsächlich Sie, Smart«, warf Chandler ein.

»… brauchte sie jemanden«, fuhr er einfach fort, »der für sie den Sündenbock geben konnte. Jemanden, den die örtliche Polizei als Täter ansehen würde, ohne auch nur nach einer Alternative zu suchen. Ich kann mir nicht sicher sein, ohne Mrs Middleditch erneut zu befragen, Chandler, aber ich gehe fest davon aus, dass sie das Messer aus diesem Grund vor Ihre Tür gelegt hat. Weil sie davon ausgegangen ist, dass unser Freund Constable Shepard zwei und zwei zusammenzählen und auf das von ihr gewünschte Ergebnis kommen würde.«

»Dann hätte Shepard mich so oder so für den Schuldigen gehalten?«, staunte der dandyhafte Londoner. »Auch ohne meine Fingerabdrücke an dem elenden Ding?«

»So, wie ich den Constable kenne, ganz bestimmt«, sagte Smart. »Sie haben sich absolut nichts vorzuwerfen, alter Knabe. Erst recht nicht nach der entbehrungsreichen Zeit hinter Gittern.«

Im Frühstückssaal war bereits alles gedeckt. Mildred saß an ihrem Tisch am Fenster und stand auf, als sie Smart und Chandler eintreten sah. Erleichterung stand auf ihren Zügen, und die funkelnden Kerzen des großen Weihnachtsbaumes schienen sich in ihren freudig aufgerissenen Augen zu spiegeln.

»Kommen Sie, Chandler«, sagte Smart, deutete auf den Tisch und legte seinem Begleiter gleichzeitig einen Arm um die Schultern. »Vergessen wir die Morde, wenigstens für den Moment. Genießen wir einfach unser Frühstück. Und natürlich Weihnachten.«

»Sie sagen es, Smart«, erwiderte Chandler begeistert. Er winkte Staunton zu, der mit einem Tablett voller Teetassen durch den Saal ging. »Die Morde finden uns früher oder später sowieso. Das tun Sie ja immer.«

»Gott bewahre«, murmelte Chief Inspector Timothy Smart.

Dann ging er mit Chandler zu Mildred und umarmte sie gleich neben dem Weihnachtsbaum.